U0141089

中国社会科学论坛文集

中国社会科学论坛2010年会报告集

发展与和谐 —— 应对后危机时期的挑战

李 扬 / 主编

社会科学文献出版社
SOCIAL SCIENCES ACADEMIC PRESS (CHINA)

"中国社会科学论坛2010年会"参会嘉宾合影

前　排： 胡晓炼（左五）、王伟光（右四）、Jean-Pierre Landau（右三）、李慎明（左四）、武寅（右二）、李扬（左三）、李秋芳（右一）、张蕴岭（左二）、李佩钰（左一）

后排左起： 王镭、朝戈金、黄平、裴长洪、金碚、汪同三、张宇燕、潘家华、裘元伦、王国刚、周弘、朱玲、杨扬

"中国社会科学论坛 2010 年会"致辞
（代序）

王伟光[*]

（2010 年 11 月 11 日）

由中国社会科学院主办的"中国社会科学论坛"今天在这里隆重举行"2010 年会"。此次年会以"发展与和谐——应对后危机时期的挑战"为主题。我们荣幸地邀请到中国人民银行副行长胡晓炼女士、法兰西银行副行长兰道先生，以及众多知名专家学者与会并发表演讲。我谨代表中国社会科学院对各位嘉宾的到来表示热烈的欢迎，对大家给予"中国社会科学论坛"的大力支持表示衷心的感谢。

中国社会科学院致力于发展中国哲学社会科学事业，是我国哲学社会科学研究的最高殿堂；同时，我院以深入研究重大现实问题为主攻方向，努力发挥思想库、智囊团作用，为国家发展提供理论和智力支持。建院 30 余年来，中国社会科学院与国家改革开放和现代化建设的伟大实践一道前行，不断发展壮大，已形成了以基础理论研究为依托，以宏观性、战略性问题研究为重点，以综合性研究为特长的研究体系。全院现有 36 个研究所，分属文史哲、经济、社会政法、国际研究和马克思主义研究 5 大学部，研究范围涵盖了人文社会科学学科。主管全国性学会 100 多个，出版学术核心期刊 80 多种。

为了促进人文社会科学的学术研究和国际交流，我院于 2010 年起设立"中国社会科学论坛"，举办方式为每年召开一次年会和一系列专题研讨会。一年来，围绕中国经济社会发展以及全球关注的重大问题，围绕中华文化的传承与弘扬、中外文明的交流与互动，论坛组织高层次、高水平的研讨活

---

[*] 王伟光，中国社会科学院常务副院长，研究员，学部委员。

动，在论坛框架下举办了 20 余场高端国际学术研讨会，主题涵盖经济学、社会学、法学、史学、文学以及国际问题等众多学科领域。论坛参与者既有中外知名学者、智库和国际组织的专家，也有政府部门和企业界的代表。通过举办"中国社会科学论坛"，使社会各界更多地了解到人文社会科学研究的优秀成果，同时也搭建了一座中外交流的桥梁，增进了世界对中国的了解。"论坛"正在得到中外各界越来越多的关注。中国社会科学院将继续发挥自身优势办好"论坛"，将其打造成在国内外具有广泛影响力的品牌"论坛"。

结合当前国内外形势的特点，"论坛 2010 年会"的主题设定为"发展与和谐——应对后危机时期的挑战"。中国改革开放 30 多年来，发展成就举世瞩目，不仅经济保持快速增长，人民生活水平显著改善，而且为世界经济发展提供了重要推动力。但与此同时，我们也清醒地认识到，我国发展中不平衡、不协调、不可持续的问题依然相当突出。特别是在国际金融危机的冲击下，凸显了我国经济发展方式中存在的弊端。

不久前举行的中国共产党十七届五中全会，提出了"关于制定国民经济和社会发展第十二个五年规划的建议"。"十二五规划建议"以科学发展观为主题，以经济发展方式转变为主线，为我国未来五年经济社会发展勾画了一幅宏伟蓝图，指明了未来五年全面推进中国特色社会主义事业发展的创新路径。"建议"指出，我国是拥有 13 亿人口的发展中大国，发展仍是解决我国所有问题的关键。同时强调，要坚持科学发展、和谐发展，从而实现质与量的统一、快与好的统一、物与人的统一、人与自然的统一。

当前和今后一个时期，是我国全面建设小康社会的关键时期，也是深化改革开放、加快转变经济发展方式的攻坚时期。然而，在国际金融危机的影响下，世界经济增长速度减缓，全球需求结构出现明显变化，围绕市场、资源、人才、技术、标准等的竞争更加激烈，气候变化以及能源资源安全、粮食安全等全球问题更加突出，我国发展的外部环境更趋复杂。综合判断国际国内形势，我国发展仍处于可以大有作为的重要战略机遇期，但同时也面对诸多可以预见和难以预见的风险挑战。我们必须树立机遇意识、忧患意识，抓住机遇，迎接挑战，深化改革，加快经济发展方式的转变，努力实现全面建设小康社会的伟大战略任务。

在这样的形势背景下，衷心希望"中国社会科学论坛"能够汇聚国内外专家学者智慧，增进沟通与共识，建言献策，为促进中国的和谐发展、世界的和谐发展作出积极的贡献！

最后，预祝本次"论坛"年会圆满成功！

目 录

主 旨 演 讲

第一篇　经邦济世

圆桌论坛：中国经济的未来展望

第二篇　多极化的世界

第三篇　历史的沉思

第四篇　构建和谐社会

主旨演讲

后危机时期的货币政策及其挑战

胡晓炼[*]

当前，我们正处于全球经济缓慢复苏的后危机时期，全球经济要重新走向强劲、持续的稳定增长轨迹，还要付出巨大的努力。在这个过程中，货币政策已经成为一个极其重要的政策工具，特别是对于复苏缓慢的发达经济体来说，受财政赤字负担约束，迫切地需要依赖货币政策承担进一步刺激经济的任务。而面对复苏势头强劲的新兴经济体来说，也需要运用货币政策来抑制通货膨胀的压力。对于主要经济体货币政策的关注，已经成为在复苏过程中的一个焦点和热点。与经济危机之前相比，后危机时期的货币政策的目标、传导机制、工具的选择都发生了很大的变化，这对各国货币政策当局，在货币政策的制定和货币政策的实施上都提出了一个新的而且也是比较严峻的挑战。我们注意到，这一变化在发达国家尤为明显，传统性的价格工具被数量型的工具所替代，通过调整基准利率，引导银行利率，进而资本市场利率，已经转变成直接进入资本市场购买债券，压低利率水平，由使用纳税人的资金注入经济体变成直接印钞的方式。在遭受巨大金融危机之下，较长期的低利率水平和大规模的量化宽松政策，对长期通货膨胀的影响现在则很难断定。有两个显而易见的结果，这两个结果就是大家现在谈到的货币贬值和推高大宗商品价格的上涨，这两个结果对未来通货膨胀的影响和如何传导都是值得关注的。全球化强化了主要发达国家货币政策的溢出效应，全球化使传统的国与国、点对点之间的联系，扩展为多国间的网络化的联系，具有系

胡晓炼，中国人民银行副行长。

统性、重要性的国家，政策溢出的效应现在明显在扩大。从美国近期宣布第二轮量化宽松政策以来，世界各地各个角落都发出了比较强烈的反应中就可以看到这种溢出的影响。

总体来说，在现行的国际货币体系的框架下，受政策和利益驱动的国际资本流动，对新兴市场国家具有顺周期的效果和负溢出的效应，而对发达经济体来说，则体现为逆周期的作用和正的反馈效应。比如，当发达经济体制造出大量的流动性的时候，资本就快速大量地进入了新兴市场，在经济已经实现了较强劲的增长的大环境下，很容易造成资产价格的上涨，本币升值的压力和通货膨胀的压力也都显著地上升。而在主要储备货币国，货币发行有自然回流机制的情况下，资本的回流对于发达经济体来说，实际上间接地支持了低利率的融资，推升了其资产价格的上涨。在这种情况下，就出现了政策的主动地选择和被动地接受的格局。显然，这一格局还可能产生其他结果，这一结果对货币政策制定当局来说是不是能够充分看到，我们认为应该是值得注意的。其他的结果除了长期通胀的风险以外，还有两个因素应该考虑：一是人们对货币政策的信心，以及对其货币的信心是否会持续性地丧失，从而自然地隔离这一政策的溢出效应和远离这一货币。二是恢复全球持续、稳健的增长本需要通过调整结构、解决经济发展中深层次的问题来实现，而现在的情况很可能掩盖了深层次的不平衡的原因，并且使这种不平衡在这一刺激之下得以持续，这对全球增长的持续性和稳健性有一定的影响。

面对着这样一个国际环境，中国的货币政策就应该作出相应的反应。首先，应该继续坚持把处理好经济稳定持续增长，调整经济结构和管理通货膨胀作为重要的货币政策任务。我们充分相信在"十二五"期间，中国经济可以保持一个比较强劲的持续增长的势头。面对新的外部环境，需要增强政策的灵活性、针对性和有效性，把握好政策的力度和节奏。以下几个方面的任务值得重点考虑。

第一，继续灵活地运用传统的货币政策，增强政策的针对性、有效性。昨天，中央银行再次提高了存款准备金率，这是今年第四次提高。这一政策工具的使用，表明了我们在管理流动性方面所采取的措施，也表明了我们会持续地使流动性供给和银行体系的流动性能够合理。今年除了四次调整存款准备金率之外，我们还提高了一次存贷款的利率，今后我们还将密切关注物价的走势，继续有效灵活地运用传统的方式。

第二，面临新的复杂局势，我们需要考虑引入新的政策工具，我们要建立宏观审慎管理框架，这一任务在中央关于"十二五"规划建议当中已经明确提出。在这宏观审慎框架当中有三个内容值得我们深入研究：一是对经济周期的管理，也就是通过宏观审慎工具的使用，及时有效地采取逆周期的政策措施。二是要对可能引发系统性风险的部门或者领域采取宏观审慎的管理措施。比如今年以来国家对房地产行业的管理，同时提高了对政府融资平台风险的关注，在这些领域里，宏观审慎管理都可以发挥其积极的作用。三是在应对大量资本流入的情况下，可以把对资本大量流入的管理，纳入宏观审慎管理的框架，除了传统的运用加强监管、加强检查、加强限制等资本管理的手段之外，还可以考虑通过对银行资产负债表的管理，对审慎管理的要求来实现应对资本大量流动的目的。

第三，在当前情况下，我们应该积极顺应市场的需求，进一步发挥人民币在促进跨境贸易和投资中的使用，使得我们的企业能够有效地规避国际主要储备货币波动的风险，同时也能够进一步加强我们国家和周边国家、地区的经贸合作，形成一个共同抵御风险的大环境，来维护区域金融的稳定。在扩展人民币跨境贸易结算和投资使用的同时，还应该积极深入地探讨对国际货币体系进行改革的问题，我们认为，一个多边的货币体系有利于国际金融和国际货币的整体稳定。这样的话，我们就可以说，改变或者改善目前对单一货币的严重依赖和对其政策的被动接受的局面，能够使得全球经济更加稳定，金融市场也更加稳定。

探索可靠的国际价值储存工具

兰　道[*]

　　我非常荣幸能够参加中国社会科学院"中国社会科学论坛 2010 年会"，我要感谢李扬副院长的邀请。一直以来，法兰西银行和中国社会科学院之间有着长期友好的合作。我非常荣幸能够在胡行长之后做这个发言，我也听到了胡行长所介绍的货币政策。现在，我们看到，世界的重心正在向亚洲和新兴世界转移，20 国部长级会议召开时进行货币基金组织的改革已经体现出这一点。中国已经是货币基金组织的第三大股东，印度也上升到第五位，而巴西和加拿大的席位一样，欧洲的代表席位从 9 名削减到了 7 名。与此同时，我们面临着巨大的挑战。现在新兴市场的产出不断快速增长，但是这样一个生产力的转移并没有得到相应的需求方面的对应。

　　总体来说，除了由于热钱流入带来的动荡之外，净资本流量也在从新兴市场流向发达市场，很多穷国的钱被富国借去使用，使得富国更进一步消费，因此造成了金融泡沫。低通胀和流通性充足造成的泡沫，首先是因为初次分配在全球的转移，其次是金融市场在各国发展不平衡。而在这两个因素作用之下，造成了新兴经济体当中过度储蓄，还造成了很多资本流入到美国，在新兴市场和发达国家当中经常出现金融泡沫和资产价格泡沫。

　　我们看一下收入方面。在中国的 GDP 当中，工资的占比已经从 1992 年的 55% 下降到了 2008 年的 48%，而在美国，工资的中位数在过去 15 年中一直没有怎么上升。尽管在同一时期美国的 GDP 每年增长率达到 3%，而这

　　* 兰道（Jean-piene Landau），法兰西银行副行长。

些变化都是由于技术和人口的变化带来的。

消费方面，中国的消费占 GDP 的比重在过去 10 年当中下降了 10%，在美国，消费不断上升，不管是绝对数还是占 GDP 的比例，这也推动了美国国内对于进口的大量需求。而美国的家庭消费越多，存得越少，他们觉得自己很富裕，为什么觉得自己富裕呢？是因为他们资产的价格和地产价格都在快速地上升，而这种全球供需平衡是基于美国持续增长的资产价格泡沫之上的。说到金融的发展，我们看到另外一种不平衡，全球的储蓄在不断地增长，尤其是在新兴市场国家。与此同时，新兴市场国家的需求并没有相应地增长，而这种资产的短缺，造成了在很多国家出现泡沫，不管是在地产还是金融市场方面都是如此。这导致很多资本流入美国经济体，因为只有美国的经济才能够用大量的方式提供流动性好、安全的资产。而美国的资本市场像一个磁石一样吸引了全球储蓄的流入，而且是在把美元作为国际储蓄货币的情况下。除此以外，金融创新或者金融工程的工具，使得美国的金融机构可以出售大量复杂的产品，这些产品看起来非常安全，但实际上已经证明它们是不堪一击的。内部监管不平衡和大量的缺失导致了危机的发生。

在变化的情况下，我们要看到危机背后的深层结构性的因素。现在全球收入的转移已经导致了过度储蓄，与此对应的是资产价值上升之后带来的财富效应，一种不平衡、不对称的改变在全球出现。与此同时，还加剧了不平衡，加大了资本的流动。很明显，对于一些内部因素来说，尤其是美国在放大不平衡中起到了很大的作用。但是，如果判断未来，我们可以看到，在危机前存在着很多的特点，现在还是会存在。尤其是新兴经济体，收入当中很大一部分还是继续储蓄下来。中国也出现了一些工资收入上的变化，很多分析家认为中国会出现一个刘易斯拐点，由于人口的压力，需求上升，需要更多优质劳动力带来一种对冲。不管是怎么样，这些进程都会是持续的、逐渐的。

就市场规则来说，在未来的一段时间，还是会需要很强大的公共财政上的整合。但是这个转移可能还是会继续进行，尤其是在发达国家。在欧洲，我们必须要顺应这种改变，必须要提升自己的灵活性，最重要的是需要提升人力资本——这是最重要的资本，并且提升研发方面的能力。而新兴市场也要面对双重任务，一个是人口老龄化，最重要的是我们的经济需要走出危机，应该把全球的储蓄更好地分配起来，我们需要注重的是妥善处理需求的问题，我们需要一致性的措施，比如在 2008 年和 2009 年恢复经济的信心。

下面是我的建议，当然这些建议都是出于个人的观点。

要重新达到平衡不是一个容易的任务。就全球水平来说，如果要对应 1% 的美国消费上升，需要 5% 的中国储蓄，而在西方国家消费被看做是经济活动的最终目标，也是福利的重要手段。一年以前，周小川行长说过，东亚国家也要受到儒家思想的影响，要节俭、自律。在老年人口当中，尤其注重储蓄这一点。

公共政策和财政政策也需要重新制定，并且要提升就业率。我们需要在不同的国家间进行协调，适应各国不同的发展水平。这一改变，是不可能一夜发生的。在不同的国家进行技术和生产能力决策的时候，要能够面对一个正确的价格和环境，不同的国家有权利自由选择他们认为合适的汇率机制以及政策，这是一个非常重要的全球有序的再平衡战略。今年 7 月胡晓炼副行长的讲话表明，国内要素价格和汇率的调整是相互协调、相互加强的。不同的国家通过资本进行协调，这种协调比货物市场协调更加强大，这体现了不同国家的多样性，因为不同国家有不同的偏好。现在很多国家都面临老龄化的问题，也需要让他们在以后能够通过货物或者安全的投资来获得收入。我们现在在面临全球的资本市场，有一些是不对称的，全球的金融发展不对称因素让我们无法得到共同的储蓄努力方面的益处。这些不对称是有原因的，在新兴国家，1997 ~ 1998 年的金融危机，还是让我们感到心悸。

不同国家的金融系统，在今天就表现为不同国家的金融货币政策是非常不一样的，而不是相同的。完全让不同国家金融方面得到统一，并不可能实现。重要的一点是让不同的国家的金融政策相互协调。首先，不同国家的金融调控的措施需要更好地融合，不论是发达国家和发展中国家，中国或者巴西，现在已经成为了金融委员会的全资格成员。通过加入这个委员会，可以提升全球金融系统的效率。另外，我们需要考虑新的方法来应对全球资本流动的不稳定性。对任何一个国家来说，资本的控制可以暂时减少对于其资本账户的影响，甚至是会永久性地限制其汇率的不稳定性。但是，对于全球金融系统来说，这只会给别的国家造成一些压力，使它们全面降低不稳定性。非常重要的是不同的国家需要作出决定，开放它们的资本市场，而且对其进行保护，保护外在的金融动荡。新兴国家不断地采取措施，扩大其外汇储备，从 1990 年占 GDP 的 4%，到现在占 GDP 的比率达到了 20%。如果我们有正确的机制，提供流动性和多边的合作是非常重要的。一方面我们需要找到新的国际流动性；另一方面，我们也需要控制道德风险。

最后一点，我们需要找到未来可靠的国际价值储存工具。这场危机加重了资产短缺情况，有一些工具以前我们认为没有风险，但是最近发现是有风险的，这改变了全球的金融状况。2009 年，周小川行长重新开始讨论，以后是不是可以建立一个超国家主权的货币，这个货币将会加强特别提款权的作用。在提供稳定的价值储蓄方面，我们需要建立国际工具，这个工具是一个货币篮子或者特别提款权，还是一个新提出的货币？更重要的是我们需要有一个储备货币，能够帮助防范汇率方面的风险。25 年前，当时是一种货币篮子的一部分，曾帮助我们平衡偿付的调整。

建立新的储备货币是我们面临的课题，这也需要时间，中国的同行也在不断地提醒我们这一点。同时，新兴国家的金融发展不断地扩大安全和有流动性的金融资产，资本市场和本地的货币在过去的十年中已经有巨大的发展，似乎在地区金融和货币安排方面有很大的空间可以在未来发展。在亚洲，储蓄也已经很多，这些储蓄可以在本地调用，而不是在发达的经济体调用。区域性的经济市场可以得到货币安排的补充和加强。现在亚洲国家正在进行努力，欧洲在不断地跟进。人民币作为国际货币的发展，有非常成功的历史和非常好的经济货币和金融的融合。在欧洲，通过不同的危机和困难，我们学到了很多的东西。但是无论如何，欧元在 15 年以前就没有存在，而现在却成为了全球两大货币之一。我们并不认为我们的经验会成为一个普世的模范，但是有一点非常确信，就是合作精神，这允许我们来克服很多困难和挑战，并且实现繁荣和稳定。在充满机遇的世界中，也是非常复杂的世界中，这对于我们来说是非常有用的经验。

Rebalancing the world economy: a common challenge[*]

Jean-Pierre Landau

Great changes are taking place in the world economy. The center of gravity is moving to Asia and the emerging world. This has been recognized in the landmark agreement on IMF reform reached at the last G20 Ministerial meeting. China has become the IMF's third shareholder, India has moved up by five ranks and Brazil is now on par with Canada (a G7 country). Symmetrically, the European representation in the Board will be reduced by the equivalent of two chairs (out of nine currently held).

At the same time, we are facing great challenges. Output is growing fast in emerging economies but this relative shift in production has not been fully matched by a rebalancing in demand. Overall, beyond the turbulences caused by " hot money ", net capital flows are going " uphill " from emerging to developed economies. That means that some of the poorest citizens of the world are lending money to some of the richest, allowing those to finance their consumption. And financial bubbles have tended to proliferate in an environment of permanently low inflation and ample liquidity.

I will argue that those phenomenons can all be ascribed to two common causes: a worldwide based shift in the primary distribution of income; and asymmetries in

---

* Thoses reflexions have been inspired by many readings, especially by the papers and books of Raghuran Rajan and Ricardo Caballero.

financial development among countries. Together, they combine to produce (1) excess saving in emerging economies (2) strong capital inflows to the US (3) an increasing frequency in financial booms and busts and asset price bubbles in both advanced and emerging economies.

Let's look first at income distribution. In China, the share of wages in GDP has declined from 55% in 1992 to 48% in 2008. In the US, the median real wage has been stagnant over the last fifteen years despite the fact that real GDP has grown annually by above 3% over the same period. These are deep changes mostly driven by technology and demographics, in proportions which are hotly debated, and partly unexplained.

In contrast to wages developments, consumption trends have been widely divergent. In China, the share of consumption has gone down by more than 10 % of GDP over the last decade. In the US, consumption kept growing (both in absolute and in GDP share) fueling the demand for imports. Households in the US could consume more and save less because they felt richer. And they felt richer because the value of their houses and financial assets was rising at a quick pace and that trend was expected to persist. Broadly speaking, the worldwide equilibrium between demand and supply of goods was based on a continuing asset price bubble in the United States.

Considering now financial development, another kind of imbalance shows up. The global rise in savings, especially in the emerging world, has not been matched by an equivalent increase in the supply of safe and liquid financial assets. This "asset shortage" is one fundamental reason why bubbles have erupted in many countries with increasing frequency, either in real estate or financial markets or both. It also had a strong impact on the direction of capital flows. Only the US economy has the ability to generate liquid and safe assets in significant quantities. US capital markets act naturally as a magnet for world savings, especially for foreign exchange reserves. In addition, financial engineering allowed US institutions to manufacture complex products which looked apparently safe, but proved very fragile. Admittedly, internal imbalances and huge deficiencies in supervision and regulation played a role in the run up to the crisis. But the process has been largely driven by capital inflows in the US looking for an improbable combination of liquidity, safety and high returns.

Combining all these evolutions gives a good picture of the structural forces behind the crisis. Worldwide shifts in income distribution generated excess saving, which were compensated by wealth effects borne out of increases in asset prices. Since those transformations were asymmetrically distributed around the world, they were accompanied by growing imbalances and capital flows. Obviously, purely domestic factors, especially in the US played a major role in amplifying the underlying imbalances. But, ultimately, the crisis was borne out of structural changes in the world economy and our collective inability to adjust.

Looking forward, many features of the pre-crisis environment will still be with us. Emerging economies will still be saving a high proportion of their income. A significant part of those savings will be invested in foreign exchange reserves. Downward pressures on wages will subsist. There are signs that wage dynamics are changing, especially in China, whose economy is deemed by many analysts to have reached the "Lewis turning point" where demographic pressures are offset by increased demand for (at least) qualified labor. Nevertheless, the process will likely be very gradual. As for advanced economies, biased technical progress and pressures from the emerging world as well as unemployment may work to constrain wage dynamics. A general sense of economic insecurity will lead to increase in savings. In most countries and especially in Europe there is an urgent need for strong fiscal consolidation. Market discipline will act powerfully to impose strong consolidation of public finance over an extended period of time.

Therefore, it is a valid question to ask: where will growth in world demand come from in the future?

This may sound paradoxical. In most of the emerging world, demand seems to be booming, and, for many analysts future economic growth will be primarily constrained by the scarcity of natural resources and environmental pressures These are real and unprecedented and they call for a new technological revolution. I am optimistic. History has taught us that Malthus and its intellectual descendants have always been proven wrong. The whole process of economic growth was borne out of the ability of mankind to overcome scarcity through human inventiveness and technical progress. It won't be different this time.

I am also very optimistic in the long run on the fundamental rebalancing of the world economy. Income per capita levels in the emerging world will progressively converge to those of the advanced economies and this will present gigantic market opportunities for producers in those countries. At the same time, tensions and insecurity created by differences in income and productivity levels will abate and disappear.

The transition process, however, may be bumpy. Unavoidably, advanced economies, especially in Europe, will have to adjust to the permanent shift in world comparative advantages. They will have to increase flexibility and, above all, develop and preserve their most precious resource-human capital-through education and excellence in research. Emerging economies will have to face the dual challenge of aging and reducing inequalities.

During that transition period, which may last several decades, it is important that the whole process is not derailed by shocks and crisis borne out of imbalances in the world economy. This is where the twin questions − (1) of the level and distribution of global demand and (2) the level and allocation of world saving-may matter most.

Inside the G20, there is broad agreement on the need to rebalance aggregate demand. That shared objective creates cohesion and has played an essential role in 2008 and 2009 in restoring confidence and setting the path for the recovery.

The debate is still going on, however, on three major and interrelated issues: first, the appropriate pace of the rebalancing, with advanced countries feeling a greater sense of urgency; second, on the most efficient strategies, in particular regarding exchange rates; and finally, and more broadly, on the best international financial and monetary architecture.

I would like to offer some tentative reflexions. These are purely personal thoughts, although I will try to put them in perspective with the incoming French Presidency of the G20.

Rebalancing global demand will not be an easy task.

Simple arithmetic and size effects show the amplitude of the challenge. At the word level, to compensate one for one for a decrease of 1% in US consumption, Chinese consumption has to go up by 7% .

In addition, saving behaviours are deeply rooted in cultural and demographic structures of our societies. In western countries, consumption can be seen as the ultimate objective of economic activity, as well as the fundamental measure of welfare. Other countries may have different preferences. In a speech one year ago, Governor Zhou pointed to the fact that " East Asia countries are influenced by Confucianism, which value thrift, self-discipline, ⋯⋯ and anti-extravagancy". In a period of aging, thrift will b seen as a necessity as much as a virtue. Shifts in income distribution might not happen fast if strong structural forces push in the other direction. Public policies (fiscal, social safety nets) certainly have a role to play, but they take time to redeploy and implement).

Finally, consumption patterns differ across countries and are strongly influenced by differences in taste and level of developments. So, global rebalancing in consumption requires a change in production structures. That change will not-and should not-occur overnight. Attempts to speed up the process would only result in major disruptions and increased volatility. Rebalancing will be progressive but should start now. It cannot be achieved without some adjustment in relative prices. In market economies, it is important that producers face the right price environment when they make long term decisions about investing in technology and productive capacity. Countries are free-and should remain free-to choose whatever exchange rate regime and policy suit them best, taking into account their specific national circumstances. Real exchange rate adjustment, however, is an integral part of a global and orderly rebalancing strategy. That wisdom is best embodied in one of Governor Hu Xiaolian's speeches, last July, where she demonstrated how domestic factor price and exchange rate adjustments are both substitutes and complementary.

Many interactions between our economies occur through capital rather than good markets; This is normal in a " multipolar" world given the diversity of countries, with different preferences, demographics and levels of development. Some of us save more than we spend. Others need capital to finance their growth. Many are aging and want to secure their future income through good and safe returns on their investments. We therefore share a common interest in well functioning global capital markets. Asymmetries in financial development prevent us from reaping all the benefits of our savings efforts.

These asymmetries exist for good reasons. In many emerging economies, the memories of the 1997 - 98 crisis are still there. They lead to precautionary behaviors and a very cautious approach to capital market liberalization. Obviously, the case for unrestricted financial development and market liberalization has been somehow weakened by the crisis.

Nevertheless, we might be paying a heavy price for the disorganized state of our global financial and monetary system. While real interest rates are historically low, many investments with high returns are not undertaken. Poor and emerging economies growth is, in many cases, constrained by lack of infrastructure. We may face future shortages in many essential commodities because of insufficient investment in the current period. Differences in financial systems also exacerbate capital flows and exchange rate volatility, especially when, as is the case today, monetary policies are widely divergent across countries. Surely, we can do better in the future.

Full harmonization and total convergence in financial development between different countries is neither desirable nor feasible. But ensuring that our different financial systems interact harmoniously should be a priority. There are four possible avenues for progress.

First, greater convergence in financial regulation approaches between advanced and emerging economies. Significant advances are being made. China, together with Brazil and India has been, for a year, a full member of the Financial Stability Board, and as, such, participates in steering and leading the effort to build a more resilient and efficient global financial system.

Second, we may start thinking about ways of dealing with international capital flows volatility. For one given country, capital controls may temporarily reduce the pressure on its capital account or even permanently limit the volatility of its exchange rate. For the whole international system, however, they may simply displace the pressure to other countries or asset classes and exacerbate, rather than reduce, overall volatility. There might be ways to eliminate those negative effects by creating a predictable framework defining the circumstances, modalities and conditions trough which temporary or permanent controls would be implemented.

Third, it is important that countries which decide to open their capital markets be adequately protected against external financial shocks. Emerging countries have constantly sought to expand their foreign exchange reserves from 4 percent of GDP in 1190 to over 20 percent on average today. Reserves act as precaution against possible abrupt capital outflows. They also serve to provide liquidity to domestic financial institutions. They are used as a tool for internal-as well as external-financial stability.

The need for national reserves could be reduced if credible mechanisms exist to provide for the supply of official liquidity on a multilateral basis. Hence the current search for financial safety nets which has taken first stage in the G20. Significant progress has been achieved in this direction during the recent period with the creation by the IMF of new facilities and a new SDR allocation, the biggest ever, for the equivalent of 250 bn USD. More needs to be done and work should be undertaken to find sources of international liquidity truly substitutable to reserves without creating undue and excessive moral hazard

And, finally, an important question is to find in the future reliable international stores of value. The crisis has amplified the "asset shortage" as some instruments, up to now considered as riskless, have proved very vulnerable to changing financial conditions. The ability of the private sector to create "safe" assets through financial innovation has proved largely illusory. So, in the period to come there may be both an increased demand worldwide for risk free assets and much less certainty on their future supply.

The search for a reliable international store of value has been going on for many decades. When discussions were held to build the Bretton Wood system, Keynes proposed the creation of a new international currency, the "bancor" which could serve both as a source of liquidity and a store of value. Thirty years ago, there was extensive discussion in the IMF on the creation of a substitution account. Most recently, in 2009, Governor Zhou has reopened the debate and suggested, over the long run, the creation of a new "super reserve" currency, while, in the meantime, enhancing the role and status of the SDR.

There are good arguments to create international instruments providing a reliable store of value. There are also conceptual and political difficulties. A choice would have to be made as to the true nature of the "super reserve currency". Would it be a basket of existing monies such as the SDR today? Or would it be a new "fiat" currency? More fundamentally, a new reserve currency would, in fact, grant a collective guarantee against exchange risk. This guarantee would benefit surplus countries and would be given by deficit countries. When the substitution account was discussed more than 25 years ago, it became clear, at the time that it would have to be part of a package encompassing explicit, binding and symmetric rules on balance of payment adjustments. Most likely, the same questions would be raised again today and the creation of a new reserve currency would have to be part of a broader framework. That may take time, as our Chinese colleagues are fond of reminding us when we discuss those issues.

In the meantime, financial development inemerging economies can go a long way towards expanding the range of safe and liquid financial assets available to domestic and international investors. Capital markets in local currencies have developed significantly over the last decade as fiscal positions in emerging countries have dramatically improved. There seems to be considerable scope for regional financial and monetary arrangements to prosper in the future. Those huge pools of savings currently available can be intermediated locally instead of going through financial systems located in advanced economies. Regional financial markets would have to complemented and underpinned by monetary arrangements. Asian countries are working on and implementing progressively such schemes through the Chiang Mai initiative.

We, in Europe, monitor closely those evolutions as well as the progressive emergence of the RMB as an international currency. As you know, we have a long and successful history of economic, financial and monetary integration. We have learned a lot and, still recently, gone through many crises and difficulties. Nevertheless the Euro, which did not exist fifteen years ago, stands today as one of two major world currencies. We certainly don't pretend our own experience should constitute a model or an example to be followed. I have, however, one certainty: a strong and permanently renewed spirit of cooperation has allowed us to overcome many obstacles and to reap many benefits in terms of prosperity and stability. In a world full of opportunities, but also increasingly complex, this may be an inspiration for all of us.

I thank you for your attention.

城镇化的推进与金融改革之间的关系

李　扬[*]

　　为了应对全球金融危机，中国政府已经采取，正在采取，今后还要采取一系列的措施。在应对危机过程中，恰恰迎来了中国在制定"十二五"规划。因此，很自然的，"十二五"规划就成为应对后危机时期中国整个的发展和宏观调控政策的集大成者。在"十二五"规划当中，我们可以看到长期强调的方向和原则得到进一步强调，并且深化，同时我们看到一些新的表述。所以，研究"十二五"规划，就可以清楚地看到中国在应对后危机时期的战略安排以及各种各样的政策措施。

　　在所有这些应对危机的措施中，我们注意到城镇化，这样一个长期强调的经济发展的动力，比以往任何时候都受到了更多的强调。因此，今天我就城镇化的推进与金融改革之间的关系作一个探讨，希望大家批评指正。

　　中国改革开放 32 年来，如果就经济发展的引擎而言，是工业化和城镇化。但是由于今天发展的水平非常低，从还没有实现温饱的一种水平上，向温饱发展，所以工业化很自然成为一个长期以来的主导性因素。这个时候，城镇化事实上也有相当大的进展，但是城镇化是由工业化引致的，这是一种"引致性"的城镇化。应当指出的是，工业化先导是中国发展道路的优势，就这个问题在国际上有很多的争论，国内学者也有很多的探讨，有些人认为中国的城镇化速度落后于工业化，是中国的一个缺陷。我认为，这恰巧是中国的一个优势，因为它使得我们避免了像拉美以及其他一些发展中国家在经

---

　　* 李扬，中国社会科学院副院长，研究员，学部委员。

济发展过程中过早出现的大城市膨胀，以及各种各样的贫民窟遍地产生的社会弊端。中国是首先让人们有就业，然后才考虑是否移民，这样一条道路，是非常值得总结的。

现在中国确实进入了一个转折时期，因为中国的工业化已经进入中后期，在中国的沿海地区已经基本完成了工业化。而城市化方兴未艾，所以我们的判断就是工业化和城镇化并举，而且逐步向城镇化为主导的方向转移，是中国未来经济发展的趋势。要想探讨这个新的趋势特征和给我们带来的新挑战，我们应首先回顾前32年引致性的城镇化的特征。从劳动力流动来看，流动的劳动力是农村的剩余劳动力到城市去，主要是为了赚钱，在制造业中就业，赚取高的收入。因此，他们的流动格局是一种候鸟性的流动，在这种候鸟性流动的格局下，有若干特征值得注意。

第一，他们并不谋求移民，不谋求成为在其中工作的那个城市的居民。因此就有大规模的人口迁移，每年定期的会有数以亿计的人口流动，相当于欧洲几个国家的人口在移动，这样对中国跨地区交通运输造成了巨大的压力。第二，他们所取得的收入要汇回农村去，并不主要在城市里面。所以，造成了大规模的资金的流动。第三，他们的消费活动除了吃穿等最基本的活动发生在城市，住房、医疗等耐用消费品的消费还发生在农村。可以说，这样一种人口流动格局，由工业化引致的城镇化的发展，事实上是固化了城乡的分割。

有些调查研究显示，农村居民的消费结构没有像城市居民那样呈现不断升级的态势，相反，他们的消费结构甚至表现出低级化以及恩格尔系数上升的逆转趋势。这种情况解释了为什么中国经济发展这么快，但是消费仍然跟不上，因为占人口绝大多数的农村居民，虽然在城市里面赚取了比他们过去更多的收入，但是他们仍然延续着甚至强化着原有的消费习惯。从经济上分析，造成这种状况的原因，就在于他们分散在农村，存在着规模不经济，因此就会导致有效供应不足，以及价格过高。在这个意义上，这两年来，中国政府采取了一系列的下乡、惠农的措施，都是非常有眼光的。我们这里有一些统计，比如就消费价格而言，2001年至2008年，农村消费价格指数上涨23.3%，城市上涨18.4%，农村价格水平上涨高于城市，主要原因在于农村的供应不能非常集中，规模不经济。

与此同时，我们看到，就结构而言，农村家庭在家庭设施、交通通讯、文教娱乐、医疗保健等方面的消费，没有显著提高，甚至有所下降。这就解释了在二元结构下，中国总的宏观经济的结构性特征。更有甚者，在制造业就业导向的城镇化模式下，人口的集中主要是表现在中国的东部沿海地区的集中，这样一种集中已经显示出一些弊端，比较明显的是在经济危机之后。由于全球经济危机深化和制造业增长速度下降，造成制造业吸纳农村流动人口下降，并导致全国的城镇化速度放缓。很多人认为，中国现在城镇化水平是 46%，如果达到 70% 的话，按年率 1% 来算，能有多少年的好日子？但是最近两年发现，中国城镇化的速度在下降，全球经济危机的冲击显然是一个重要的因素，而危机冲击为什么造成城镇化速度下降，是因为中国的城镇化是工业化导致的，是制造业引致的。

第二个现象，2009 年财政刺激计划投入主要在中西部，它的结果就是较大程度地改善了中西部地区的就业环境，提高了当地居民的收入水平，使得很多原先要到东部地区、沿海地区的农民，不再进行这样一种传统路径的流动，他们可能在当地留下来了，因此，导致了东部工业发达地区产生了程度不一的民工荒。这是两个新的现象，城镇化速度趋缓，民工荒现象出现，并且长期化，是我们国家在城镇化过程中必须关注的重要事实。

然而，中国的城镇化的模式正在改变，因为中国工业化逐步完成，城镇化将逐步成为未来中国经济发展的主要引擎。由于中国地域辽阔，我们会看到一方面，中部地区和西部地区还会复制东部地区的工业化引导城镇化的模式，但是一些地区已经出现了城镇化引导经济发展的新模式。这是第一个改变。

第二个改变，流动人口的成分在发生变化，被称为新生代农民工的第一代农民工子女，现在已经成了农民工的主体。2010 年上半年国家统计局统计，新生代农民工已经占到总流动人口的 60%，达到一亿以上。这些人到城市去的动力、他们的追求和父辈是不同的，因为他们不再满足于仅仅是流动，去挣钱，而是要谋求在他就业的城市中待下来，成为居民。所以，农民工从候鸟性的流动，转变成移民，不仅需要要求制造业继续稳定发展，而且对城市的社会服务、社会管理体系、公共服务体系提出新的巨大需求，正是因为基于这样一种需求，中国的城市化模式已经开始发生改变。这个转变的影响是极其深远的，它意味着未来中国城市的基础设施、投资将在一个相当长的时期保持相当大的规模。现在农民工要谋求成为移民，就要由城市提供，由政府来提供，由社会来提供。未来城镇化过程中，由于移民大量涌入，城市需要为新增居民提供住房、交通设施、水电管网设施等等，城市投资需求将会大大的增加。这些移民的增加，会提高服务业就业比重，提高居民消费对经济增长的贡献程度。并且由于中国居民收入分配的差距，主要原因之一是城乡差距，这样一种人口的流动的新格局，会缩小城乡差距，从而进一步对改变中国收入分配不公的现象作出贡献。

这样一种新型的转变，在五个方面具有重要意义：一是由于城镇消费性的投资迅速增长，将会使得国内消费需求成为拉动经济增长的重要动力；二是会刺激整个服务业的发展，从而改善中国的产业结构；三是基础设施的改善和新能源节能环保、电动汽车等等这样一些新兴战略产业的发展，会提高中国的科技水平；四是由于聚集，所以教育水平得以大幅度的提高，所以才会提高中国的人力资本；五是收入分配差距将因农村居民的减少而缩小。同时，通过城镇化在中部和西部地区的扩展，地区间的收入分配差距也将缩小。总之，这样一种战略性的转变，它和我们整个经济发展的战略的转变是一致的，并且是构成经济发展方式转变的最主要的动力之一。从工业化主导转向城镇化主导，将使得投资主导型的增长模式得以持续，这是我们必须确认的一个事实。好在中国仍然具有高储蓄率，这样一个高储蓄是能够继续支撑高投资的，这是从总量而言。但是投资领域将发生变化，我们可以从四个层面看这种变化怎么发生的。由于城镇化、由于人口集中，所以我们需要商业餐饮，需要社区服务、医疗卫生等行业发展。由于让居民安居成为政府的任务，因此我们就需要房地产、物业管理、市政环保等行业予以保障。由于人口的聚集，一聚集就需要分工，聚集多了就需要分工的细化，于是就需要运输、仓储、保险、信息等行业的支撑。由于城镇需要提供生活质量，所以文化娱乐、体育健身、科技教育等行业都会发展。总之，服务业会有非常大的发展。

换言之，投资引导中国经济这样一个总格局没有变化，但是投资的领域将因城镇化模式的变化而发生重大变化。从投资资金的性质上来看，工业化主导的投资和城镇化主导的投资，性质上非常不同，区县不同，风险不同，商业可持续性不同，需要价格和收费的环境不同，需要税收的待遇不同，因此这样一种转变意味着投资的性质发生变化。金融业必须进一步深化改革予以配合。下面从三个方面来看所需要配合的主要领域。

第一，要应对城镇化大发展需要做的金融方面的配套改革，就是纠正扭曲的资金供应结构。中国的金融体系是银行主导的，也就是说，我们储蓄的动员、储蓄的分配，都是通过金融中介机构进行。这样一种动员储蓄和分配

储蓄的机制，有利于推动工业化，但并不非常适合城镇化为主导的经济发展方式。我们可以从两个方面来看：一是银行资金来源主要是短期存款，而用之支持长期投资就有一个期限错配的问题，在工业化过程当中也这样的问题，但是一般来说，工业化的项目由于是商业性项目，有一个比较明确的相对较短的投资回收期。但是在城镇化的过程中，大量的投资商业化的性质并不明确，而且需要的资金非常之强，比如盖一个医院，盖一个养老院的回收期，比盖一个钢厂、一个水泥厂的回收期长得多。所以在这样一种结构下，资金的来源、区县结构的错配问题会更加突出。二是如果过多使用银行贷款，会显著提高企业投资项目的杠杆率，从而增加潜在的风险。今天说杠杆率，危机已经延续了三年，在后危机时期，我们仍然面临着在严峻挑战的环境中说杠杆率，我想不用多说，都知道它的危害性，因为这次金融危机就是杠杆率过高。而依托这样一种以银行为主导的金融体系，为经济建设提供资金，自然结果就是提高杠杆率，提高杠杆率是我们要防止的，要严防的。目前，中国保持着渐进融资的格局，前面我们讲到以银行为主，这样一个等价判断，就是股权类资金供应严重不足，在中国的投资领域中、生产领域中，普遍存在着资金结构的失衡问题，也就是股权性资金少，债务性资金多，从而中国整个经济的负债率是比较高的。我们看到，这样一种情况，使得我们应对金融危机采取了一些迫不得已、而且从长期发展来说是危害性的一些措施，比如降低投资项目的资本金要求，也就是说，我们在反危机的过程中，不得不提高杠杆率，而杠杆率高是导致危机的一个因素，我们不得不采取这些措施。当然，也有不得已而为之的窘迫，但是我们应当高度警惕。

现在我们看到中国居民、企业、银行、政府的四张资产负债表都呈现杠杆率提高的趋势，这种趋势是非常值得我们警惕的。由于这种现象在市场上有一些非常清晰的反映，危机中现金为王，就是说谁手头有钱谁就为王，在今后一个相当长的时期，股权投资为王。一个项目摆在那里，谁能用股份的形式进入，谁就有主导权。解决这个问题需要多管齐下，有一个观点需要强调，说到这个问题，大家自然而然说发展资本市场，但是迄今为止，发展资本市场发展的主要是资本交易市场，对于作为交易市场的基础的资本形成的市场，我们给予的重视是不够的。所以，下一步应当前移，前移到强调资本形成。

第二需要强调途径，我这里列了五个途径：一是发展多层次资本市场。

二是在中国提高股权性资本的比重。民营资本的发展功不可没，因为中国现在规定，民营资本的投资不允许用负债的方式，不允许贷款，所以它们的投资基本上不会形成负债，会形成股本。三是在中国总体资金过剩的情况下，我们还在引进外资，这个情况一直被质疑，如果从资金结构的角度来看，这个很矛盾的现象得到了合理的解释，因为引进外资主要是 FDI，而 FDI 是形成资本的。四是集合投资，PE、VC 获得大发展，也在此得到了解释。2009年 PE 行业新增规模大概 1 万亿，这是非常大的规模。五是金融创新，鉴于中国是以银行为主，以银行为基地的各种各样用于转变债务性资金为股权性资金的金融创新都应该得到支持。

应对中国城镇化模式发展的第二个问题就是地方融资平台问题。这个问题非常之突出，以至于一些国外的研究者都认为中国下一步的金融风险主要是地方融资平台。但是，我们注意到中国政府对于地方融资平台采取了非常合理、非常理性的态度。

首先，地方融资平台产生、发展，在危机中得到进一步扩张，是因为存在着一个基本矛盾，这个矛盾就是一方面中国进入城镇化的发展过程当中，而城镇化主要的任务在地方；另一方面，地方上基本控制不了金融资源，它们的财政资源也是非常短缺的。所以，没有钱，但是需要做这么多的事，因此绕过各种各样的规定，地方性的融资活动就成为一个必然的选择。从这个意义上来说，它有它的合理性。但是由于是在绕过现行管理框架的条件下来从事这些活动，这些活动自然就存在很多风险，一是产生有必然性，二是中间有风险，基于这两个判断，对于地方融资平台解决的问题就有了目前这样一些措施。地方政府融资平台有五类，有一个基本的概况。我们认为解决地方融资平台问题，是中国推进城镇化过程中亟待解决的关键问题。这个问题不是那么简单，它事实上显示了我们整个金融结构中的矛盾，因此对于地方融资平台就有一个分类处理的方案方略。现在地方融资平台大概有三种类型：一是有商业可持续性。二是本身有一定的商业性来源，但是需要第三方还款才能够支撑的。三是基本没有现金流以及可能损失的项目。分类解决办法，应该是很明了的，对于第一类、第二类应当给予支持，让它明确化，让它浮在水面上，给它一定支持；对于第三类我们要高度关注，要想办法采取措施，地方政府要在中间承担重要的责任。

最后一个问题，需要完善地方政府金融管理体制。在"十二五"规划建议中，有很多新的提法，其中有三个提法：一是完善地方政府金融管理体制。在中央一级里，对于地方政府金融的发展以及管理体制问题是第一次提出。这个目标的提出，充分考虑了我国幅员辽阔、纵向结构和横向结构都存在巨大差异的现实，考虑了城市化发展的客观需要，考虑了完善我国金融和财政宏观调控体系的要求，就是综合考虑各方面的情况和要求之后，慎重地提出了地方的金融管理体制和地方金融发展问题，在这个文件中这是关于金融方面新的提法。发展地方政府金融管理体制有很多的内容，其中之一是发展市政债券市场。二是深化政策性银行体制改革。当然政策性金融银行体系的改革一直在提，但是在危机之前，对于银行体系改革已经有了一个基本一致的看法，就是把它们改为商业性金融，而且这个措施已经采取。在"十二五"规划建议当中，重提政策性银行体制改革，这是政府面对危机的新挑战，面对危机过程中揭示的问题作出的新的举措，这样会对城镇化发展产生非常大的促进作用。三是建立多层次的区域性中心。这个问题虽然没有在规划中提出，但是完善地方政府金融管理体制命题的提出，就蕴含着中国可以有若干区域性的金融中心。在这个意义上，多年来，各级政府都在谋求建立自己的金融中心的活动，就有一定的合理性。在网络经济的条件下，多中心应该是可能的。

总之，中国下一步的发展，从发展要素来说已经转移成城镇化为主导，而对城镇化为主导的发展路径，现有的金融体系不能完全有效地支持，金融体系的改革需要进一步下功夫。如果金融体系的改革有效的推进，中国未来的经济发展前景是非常光明的，中国将会进一步地提高自己在国际事务中的话语权，会对全球经济的恢复和发展作出更大的贡献。

第一篇　经邦济世

后危机时代中国战略性新兴产业的发展

金　碚[*]

我们现在都在使用"后金融危机时代"这个概念，但是什么是"后金融危机时代"？这个时代是说金融危机已经过去了，还是金融危机没有过去？很不清楚。从金融专家的数据来看，全世界金融危机确实已经被遏制住了，或者说经济下滑的趋势被遏制住了，但是还有可能会产生第二次危机，至少是第二次危机的阴影挥之不去，因此还要继续刺激。为什么还要继续刺激？为什么金融危机变得这么"顽固"？原因就在于，这次危机的根源不仅仅是在金融领域，金融领域发生的危机是它的表现，而实际上这次危机还有很深的实体经济或者我们所讲的产业经济的根源。简言之，尽管国际金融危机主要表现在金融领域，但是实际上是产业经济基础或者实体经济的基础无力支撑过度膨胀的金融扩张。如果把经济体比作一个大树，金融虚拟经济就像树冠，长得非常快，极度膨胀。实体经济就像树干和树根，一旦遭遇大风，不够坚实的树干和树根很可能无力支撑而被大风刮倒。那么，实体经济根基究竟是什么？庞大的金融资产去寻找各种各样所谓的投资的机会时就发现，投资人的信心不足，投资人信心不足的根本原因是产业发展核心技术的创新方向不明。通俗地说，就是不清楚到底什么值得投资（支撑巨大树冠的根基是什么）。这个问题如果不解决，最终会导致投资人的信心基础崩溃，爆发金融危机和经济危机。

20世纪70年代，人们已经看到了石化能源为基础的传统产业面临的问

---

* 金碚，中国社会科学院工业经济研究所所长，研究员，学部委员。

题导致了当时的经济衰退。20 世纪 80 至 90 年代，人们发现，以信息技术产业为代表的高技术产业可以支撑长期经济增长，于是乐观情绪导致经济增长和泡沫。但是，好景不长，到 21 世纪初突然发现这个产业也有问题，以纳斯达克指数崩盘为标志，投资人普遍失去长期投资信心。于是，投资方向又转到房地产，导致房地产业的扩张，再次形成乐观的经济情绪和巨大的虚拟经济泡沫，直到 2006 年。以后所发生的情况以至于爆发金融危机的过程现在已众所周知。可见，金融危机的深刻根源存在于实体经济之中。

金融危机为什么到现在还过不去？是因为到现在为止美国仍然非常迷茫，实体产业发展仍然前途不明，金融投资的信心基础仍然不够坚实，所以，无奈的美国只得继续用量化宽松政策即扩张货币投放来刺激经济，这必然使得通货膨胀成为危险的隐患，危及世界经济的稳定和健康。可以说，国际金融危机向世界提出了一个尖锐的拷问：产业发展究竟向何处去？如果不回答这个问题，经济衰退的危机阴影就挥之不去。现在，发达国家都在寻找答案，这个问题不回答，庞大的金融投资资金往哪儿去？如果不明确这个问题，金融的投资飘忽不定，导致往哪儿涌流哪儿的资产价格就会上涨，产生泡沫。

再看中国。在这种情况下中国产业的发展向何处去？中国还处于工业化的中期，中国投资的环境、空间比发达国家要大。但是我们可以看看中国 30 多年来经济的成就是怎样得来的，基于怎样独特的产业发展路径。我们经常讲，我们靠廉价的劳动、丰富的劳动力资源来发展，这是对的。但是另外一个问题不知道大家是否考虑过，我们的财富究竟来自哪里？

中国有一句老话，叫做"资本是财富之父，土地是财富之母"。中国经济发展极大地依赖于土地资源，依托于土地和资源的开发、投入。这 30 多年来，中国的土地资源，包括附着在土地上的能源、矿产等等，哺育了政府、企业、居民的巨大财富。仅仅 30 年，"中国人"从"贫穷"的代名词变成了"有钱"的代名词，现在外国人一说到中国人，就觉得腰缠万贯，似乎中国充满了财富。怎么会变得这么快？其中土地的故事是一个很重要的内容。我们可以给政府算一下账，特别是地方政府的钱从哪儿来，很大一部分来自土地和各种资源的开发。我们的企业为什么有这么多钱，其中很大的原因也是土地资源所产生的结果，我们的国有企业怎样脱困，当时也是土地的故事，北京搞"退二进三"，沈阳搞"东搬西迁"，把土地转让得到的很多钱投到另外一个地方开发，让国有企业脱困，解决工人的下岗安排问题等。居民怎样突然增加财富？30 年前，中国几乎没有什么有产者；12 年前，中国居民也没有什么财富。1998 年住宅改革之后，一下子冒出了几十万亿居民家庭财产，这个财产是什么？是土地房产。当然，尽管 30 年来我们取得了巨大的成就，但是也要看到土地资源和环境的承载力已经越来越难以支撑可持续的发展。所以中国的产业必须要"断奶"，所谓断奶就是要摆脱对土地资源的过度依赖，不能政府也靠土地挣钱，大量企业也靠土地挣钱。为什么很多制造业企业投资房地产？就是因为靠土地获利比做实业更容易。

现在中国产业的发展要解决三个最基本的战略问题：一是应对继续推进工业化进程的资源与环境的约束。附着在土地上的资源和环境的约束，使得中国工业化的推进遇到了巨大的障碍。二是制造业必须要高级化，原来主要依靠廉价的劳动力和廉价的土地资源的增长模式必须要改变。但是中国又必须继续推进工业化，所以制造业要高级化。三是必须拓展新的产业发展的空间。这个问题和发达国家有类似之处，是关于什么产业值得发展的问题。

在这样的背景下，国家提出了要培育和发展战略性新兴产业。所谓战略性新兴产业，首先取决于中国要解决的战略性问题究竟是什么。以下是几个最重要的战略问题。

第一，中国要有资源环境战略。中国不可能停止工业化的步伐，发展仍然是硬道理，发展仍然是第一要务，工业化必须继续推进。中国不仅要成为一个制造大国，而且要成为一个消费大国；不仅只是世界工厂，而且要成为巨大的新兴市场。在这样的过程中，资源、环境的压力会更趋强烈。所以，战略性的问题是我们必须要实现节能环保，开发新能源、新材料，这已经成为中国产业发展最重要的战略内容之一。只有在这个方面取得实质性和全面的进展，才能够实现经济社会的可持续发展。简单地说，我们既要发展工业，包括发展一些资源密集型的产业，但同时要节能环保。

第二，中国必须提升产业国际竞争力，或者说我们竞争力的源泉必须改变。过去中国产业竞争力的来源主要是低价格的资源、低标准的环境保护、低水平的劳动报酬，以此来保证我们的产业具有竞争力。现在必须要转变为主要依靠技术创新和制度优势创新的源泉来支撑中国产业的国际竞争力。寻求和拓展产业国际竞争力的新源泉是中国产业发展决定性的战略措施。没有竞争力什么战略都实行不了，过去的资源优势在弱化，甚至在丧失，我们必须寻找新的竞争力源泉。

第三，必须要继续推进体制机制的优化，实现体制机制优化战略。我们讲培育和发展战略性新兴产业，要发挥市场和政府两方面的作用。尽管我们讲到战略，总是有主观的选择性，往往说在重点领域集中力量，这意味着政府的作用要强化，但是培育和发展战略性新兴产业绝不意味着可以脱离客观规律而任凭主观意志摆布。在发展新兴产业过程中，政府发挥规划、引导、扶持的作用，绝不可以忽视市场的公平竞争而过度地进行行政干预。总之，发展战略性新兴产业必须形成更完善的市场经济体制，这也是国务院《关于加强市县政府依法行政的决定》里面重要的内容。

第四，在实施培育和发展战略性新兴产业的过程中，还要实施自主性的开放战略，培育和发展战略性新兴产业要走更加开放的道路，而不是走封闭的道路。中国的自主发展和自主创新并不排斥公平的国际竞争和国际合作。很多人特别是国外的人对这个问题有一些误解，认为中国自主发展了，自主创新了，就意味着要封闭，其实不是，中国在培育发展战略性新兴产业过程中还要继续对外开放。特别是国务院列举了七个战略性新兴产业，七个产业里面主要体现了三个战略目标：第一个目标跟节能环保有关，是新能源、新材料；第二个目标是继续增强我们的竞争力，是更高一代的信息产业、生物产业；第三个目标是开拓新的产业空间。中国发展战略性新兴产业不仅是中国自己的事情，也是全世界的事情。中国发展节能环保、高端装备制造、新能源、新材料、新能源汽车等新兴产业具有非常强的正外部性，这些产业的发展不仅对中国有益，对世界也有益。世界上对中国也有一些误解，好像我们在这个领域发展会影响到全世界公平竞争，其实这些产业有很强的正外部性，涉及资源的节约、能源的替代、环境的改善、市场的扩容、效率的增进，民生受益，体现了应对人类共同的战略挑战所做的极大的努力。总之，中国培育和发展战略性新兴产业，使中国的产业走向更加节约、更加清洁、更加高效、更加开放、更加市场化的发展道路，不仅使中国获益，而且将使全人类受益，中国发展战略性新兴产业理应受到全世界的欢迎。

"十二五"期间我国吸收外商直接投资的挑战与机遇

裴长洪[*]

中共中央关于"十二五"规划的建议中，提出了更加积极主动的对外开放战略，其中包括进一步提高利用外资的水平和质量，优化外商投资结构以及发挥外资在促进经济结构调整中的作用。如何落实中央关于"十二五"规划的建议，既需要总结"十一五"我国吸收外商直接投资的经验，还需要把握后危机时代国际资本流动的新特点，正确应对面临的挑战，充分利用好有利于我国进一步发展的战略机遇期。

一 "十一五"期间我国利用外商直接投资的回顾

"十一五"期间，我国利用外资的规模比"十五"期间更上了一个台阶，2008 年我国利用外商直接投资金额达到 1083 亿美元，同比达到历史最高水平（见图 1）。2009 年尽管受金融危机的冲击较大，但我国吸引外商直接投资金额仍达到 918.04 亿美元（其中非金融类为 900.33 亿美元，同比下降 2.56%），同比下降 3.62%。2006～2009 年，我国利用外商直接投资的年均增速为 11.0%，比"十五"期间提高了 2.6 个百分点。

2010 年前 7 个月，中国吸收外商投资 583.54 亿美元，同比增长 20.65%，预计全年有望突破 1000 亿美元，恢复到 2008 年的水平，或比 2008 年略有增长。"十一五"期间，我国吸收外商直接投资有以下几个特点：

---

* 裴长洪，中国社会科学院经济研究所所长，研究员。

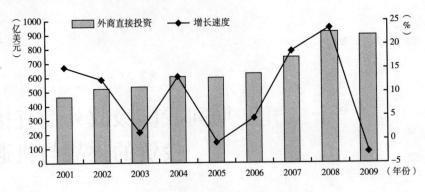

图 1 我国利用外商直接投资的金额及增速

1. 服务业引资比重上升（见表 1）

2009 年服务业吸引外商投资的趋势仍然不变。2009 年我国制造业实际利用外资 467.71 亿美元，比上年下降 6.26%，比重为 51.95%，而同时整个服务业实际利用外资达到 378.66 亿美元，比上年下降 33%，占比仍然达到 42.06%。2009 年我国批发和零售业、房地产业的直接投资比重分别达到 6.35% 和 17.41%，分别比 2005 年提高了 4.63 个和 8.42 个百分点，提升显著。在现代服务业领域，如租赁和商务服务业、科学研究技术服务业在 2009 年吸收外商直接投资所占的比重分别为 6.64% 和 1.82%，分别比 2005 年提高了 0.43

表 1 三次产业吸收外商直接投资的变化

单位：亿美元，%

年 份	2001	2002	2003	2004	2005	2006	2007	2008
实际金额	468.78	527.43	535.05	606.30	724.06	727.15	835.21	1083.0
增长速度	15.1	12.5	1.4	13.3	19.4	0.4	14.9	29.7
一产金额	9.0	10.3	10.0	11.1	7.2	6.0	9.2	11.9
增长速度	33.3	14.4	-0.3	11.0	-35.0	-16.7	53.3	29.3
占 比 重	1.9	2.0	1.9	1.8	1.0	0.8	1.1	1.1
二产金额	348.0	394.6	391.8	454.7	446.8	425.1	428.5	499.0
增长速度	17.6	13.5	-0.8	16.1	-0.2	-4.9	0.9	16.3
占 比 重	74.2	74.9	73.3	75.0	61.7	58.4	51.3	46.1
三产金额	111.78	122.53	133.25	140.5	270.06	296.05	419.3	572.1
增长速度	6.8	9.6	8.7	5.4	92.2	9.6	41.6	36.4
占 比 重	23.9	23.1	24.8	23.2	37.3	40.8	47.6	42.8

资料来源：商务部《中国外商投资统计（2009）》。

个和1.25个百分点。相反，制造业引资乏力。从2001年到2009年9年间，制造业外商投资流量的增加是不明显的，其中有5个年份是负增长或微弱增长，其余4个高增长年份有3个集中在"十五"期间，只有1个在"十一五"期间，还是在持续两年的负增长和低增长后出现的结果。"十一五"吸收外资的亮点是2007、2008年连续两年出现了服务业吸收外商投资的高速增长，整体提高了"十一五"期间服务业吸收外资在全部吸收外资中的比重。

2. 外资来源地的变化

新世纪以来，我国利用外商直接投资的主要来源地集中在我国香港、台湾以及维尔京群岛、日本、美国、韩国、新加坡、萨摩亚群岛等国家和地区，这种结构在"十一五"前三年也得以保持。由于全球金融危机，我国利用外资的来源地结构在2009年发生了较大的变化。维尔京群岛和萨摩亚群岛等自由港的金融状况发生了很大改变，维尔京群岛和萨摩亚群岛在2009年退出了我国前十大外商直接投资来源地，而我国香港、澳门和台湾地区对内地的投资则出现迅速增加，占我国利用外商直接投资的比重明显提升。从2000年开始，自由港一跃成为仅次于香港的第二大外资来源地，我国台湾和新加坡的外资流入比重下降，而韩国流入比重上升。从2006年到2008年，自由港外资流入出现新的高涨，从130亿美元依次增加到226亿美元和231亿美元，成为外资流入最活跃的来源地。这三年累计，十大外资来源地排序如下：中国香港（889.72亿美元），维尔京群岛（437.54亿美元），日本（118.39亿美元），美国（84.21亿美元），中国台湾（58.09亿美元），韩国（107.08亿美元），新加坡（86.29亿美元），开曼群岛（78.11亿美元），萨摩亚群岛（62.58亿美元），德国（36.13亿美元）。毛里求斯从2007年开始对华投资呈跳跃式增加，三年累计超过28亿美元，成为外资第11大来源地，排在英国（24.7亿美元）之前。

2009年情况发生了一些新变化（见表2）。我国香港对内地的投资占我国直接利用外资总额的比重迅速提高到60%，我国澳门地区对内地的直接投资比重进入前十；我国台湾对大陆的直接投资金额达到65.63亿美元，占我国外商直接投资总额的比重达到7.3%，跃升到第二位；维尔京群岛和萨摩亚群岛对我国外商直接投资的数量急剧减少，2009年退出了前十行列。尽管发达国家在金融危机中受到的冲击较大，但美国、英国、德国、加拿大等国家对我国的外商直接投资规模依然较大，虽然占比有所减少，但绝对规模依然保持较高的水平。

表 2　2009 年外资来源地占比排序

单位：%

中国香港	60.0	中国台湾	7.3
日　本	4.6	新加坡	4.3
美　国	4.0	韩　国	3.0
英　国	1.6	德　国	1.4
中国澳门	1.1	加拿大	1.1

3. 项目大、独资化（见图 2）

2009 年我国利用外资平均项目金额达到 384 万美元，比 2005 年提高了约 180%。"十一五"期间，我国利用外资的平均项目金额保持了稳定快速的提高态势，年均增长 31.3%。其中，单个外商投资项目的平均金额增长最快的是 2007 年和 2008 年，分别增长了 30% 和 70%。由于制造业占据我国外商直接投资的一半以上，因此可以反映出制造业的外商投资平均项目规模出现大型化趋势，表明虽然制造业利用外资的比重下降，但制造业外商直接投资的项目规模结构发生了积极的变化。

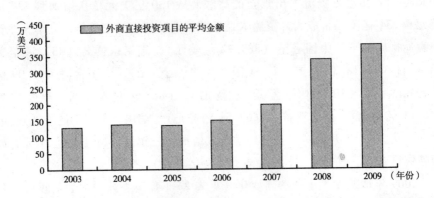

图 2　我国外商直接投资项目的平均投资金额

与项目规模增大相对应的是独资化倾向加强。外商独资经营企业使用外资金额从 2000 年第一次超过合资经营企业以来，比重不断加大，截至 2007 年底，已上升到 68.57%（见表 3）。截至 2007 年底，在 220601 家外商投资企业中，173476 家由外方绝对控股，占全部企业总数的 78.64%。

表3 2005～2007年不同形式外商投资企业实际利用外资的比重变化

单位：亿美元，%

企业类型	2005 年比重	2006 年比重	2007 年比重
独　　资	65.84	62.34	68.57
合　　资	25.39	27.69	23.72
合　　作	6.29	7.46	4.98
股　　份	2.48	2.51	2.73

资料来源：2009 年中国社会科学院财贸所外商投资研究课题组调查资料。

4. 利用外资地区结构改善

从外商投资的区域结构看，东部地区依然是外商投资的重点区域，但所占比重有所下降，中、西部地区吸收外资金额增长迅速，外商投资的区域结构有所改善。2007 年，东部地区实际使用外资额为 656.37 亿美元，占全国利用外资总量的比重为 87%，但同比只增长 15.31%；中部地区实际使用外资额为 54.5 亿美元，增长 38.96%；西部地区实际使用外资 36.8 亿美元，增长 69.04%。中、西部地区的利用外资增长速度明显高于东部地区。2008 年我国中、西部地区吸收外资更是分别增长了 36.4% 和 79.8%，远高于全国利用外资的平均增速，使得中、西部地区占我国吸收外资的比重进一步提高。2009 年西部利用外资逆势增长，当年东部地区实际利用外资同比下降 0.96%，低于全国平均降幅 1.6 个百分点，中部地区实际利用外资下降 28.26%，高于全国平均降幅 25.7 个百分点；西部地区全年利用外资 71.09 亿美元，实现 7.41% 正增长，其中四川省实际利用外资达到 19.36 亿美元，占西部地区总量的 27.23%。2010 年前 7 个月，东北招商引资突出。前 7 个月西部地区实际利用外资 38.94 亿美元，同比增长 19.24%，东部、中部分别实际利用外资 505.92 亿和 38.67 亿美元，同比分别增长 20.59% 和 22.8%；东北老工业基地实际利用外资 51.84 亿美元，同比增长 62.69%，表现最为突出。

5. 在全球外资中占比下降

中国从 20 世纪 90 年代开始大力吸收外商直接投资，1992 年吸收外商投资跃上百亿美元新台阶。在 1991～1995 年的"八五"期间，中国吸收外商投资平均占世界直接投资流入量的 8.8%；而在 1996～2000 年的"九五"

期间，这个比例降为 7.3%；2001～2005 年的"十五"期间，这个比例再下降到 6.7%；2006～2008 年是"十一五"的前三年，这个比例又下降为 5.7%。2009 年占比回升（见表 4）。

表 4　中国吸收 FDI 与世界流量对比

单位：亿美元，%

年份	中国吸收	世界流量	中国占比
2000	407.15	12708	3.2
2001	468.78	7350	6.4
2002	527.43	6252	8.4
2003	535.05	5611	9.5
2004	606.30	7177	8.4
2005	724.06	9587	7.6
2006	727.15	14110	5.2
2007	835.21	19790	4.2
2008	1083.0	16974	6.4
2009	918.04	10403	8.6

资料来源：联合国贸易与发展会议各年《世界投资报告》。

二　后危机时代我国吸收外商直接投资面临的挑战

1. 非产业资本投资因素的增加

跨国投资在实践中毕竟是微观主体的市场行为，因此关于企业投资的各种理论也成为解释国际直接投资原因的重要学说。平均利润率趋向下降、财务报表的非真实性和长期投资的风险，对企业直接投资并控制生产经营的动机提出了质疑，风险与资产投资理论应运而生。美国早期风险投资理论是从资本、货币市场的不完善，利率和汇率波动以及国际资本市场的结构和效率等方面分析这些因素对国际直接投资的影响。特别是汇率的波动，对于选择避险与趋利的实体和非实体资产进行投资带来了挑战与机遇，成为企业进行国际直接投资的战略。现代资产组合理论认为，把不同的资产组合起来，就可以大大降低风险并取得较高收益。这是因为各种资产的风险大体分为两类，即系统风险与非系统风险。前者取决于该资产的外部因素,它本身无能为力;后者则与该资产相关,通过适当的资产组合可以避免风险。正是这些原因解释了近几年我国服务业外商投资快速增加的现象(见表5)。

表5　2005~2008年金融和房地产业外商投资占第三产业外资流入比重

单位:亿美元,%

年　份	2005	2006	2007	2008
第三产业外资实际金额	270.06	296.05	419.3	572.1
金融业占比	45.5	33.74	21.5	28.8
房地产外资金额	54.18	82.30	170.89	185.9
房地产业占比	20.1	27.8	40.76	32.5

资料来源:商务部《中国外商投资统计(2009)》。

外资流入第三产业中60%以上集中于金融和房地产业。除了金融业对外开放扩大的因素之外,人民币对美元汇率升值(特别是2008年升值幅度最大,外资流入规模也最大)以及美元对西方主要货币贬值,从而改变了国际资本市场结构和效率,也使人民币具备了所谓的"通货溢价"条件,这为跨国企业投资中国金融和房地产业创造了垄断优势,成为国际资本流入的重要原因。

2. 出现了新的投资方式与商业模式

20世纪90年代以来,投资自由化和金融全球化的发展,全球资本市场使企业资产与股权的交易更加便利。同时,新技术产品的赢利周期愈来愈短,产业资本依靠实体循环平衡成本与收益的能力日益弱化,直接投资并长期控制生产经营活动不仅很难保证投资回报,而且生产过剩的风险日益加大。资本主义经济需要创造一种新的投资方式来缓解或转移这种风险。这种投资形式上与直接投资没有区别,即投向实体资产,但它的商业赢利模式却发生了变化。传统直接投资的赢利模式是依靠生产经营的利润,而创新直接投资的赢利模式是依靠资产与股权交易的"溢价"。投资银行与私募股权基金成为风险投资工具。投资银行和私募股权基金不仅创造了为避险趋利并缺乏其他优势的货币资本提供服务的组织形式,而且创造了新的商业赢利模式,从而为企业并购重组大开方便之门,同时也为国际直接投资的飙升和全球资本市场的活跃创造了生机和活力。这种投资方式和赢利模式用虚拟经济的扩张转移或缓解了生产过剩的矛盾,具有一定的合理性。同时,这种投资方式也颠覆了国际社会曾经对直接投资所下的定义。

这就使国际资本流动出现了三种模式：第一种是间接投资（或证券投资），通过购买金融产品实现货币资本的增值。第二种是直接投资，通过购买商品资本，经过生产资本的循环，再通过商品资本的出售而实现货币资本的增值。第三种是创新形式的直接投资，通过购买商品资本来出售生产资本，或直接购买资产和股权（生产资本），再通过出售资产和股权实现货币资本的增值。第三种方式既可能是"绿地投资"，也可能是企业参股、收购或兼并，这已经成为国际直接投资的主流。

3. 后危机时代国际资本加速流入新兴国家

2009 年发达国家对全球经济增长贡献下降至 50% 以下，新兴国家和发展中国家贡献提高。发达国家普遍出现低利率、低通胀、低增长的状况；而新兴国家则出现利率转高、高增长、流动性加强和高通胀预期的现象，引起国际资本流入新兴国家。特别是美国从 2010 年 8 月重新启动"量化宽松"货币政策后，美元大幅度贬值，导致软货币对硬资产的追逐。"热钱"流入中国成为利用外资领域的新挑战。这种国际资本可以通过中国已开放的各种渠道，通过作假达到违规流入的目的。例如，高报出口贸易价值达到多结汇，高报外商投资项目实际需要的资本金数额达到多结汇，超过个人实际需要达到多结汇等方式，这些都可能表现为外汇收支的不正常结果。2010 年前 7 个月，虽然货物贸易顺差仍然呈现下降状况，但货物贸易的结汇金额却大大超过海关统计的贸易顺差额。前 7 个月，外汇指定银行收入的货物贸易结汇金额超过海关统计的货物贸易顺差额 800 多亿美元。2010 年 8 至 10 月份，银行代客结售汇顺差 576 亿美元，比海关统计的贸易顺差多 510 亿美元。这说明，国际资本正在加速流入中国，这不仅加大了我国基础货币投放的压力，带来了货币政策调控的困难，而且，其中必然有部分资金将成为投资于以人民币计算价格的某些实体资产或金融资产，成为外资利用的组成部分，如何看待这种资金来源，如何实现外商投资结构的优化并趋利避害，成为利用外资的新课题。

三　后危机时代我国吸引外商直接投资的新机遇

后危机时代特点一：产业转移深化

由于危机导致需求萎缩，世界制造业将发生新一轮的分化与调整。最典型的是汽车制造业，世界最大的汽车公司正在收缩业务和调整结构。法国 PSA 集团、雷诺、菲亚特以及欧宝、宝马、福特、丰田和大众相继宣布了停产计划。被削减的生产能力相当于其全球总生产能力的 1/10。世界第一大钢铁企业安塞洛·米塔尔临时关闭其在法国的一半高炉，其在西欧总共有 13 座高炉将停产或即将停产。英荷皇家壳牌石油公司放弃了之前已有投入的英国第二大风电建设项目。该公司退出英国项目后，将能源项目建设的重点调整至在北美开发风能和在伊拉克合营开发天然气项目。这些调整无疑都增强了发展中国家进一步趋向生产制造与能源供给的结构特征。

汽车业跨国公司看好中国。全球汽车企业为了占领中国市场正在展开行动，福特公司决定在中国的南部地区建设第三个汽车工厂；通用汽车计划与中国一汽合作共同生产；菲亚特也决定与广州汽车合作扩大生产量。尼桑与东风汽车合资的工厂生产人员增加到了 1200 名。2009 年中国成为世界汽车第一生产和消费大国，年生产和销售量都突破 1200 万辆。农业和电子行业跨国公司在华也有新动向：2009 年加拿大 GLG 集团、泰国正大集团、菲律宾威廉集团投资在华农产品加工项目；瑞士先正达公司在北京设立全球生物技术研究中心。落户苏州的美国 AMD 公司，将在新加坡的产能全部转至中国；上海美资电子企业麦硕，关闭美国工厂，订单全转中国。跨国公司西进，惠普、富士康、英业达先后落户重庆，使重庆笔记本电脑年产 5000 万台，成为亚洲最大生产基地。2009 年 9 月和 2010 年 1 月重庆先后与美国思科、台湾广达签署协议，打造规模空前的通信产品生产基地。

跨国公司继续投资于服务业。沃尔玛在关闭美国数十家卖场后，计划在亚洲大举扩展，包括在香港设立亚洲总部并在 2010 年 2 月份之前完成对好又多（Trust-Mart）的收购。2009 年沃尔玛在中国设立十几家独资公司；英国 Tesco（乐购）在华设立 5 家；2009 年沃尔玛和家乐福在华销售额分别增长了 25% 和 15%。德国邮政集团宣布旗下 DHL 国际快递公司关闭在美国的大多数航空和地面快递业务部门，却增加在中国的业务，有望于 2012 年之前在上海开通航空快递业务。奢侈品行业的跨国公司，如巴黎春天集团和路易威登集团均转向在新兴市场培育后继消费者及抢占龙头地位。外资银行在中资银行持股经历减持到增持的转变。2009 年上半年抛售获利，如苏格兰银行抛售中国银行 4.26% 和 H 股股权，获利 100%，很快转为增持，新加坡华侨银行参股宁波银行，德意志银行增持华夏银行成为第一股东，西班牙银行增持中信实业。外资法人银行加快在华网点扩张。汇丰、花旗、东亚和渣打银行纷纷扩展网点。

在后危机时代，以生产与消费相分离为特征的这种全球性经济结构不平衡，事实上是全球财富占有不平衡、国际货币体系不平衡、资源占有与消耗不平衡在全球经济结构不平衡中的必然表现，在这种生产与消费分离的全球经济结构状态下，中国和一些新兴经济体的"世界工厂"地位将继续上升，将承担更多的商品生产分工，从而出现更多的外资流入。

后危机时代特点二：新的科技革命及其产业化

在应对气候变化中，各国都高度重视新能源产业发展，正在加快推进以绿色和低碳技术为标志的能源革命。新能源汽车已成为全球汽车工业发展的方向。世界主要国家为保障能源安全，都在加快新能源汽车研发和市场开拓的步伐。21 世纪还是生命科学大发展的世纪，生物科技发展将显著提高农业和人口健康水平。信息网络产业是世界经济复苏的重要驱动力。全球互联网正在向下一代升级，传感网和物联网方兴未艾。"智慧地球"简单说来就是物联网与互联网的结合，就是传感网在基础设施和服务领域的广泛应用。在这些领域中，突破关键技术并使之产业化将成为后危机时代发达国家产业振兴以及促进新一轮产业转移出现，带动新的国际分工的新现象。

后危机时代特点三：双重产业分工体系并进

美国以清洁能源和低碳技术为主的产业，在一部分垄断资本的支持下，会创建出一些新企业，并形成一定的产业体系，特别是在欧盟新能源资本的配合下，也会在全球分工体系中出现新的产业分工以及部分的分工重组和企业并购，但这些都需要在竞争中与原有的产业基础相适应、相融合，不可能是简单的替代关系，因此不可能很快改变原有的制造业国际分工格局和国际收支流向。随着美国和发达国家的企业在制造业中成本控制能力的不断弱化，制造业向发展中国家转移的趋势将继续前行。在后危机时代，国际分工的格局将会在原有的基础上发生一些变化，但这仍然改变不了中国和一些国家仍然是世界制成品或中间产品的主要生产者和供给者的基本态势，世界生产资本向这些国家流动是必然趋势。

后危机时代特点四：金融资本寻找全球市场

为了讨好并取得金融垄断资本的支持，美国新能源经济的设计者还谋划了金融垄断资本在新能源经济中的生财之道——碳交易和碳金融。《2009年美国清洁能源和安全法案》中明确要建立一个以市场为基础的总量管制和排放交易体系,实行"限制排量与贸易许可"计划。建立"限额交易"制度之初,免费发放85%的排放配额,余下15%的配额进行拍卖,以后再逐年增加用于拍卖的排放配额的比重。对碳配额分配、交易、持有等将创造出一个巨大的碳金融市场,随之而来的就是对各类碳产品进行衍生创新,这将从物质能源中提炼出"金融要求权"——一种新的"能量通货",美元纸币体系和能量通货结合可以保障美国金融资本和国家资本利益的最大化。实现这个构想将成为美国金融垄断资本建立新的国际分工体系、实现全球扩张的新计划。

四 "十二五"对利用外资的新要求及实现途径

"十二五"规划建议指出:"利用外资要优化结构、丰富方式、拓宽渠道、提高质量,注重完善投资软环境,切实保护投资者合法权益。"2010年4月6日国务院发出《关于进一步做好利用外资工作的若干意见》(国发9号文件),提出优化利用外资结构、引导外资向中西部转移、促进利用外资方式多样化、深化外商投资管理体制改革、营造良好的投资环境等五方面20条意见,成为今年及今后一个时期做好利用外资工作的基本思路。8月份,国办为贯彻落实这个文件又出台了"分工方案",明确了各部门的职责。为了实现"十二五"期间我国吸引外商投资的新目标,达到提高利用外资质量和水平的目的,其基本思路是:

首先,要继续加强先进制造业利用外资。我国仍然处在工业化的发展阶段,虽然在沿海发达地区加工制造业已经发展较为成熟,但这些加工制造业大多处于国际分工的中低端,需要向中高端发展,特别是装备制造业的发展还很不充分,仍然有较大的发展空间。因此,先进制造业将成为"十二五"我国利用外商投资的重点领域。

其次,服务业加大外商投资力度是必然趋势。从国际直接投资趋势看,服务业国际直接投资存量从1990年底的48.8%上升到2007年底的63.8%。2009年服务业和第一产业吸收国际直接投资比例继续上升,制造业比重继续下降。"十二五"规划建议中关于服务业利用外商投资提出,"扩大金融、物流等服务业对外开放,发展服务外包,稳步开放教育、医疗、体育等领域，引进优质资源，提高服务业国际化水平"。这些领域吸引外商投资有很大潜力，将成为未来的发展空间。

再次，既要大胆利用非产业资本的外资，大胆利用第三种模式的国际资本以及并购型投资，也要在防范金融风险的有利条件下，清晰外来资本的流入目的，使外资流入的环境更加有利。为此，应采取必要的措施：（1）人民币汇率应保持基本稳定，汇率浮动的灵活性不能理解为单向升值，而应参考"一篮子货币"有升有降，蛇形浮动。避免国际资本短期内过度投资某种以人民币计价的资产，避免造成某种资产的价格泡沫。（2）资本项目的开放应审时度势，不必急于求成；应始终保持监管自如的开放态势。（3）加强外汇收支的贸易投资真实性审查，弱化外汇指定银行进行结售汇交易的利益冲动，弱化中央银行结汇和基础货币投放的压力。

"十二五"我国继续吸引外商直接投资的抓手是：

第一是继续利用好开发区、工业与服务园区、海关特殊监管区的有利条件，提高其利用效率。这些特殊区域，是中国改革开放的创造和新事物，很大程度上都是为吸引外商投资而设立的，有优惠政策和各种相关的配套和服务条件，有利于产业集聚，有很强的生命力，应尽可能发挥其效用。内地海关特殊监管区要进一步改革，根据调查，一些内地的海关特殊监管区，如出口加工区，招商引资效果不很好，其主要原因是内地的不利因素即交通成本高，有利因素是内地市场近，这与出口加工区主要吸引大进大出的加工贸易的外商投资的海关特殊监管方式有矛盾，要使这种出口加工区招商引资有吸引力，需要对海关监管方式进行相应改革，使区域内的外商投资企业能够利用国内外两种资源、两个市场。

工业园区要吸引生产性服务部门的外商投资。外资制造业中加工型、出口型、生产型企业居多，而且大多属于跨国公司全球生产组织体系中的封闭环节，产品线和产业链延伸不足，呈现"二少一多"特征，即外商投资企业对本地金融机构的信贷服务需求少；产品设计、关键技术、零部件依赖于进口，对本地研发或技术服务需求少；产品直接出口多，而且多进入跨国公司营销体系。在产业集聚的园区，已经有条件吸引生产性服务业领域的外商投资，为制造企业提供生产服务，提高园区的国际竞争力。

第二是承接国内外服务外包。2009 年全国服务外包企业新增 4157 家，新增从业人员 71.1 万人，承接国际离岸服务外包合同执行金额 100.9 亿美元，同比增长 152%，其中，20 个示范城市合同执行金额 95.5 亿美元，同比增长154%，占全国的比重为95%。在承接国际服务外包业务的基础上，国内市场已经逐步成熟并得到开发，从事在岸业务成为外包企业拓展业务的新方向，同时也成为吸引外商投资的另一有利因素。根据日本公司估计，中国外包业务中，在岸需求将上升到占85%～90%，离岸业务需求将降为10%～15%，中国服务外包市场将成熟并释放，对国际服务外包投资商形成很强引力。

第三是招商引资工作科学化。要有科学合理的工作计划，并与地方经济社会发展规划相衔接，长期坚持，不能中断，保持工作的持续性，也要有任务和指标。下指标是正常、合理的工作方法，但要反对弄虚作假。要完善招商引资的专业队伍，招商引资工作要走向长期化、专业化、精细化、社会化；要利用社会力量，如商会、行业协会、中介机构共同努力。工作科学化主要表现为精心设计招商活动。在境内办好各类贸易投资洽谈会，提高招商引资的成功率；组织好走出去的招商活动，要扩大招商范围，有些发展中国家的企业也有对中国的投资意愿，但不了解，要加强沟通；有计划、有重点地邀请国外大企业代表来华参加各类商务活动或学术活动，增进了解，为招商活动打下基础；完善各种"安商"、"亲商"活动，增进当地外商企业对当地的情感，进一步促进它们的再投资活动。

"十二五"我国继续吸引外商直接投资的突破口为以下几个方面。

1. 利用并购投资

2010年国发9号文件明确"鼓励外资以参股、并购等方式参与国内企业改组改造和兼并重组"（见图3）。外商并购投资的优点是不形成新的生产

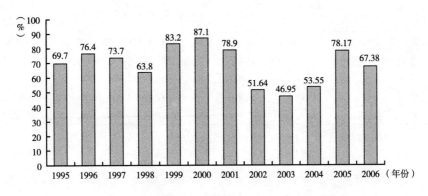

图3　跨国并购成为国际直接投资主要方式

能力，只是现有企业所有权的转移，对并购后的企业经营有利；可以共享资源，如技术、市场和品牌等；帮助现有企业脱困；减轻失业压力。并购投资要求的基础条件：东道国市场产能过剩，竞争激烈，以新建方式投资后的经营难度大；东道国产权交易市场有一定程度发育，存在支持并购活动的法律框架、企业信息透明可靠；东道国企业质量相对较高，企业资产中含有并购方所重视的优势资产。

2. 内地企业海外上市

2009 年内地企业海外上市显著增长，海外融资越来越成为我国企业利用外资的一种重要形式（见表 6）。海外 13 个资本市场上，2009 年共有 77 家中国企业在境外 9 个市场上市，融资 271.39 亿美元，比上年上市企业增加 40 家，融资额增长 2.92 倍。而且海外上市市场增加了法兰克福、韩国、新加坡、香港创业板 5 个市场。由于中国经济增长，中国内地公司海外上市得到更多机构投资者青睐。海外上市主角由过去高科技企业转为以房企、新能源和新兴行业为主（见表 7）。

表 6   2006～2009 年中国企业海外上市情况

单位：亿美元，家

年　份	2006	2007	2008	2009
融资	439.98	397.45	69.22	271.39
上市企业数	86	118	37	77

资料来源：商务部网站。

表 7   2009 年内地企业海外上市行业分布

行　业	融资额 （亿美元）	占比（%）	企业数（家）	占比（%）	平均融资额 （亿美元）
传统行业	142.9	52.7	54	70.1	2.646
服务业	72.98	26.9	6	7.8	12.1727
清洁技术	26.30	9.7	6	7.8	4.382
广义 IT	16.16	6.0	8	10.4	2.0195
生物科技与健康	13.04	4.8	3	3.9	4.3452

资料来源：清科集团，2010。

一些地方的经验也是值得重视的，如抓大项目，抓重点行业的招商引资，大胆利用国际资本流动的新方式。2010 年在东盟、欧、美、日、韩等国家和地区投资明显减少的情况下，英属维尔京群岛、巴巴多斯等自由港对我国投资热度再次提高，要抓住这个机遇。充分利用高新技术开发区，开发区的有利政策、项目的配套条件、管理经验和招商引资工作的连续性，都成为有利因素。政府简政放权，降低外商投资在华的运作和交易成本十分重要，还要改善投资环境，有效降低投资者的创业成本和营运成本，特别是利用内地劳动力成本、土地以及其他要素优势，吸引外资到中西部投资。

中国居民消费型房地产市场
管治的基本问题

潘家华[*]

房地产供需涵盖居民消费、非盈利性社会公益（如政府办公场所、公立学校、公立医院）和商用或生产型（包括服务型如律师事务所和生产型商用如企业办公用房和商场旅店等）三大领域。非营利社会公益性需求源于财政收入、公权转换和社会捐赠。生产性需求源于经济活动的收益，不论是现实收益还是预期收益。居民消费性需求本为居家生活中衣食住行的一种必需品，但在市场供求关系中，存在一定的社会公益和商业盈利属性。

人们当前关注的房地产市场问题，焦点并不在社会公益型和商用/生产型供求关系上，尽管人们对许多地区地方政府办公楼的奢华和商用房产的浪费多存疑虑。这是因为，商用/生产型房地产取决于其收益，是一种纯商业行为；公益性房地产的公益特性，也有社会监督机制的存在。而居民消费型房产具有社会和市场双重属性，供给具有商业属性，但需求尤其是社会弱势群体的保障性需求具有一定的社会公益属性。这就是为什么社会真正关注的焦点在于居民消费型房地产供求的原因所在。

居民消费型房地产市场需要在社会公益和市场盈利中取得一种"平衡"。但是，目前的消费型房地产市场却存在明显的"非理性失衡"[①]。这是因为，房地产市场的供求，可以通过价格机制调节平衡。但在这种"平衡"

　＊　潘家华，中国社会科学院城市发展与环境研究所所长，研究员。
　①　2007 年以后，房价逆调控上涨，表明政策缺乏针对性和可持久性。

失去社会理性时，这种"平衡"实际上成为"失衡"。中国消费型房地产市场存在属性认知、房价企高、时空极化、资源约束、规范缺失等困境。如何走出困境，成为当前消费性房地产市场健康发展的严峻挑战。

一　居民消费型房地产属性问题

从严格意义上讲，消费型、公益型和生产型房地产应该有明确可辨的边界。但在实际上，这种边界具有模糊性，因而相互转换就成为可能。在中国强势政府和行政利益导向的特定国情下，这种转换成为合理合法的常态。例如，许多政府投资的招待所、宾馆、疗养院，面向社会公开营业。一些政府办公场所向社会租赁，进入生产领域。政府权力部门以公益名义建居民住宅，以优惠价格分配给所属部门的公务员，形成了公益型向消费型房地产的转换。

由于房地产属性的多样性和可转换性，居民消费型房地产表现出消费性、投资性和生产性三重属性。购买自住和租赁居住显然是消费性的；非消费性质的投资保值增值，无疑是投资性的；而买房为出租获取租赁收益，当属于生产性的。这三者之间边界可以很明确，但由于属性的可转换性，使得边界变得模糊。

一般说来，私人房地产的生产属性和投资属性寻求的均是市场回报，没有本质的区别。但是，生产性的投入多是长线的，考虑折旧和运营成本，寻求稳定的不间断的资金流；而投资则多为短线，忽略折旧和运营因素，追求的是短期高额回报。这是因为，房地产折旧需要长期稳定的现金流来实现，而投资是一种资本运作，是金融产品，"炒作"性远大于生产性。而且，由于房产折旧和土地产权的时限性（商品住宅的土地使用权多在 50～70 年，没有永久性土地使用权），投资性房地产必须具有高周转率。

由于中国文化传统"居者有其屋"的所有权认同，生产属性的房地产市场容量和回报率均比较有限。而且，对房地产租赁市场的规范管理，使得生产型的房地产比例并不高。但是，房地产的资产属性和对不动产保值增值的预期，使得消费性房地产的投资性需求得以过度放大，从而催生房地产市场泡沫。[①]

---

① 房地产的金融属性，在一定的货币政策和金融监管缺失的情况下，极易催生泡沫。参见《2009 年货币政策对房地产市场的影响及 2010 年展望》，2010 年 5 月 6 日《中国经济时报》。

居民消费型房地产的本源是居民自住性消费，即使租赁最终也是用于居民居住消费，消费属性先于投资。从这一意义上看，居民消费型房地产的使用价值可以相对独立于其市场价值。但是，目前房地产作为不动产保值增值的市场认同，使居民消费型房地产供求严重偏离居民消费本源，而成为资产导向。地方政府出于最大化地方财政收益的土地出让和房地产交易政策，鼓励和刺激了投资性需求，忽略和压抑了消费性需求。

投资导向使居民消费型房地产市场出现扭曲，危及市场健康发育。首先，投资性需求中断了房地产对下游产品的产业链拉动，因为投资目的的房产不需要装修和添置家具，对社会总需求的拉动效应有限。第二，催生市场泡沫和打压真实消费性需求，影响经济平稳运行和社会和谐。第三，造成社会资源闲置浪费，不利于资源节约和环境保护。中国人口众多、资源匮乏，不允许我们建造大量闲置房产。因此，居民消费型房地产需求，需要回归到消费本源。

二 房价高与低的解读

居民消费型房地产的市场价格，显然需要与居民自住消费性需求购买能力相挂钩。所谓价格的高与低，其实都是相对的。如果消费者能够承受，名义上的高低没有多少实质内容。这里我们先考察决定房价走势的驱动因素，然后看房价究竟是高还是不高。

房产作为消费品，其价格走势与经济增长、收入增长、房产成本、通货膨胀、人口增长、城市化等因素成正相关，但与劳动生产率和技术进步成反比。一般说来，经济增长与收入增长多同步。而经济与收入增长又与货币发行量直接关联。房屋品质提高、地价上升和建筑费用增加，也将抬升房产价格。为减少通胀影响，正是房产投资保值增值的缘由所在。房产的真正需求源于人。人口增加，需求必然增加。城市化是需求的一种空间转移。由于农村房产品质多低下，在中国城市化进程中类同于人口增加的需求。如果房产实物成本在一定程度上为劳动生产率和技术进步所抵消的话，而且通胀率得到有效控制，那么，房产价格走势主要取决于经济增长和人口变动。

近年来，我国经济持续高速增长，GDP 增速高达 10%，许多省市的地区生产总值更是达到 15% 或更高。相对来说，通货膨胀率并不高，人口自然增长则控制在 0.6% 左右，城市化水平每年提高一个百分点左右。显然，通胀因素和人口自然增长对房价的拉动要远低于收入水平和城市化水平的提高。在发达的成熟经济体，例如欧洲、日本，人口稳中有降，通货膨胀率多得到有效控制，房价涨速涨幅多与经济增长率同步。而在发达的扩张性经济体如澳大利亚、加拿大、美国，人口增长的因素与经济增长率共同作用于房价。这也是为什么北美、澳大利亚的房价与欧洲、日本房价出现差别的内在原因。

中国作为一个发展中经济体，房价的涨速和涨幅在正常情况下，如果与收入增长和城市化进程保持同步的话，相对来看就不算是高。2008 年以前的房地产价格，与经济增长大略同步。尽管增速和增幅较大，但总体上不应该说达到产生泡沫的高。2009 年，房价涨幅 2 倍于 GDP 增速，而城市化率并没有突破性增长，相对说来，2009 年房价涨速涨幅应该算是高了。更为重要的参照是房价收入比加大。由于居民尤其是中低收入群体的收入增速增幅要低于 GDP 增速增幅，相对于广大中低收入人群的消费性需求，房价就显得更高了。

但是，居民消费型房产作为投资品，价格高吗？这要看社会的平均投资收益率。如果房地产市场投资回报率高于证券投资和实业投资，生产性资金和投机性资金必然大量涌入，大举抬升房价。事实上，中国原材料产业和多种消费品产能的饱和或过剩，客观上也为相对安全的房地产提供了大量资金来源。垄断性国企和部分民企生产性资金大举进入房地产行业，也说明房地产的投资收益率具有竞争性。对于投资商来说，只要房地产投资回报高于社会平均投资收益率，房价就不高。

三　需求拉动还是成本推动

房价高涨，是需求拉动，还是成本推动？抑或是两者的合力助推？

从需求看，拉动性的需求包括：刚性需求、改善性需求、代际转移支付的"拔高性"需求、社会资源垄断性的"单极化"需求、生产要素投入性需求、投资性需求。刚性需求之所以刚性，是因为它是一种自住性消费，例如结婚、分家、生孩子，是一种生活必需品。刚性需求者多在而立之年，有一定积累，但在购买力上不敌其他类别的需求。改善性需求的刚性要弱一些，而且原有房产可以再进入市场，因而其购买力相对于刚性需求，要强许多。代际转移支付的"拔高性"需求，主要体现在 25 岁左右的高校毕业生或新就业人员。自身收入尚不具备购买能力，可暂时租住，但其父辈和祖父辈的转移支付，人为地"拔高"了这一群体的需求，使他们提前进入市场。由于每年有数以百万计的高校毕业生，对房地产市场可以产生较大冲击。

在我国这样一个自上而下、权力和资源相对集中的国家，社会资源具有较大的集中度和垄断特性。这些社会资源包括优质教育资源、医疗卫生保健资源、文化艺术和体育设施、交通节点和其他社会服务如法律援助等。一线城市的资源集中度和垄断性要高于其他省会城市、省会城市高于非省会城市、大城市高于中等城市、中等城市高于小城市、小城市高于乡镇。正是由于这种社会资源的集中和垄断等级特征，使得消费型房地产需求出现"梯次极化"现象。多数省部级以上官员和大中型企业老板在一线城市有房产；许多企业老板和地厅级官员在省会城市有房产；乡镇官员在县城或大中城市有房产。而且企业老板收入高，许多官员收入具有灰色特性，其购买实力强劲。由于市场的开放性，国外需求多集中在一线城市，以租赁为主，但也可能直接进入消费型房产市场。

前面几类尽管需求性质和购买能力不尽相同，但都属于自住性消费需求。因而具有产业链拉动效应，尽管改善性和"梯次极化"需求的使用率可能并不高。生产要素投入性需求和投资性需求并非自住消费而是谋求长期或短期收益回报。作为生产投入或投资，资金的充裕程度在一般情况下高于自住性消费需求。由于房产需求属性的根本差异，这种需求的价格拉动可以有数量级的差异。

推动房价上涨的因素主要包括劳动力成本、建筑材料成本、地价、交易成本。由于"人口红利"的存在，建筑领域低端劳动力成本几乎没有增加。由于技术进步和劳动生产力提高，尽管房屋建筑质量不断提高，但房屋建筑成本并没有大幅增加。由于土地的垄断供给、地方政府的利益导向和房地产市场管治规范在一定程度上的缺失，地价和交易成本在很大程度上成为推动房地产价格上涨的主导力量。"地王"频现和房地产市场价格的不透明，表明成本助推力量强劲。

应该说，房价高企，源自于需求拉动和成本推动的合力。正是这种合力的作用，使刚性消费需求在较大程度上被挤出房地产市场。改善性需求、"拔高性"需求和"梯次极化"需求也受到影响，但对这些群体消费者的边际福利损失要小于刚性需求的消费者。

四 供求关系的宏观认识：时间与空间格局

房地产作为消费品，尽管有质的不断提升，但在数量上，是否存在相对饱和的总额？欧洲、日本已经出现这种饱和状态，只是品质的改进而没有量的扩张。[①] 中国目前的房地产供给，呈现质量提升和数量增加双重特征。这种量的扩张规模上限何在、会持续多久？

美国适宜人居的地理空间广阔，人均居住面积也只有 60 多平方米。欧洲、日本的人均住房面积，大略只有北美的一半左右。目前我国城市人均住房面积已接近欧洲、日本水平。尽管我国疆域辽阔，但宜居国土面积十分有限，而且人口众多，我们在住房问题上不可能也没有必要攀比美国、加拿大。我国的人口可能在 2030 年前达到峰值，随后，人口将稳中有降。因此，我国房地产规模量的扩张，将随人口峰值的出现而趋于饱和。而且，这种饱和甚至早于人口峰值的出现。这是因为，我国 20 世纪 80 年代以来的计划生育政策，导致独生子女夫妇现在已经或即将开始继承双方父母、祖父母的房产。目前，许多独生子女夫妇已经有自己的房产。显然，这些继承的房产将大批量进入市场交易。这样一种人口趋势，可能使得我国房地产存量的饱和时间提前。

由于我国自然环境和经济社会发展的差异性，房地产市场的地域结构将出现进一步分化。我国人口的集聚多是单向的：农村向城市、落后地区向发达地区的集聚。东部沿海和大中城市的大量流动人口，表明房地产需求将表现出"梯次极化"转移：从欠发达地区转移到发达地区，从农村转移到城市。正是由于我国房地产市场需求的异质特性，使得房价的梯次差异进一步放大。当前乃至于今后相当长一段时间，这种"转移"性需求是保持社会资源垄断性集中、城市房价坚挺、中小城市房价疲软的根本原因。

这种地域性和发展性差异要求我们提前规划，避免或减少地域性的存量浪费，增加发展性的房地产市场供给。

---

① 即使在人口和经济增长较快的美国，房价走势也较为平稳，而且有波动。见 Haurin and Groce（2010）。例如波士顿的房价，以 2000 年 1 月为 100%，2005 年 182%，2010 年 150%，没有几年内翻番。见标准普尔《房价指数 1987 ~ 2010》。

五　困境的根源何在

我国房地产市场出现"非理性失衡"的困境，根源何在？需求拉动和成本推动似乎是直接原因。从需求方看，只有刚性需求需要保障；改善性需求可以不在保障之列，而且可以释放出部分供给；"拔高性"需求和"梯次极化"需求并不需要鼓励；投资性需求偏离了消费本源，应在打压之列。为什么刚性需求被挤出市场？

从需求方面看，首先，收入差距不断加大，使得刚性需求群体处于社会较为弱势的地位，其购买能力下滑，相对于其他需求群体，如改善性、"拔高性"、"梯次极化"需求消费者，参与房地产市场竞争处于劣势。二是社会资源垄断的环境。优质社会服务资源的集中化，使得房地产的消费性需求集中于发达地区的大中城市，而且这些城市的需求又进一步集中于社会资源相对充裕的特殊区位。试想，如果具有同质的社会服务、就业机会和便捷交通，地区间和区位间的房地产价格也就不会如此悬殊。三是市场需求的扭曲。投资性需求打压驱赶消费性需求，"梯次极化性"需求打压驱赶"拔高性"需求，继而改善性需求，使得刚性需求被逐出市场。

供给方面的原因主要源于地方政府从土地出让到房地产交易利益导向的强势行政和管治规范的缺失。

六　房市调控

消费型房地产市场关乎民生，具有市场和公益双重属性，客观上要求政府有所为，进行宏观调控。

首先，需要明确其重要性，即为何要调控。人口数量众多的社会弱势群体，其刚性需求得不到满足，必然影响社会和谐和稳定。房地产泡沫的催生和破灭，必将危及经济的稳定运行，继而也波及社会安定。有限房地产资源的闲置和浪费，不利于节能减排和资源保护，有悖于践行科学发展观。

第二，调控是可为的。强势的政府，对房地产市场的调控，力度可以足够大。由于房地产的社会属性，政府不进行保护弱势群体的干预，则是政府的失职。长期以来政府之所以难以有效调控，主要是出于自身利益考虑。一旦政府的调控站到社会利益的出发点，断然采取措施必将实现调控效果。

第三，政府需要有所作为有所不为。有所为是要规范房地产市场供求关系；有所不为则需要放弃对土地和房产利益的经营性追求。

七　可持续性挑战：建筑质量、节能、产权

我国房地产业的健康发展，还受到可持续性的严峻挑战，主要涉及房产使用寿命、建筑节能水平和土地产权的体制性问题。

中国历史上的建筑多为土木结构，建筑物寿命有限，历史存量较少。这与欧美国家砖石结构形成巨大反差。当前的钢筋混凝土结构，建筑物寿命可以大幅提高。由于人口对住房的刚性需求，住房的饱和存量必须达到一定数额。设想我国人口13亿，人均饱和存量大约75平方米（其中消费型住房人均35平方米，社会服务型房屋——学校、医院、文化体育、商场、政府办公等人均40平方米），总量为1000亿平方米。如果建筑寿命为100年，则每年需要更新10亿平方米；如果寿命为50年，则每年需更新20亿平方米；如果只有25年，则每年需要的更新量高达40亿平方米，可见房屋寿命对资源性产品的巨大影响。

建筑节能也至关重要。我国气候四季分明，冬天寒冷，夏天酷热。收入水平的提高和生活品质的要求，必然需要冬天供热夏天制冷。我国能源资源较为短缺，而且全球温室气体减排，客观要求我国的房地产能效标准高。如果在建设初期不考虑节能，则日后更新改造不仅增加成本，而且浪费大量资源。

在制度规范上，需要保障而不是阻碍房地产市场的可持续发展。首先是城市规划和建筑标准的科学化和法律化；其次是房地产的继承转让法规尚不完善；第三，我国房产在制度上受到土地产权年限的约束。我国现行房地产开发的土地出让时限，多在50～70年，显然与建筑物寿命100年不相匹配。

八　出路：少创新、多规范

从前面的假说性分析可见，我国的房地产市场发育可能已误入歧途，忽略了居民房地产的消费本原属性，而人为放大催生泡沫风险的不动产投资属性，浪费有限资源、危及社会和谐、打压实体经济，并不利于经济健康运行和居民消费型房地产业健康发展。伴随经济增长和城市化进程，房价上涨是

必然的。鉴于居民收入低于 GDP 增长，如果上涨的速度和幅度高于 GDP，就可以判断为"高"。2009 年房价 2 倍于 GDP 增速，当然"高"了。由于社会收入分配存在较为严重的失衡，社会弱势群体刚性需求的保障性住房，不可宽大奢华，但价格需要匹配承受能力。改善性、"拔高性"、"梯次极化性"消费不必在保障之列，但投资性需求应在打压之列。政府不是不可以作为，但受制于土地财政的绑架和部分作为既得利益者的决策者的自我利益维护。社会一旦决意作为，强势的政府调控无坚不摧。

从资源节约和社会公正角度出发，健康的可持续的居民消费型房地产业，需要法制化、规范化、常态化，以从量从价组合累进计征房产税替代地方政府的土地财政，强力监督建筑质量和节能标准，着手土地与房产产权的不匹配和继承立法，严防我国经济走向成熟、房地产趋于饱和时的泡沫。

我国房地产市场发育，必须走出困境。这就要求政府在房地产管制中，减少随意性，增强规范性，透明可预见。

第一，需要强化居民房地产的消费属性，规范居民房地产的生产属性，遏制居民房地产的投资属性的恶性扩张。房地产开发使用的本源是自住性消费，需要立法确认其市场主体性质。

第二，需要规范收入分配与再分配机制：房产税的累进设计。房产税的设计，需要从负向的住房补贴到住房保障层面的名义上的税赋，到奢华性的居住征收高额房产税。这不仅是一种有效的收入再分配机制，而且有助于奢侈浪费型的住房消费，促进资源节约和环境保护。从保护资源的视角，累进设计的房产税，宜从量计征；[①] 而从资源共享和公平的视角，宜从价计征。考虑到资源的有限性和收入的公平性，房产累进税的设计，宜从量和从价综合计征。此处需要注意的是，这一税率可以是负的，即补贴，意味着对于低于一定数额的房产持有人，需要进行补贴。保障性住房在相当程度上便是这样一种安排。同时，也需要考虑立法遗产税，促进社会和代际的收入再分配。

第三，弱化社会资源垄断性极化集聚，催生社会资源多元化分散格局。例如，垄断性集聚程度高的北京高等教育资源和优质医疗卫生资源，可以在全国范围内重新布局。

---

① 贾康、吴方伟：《每户 80 平方米可作物业税优惠门槛》，2010 年 5 月 5 日《中国证券报》。

第四，规范政府行为，实现经济收益导向向社会发展导向的转型。

第五，规范居民房地产管制体制，保障房屋建筑的品质与消费者的权益。

参考文献

Haurin, D. and R. Groce, "Commentary on House Price Trends", Department of Economics, Ohio State University, Columbus, USA, July 27, 2009.

北京国信经济发展研究中心：《楼市金融属性凸显、反泡沫与资金分流不可偏废》，《国信战略报告》2010 年第 16 期。

标准普尔：《房价指数 1987 ~ 2010》，http：//www. standardandpoors. com/indices/sp-case-shiller-home-price-indices/en/us/? indexId = spusa-cashpidff-p-us——2000 年 1 月为 100，波斯顿 2005 年 182%，2010 年 150%。

季雪：《房价逆调控而上涨的政策性原因与对策》，《城市发展研究》2007 年第 3 期。

周达：《2009 年货币政策对房地产市场的影响及 2010 年展望》，2010 年 5 月 6 日《中国经济时报》。

贾康、吴方伟：《每户 80 平方米可作物业税优惠门槛》，2010 年 5 月 5 日《中国证券报》。

中国城市化进程中的粮食生产与食品保障

朱 玲[*]

中国作为人口最多的发展中国家，其食品保障一直是个举世瞩目的问题。20 世纪末，Lester Brown 的《Who will feed China?》一书（1995 年出版），曾在中国引起热烈的讨论。讨论的焦点，在于宏观层面的食品供需平衡问题（林毅夫，1998）。至于微观层面的住户和个人营养保障，并未进入主流经济学和农业政策的研讨范围，城市化进程对小农经济的影响，也未得到充分的关注。在那场讨论之后的十多年里，中国的工业化和城市化加速进展。与此相伴随的，是耕地减少、优质劳动力向非农产业转移、环境污染和水资源短缺等现象。中国政府的回应，是不断加大对农业科技和基础设施的投资，强化对农民提高生产率的刺激。这些措施的落实，促使中国农业保持了良好的增长势头。与此同时，中国的食品进出口结构随着国内需求的变化而调整，在未给国际市场带来预期压力的情况下，支持了国内食品供求的平衡。对于长期性的贫困群体，中国政府和公众在继续实施扶贫计划的基础上，推行最低生活保障制度；对于暂时性的贫困群体，例如遭受自然灾害和经济危机严重打击的人群，现有的紧急救助系统使他们得以免受饥饿。

自 2008 年以来，中央政府把推进城市化和加快农业及农村发展，不但作为应对全球金融危机和经济下滑的一个切入点，而且还作为促进经济平稳

* 朱玲，中国社会科学院经济研究所副所长，研究员，学部委员。笔者在写作中得益于蒋中一、陈春明、张晓山、蔡昉、王砚峰、王美艳、黄季焜、张林秀、钟甫宁和关冰的评论及信息供给；金成武、姚宇和刁倩制作了图示。谨在此一并致谢。

较快增长的长期战略。[①] 可以预见，在未来 30~40 年里，中国的城市化还将继续。这是当前和今后农业发展的背景，也是讨论食品保障问题必须考虑的一个重要因素。基于这样的理解，本文的讨论将聚焦于如下研究问题：首先，在以往十多年的工业化和城市化进程中，中国如何实现食品保障？其次，小农的资源配置、土地规模、粮食生产商品化程度和收入状况经历了怎样的变化？最后，在气候变化和资源限制因素增加的条件下，以小农为基础的中国农业如何满足未来城市化中不断增长的食品需求？

本文采用的数据和信息主要来源于：第一，农业部发布的中国农业发展报告和其他政府部门公开发表的统计资料；第二，农村经济研究中心的全国农村长期观察点的样本户记账数据；第三，中国疾病预防控制中心食物营养监测项目工作组提供的妇女儿童营养监测结果；第四，中国科学院农业领域战略研究组有关 2050 年农业发展状况的预测；第五，笔者的案例调查。

以下第一部分概述中国的食品保障状况；第二部分展示农户经济的结构性变化；第三部分，针对粮食生产面临的挑战，探讨有助于提高小农收入和增强食品保障的制度安排。

一 脆弱的食品保障

鉴于谷物至今在家庭膳食中所占比重最大，而且也是养殖业的主要饲料来源（例如玉米），本节将首先采用关于粮食特别是谷物的生产、消费和国际贸易统计，说明食品的可得性（availability）。其次，借助农村贫困儿童营养状况监测结果，阐述食品的可及性（accessibility）。最后，列举粮食增产的限制条件和政府的应对措施，概括中国食品保障状况的特点。

2009 年，中国的粮食生产实现连续 6 年的增长，总产量达到 5.3 亿多吨[②]，与 2004 年相比，大约增加了 13.1%，此间肉、蛋、奶、水产品和水果生产增长得更快。[③] 在 2000~2009 年期间，水稻、小麦和玉米的产量合

---

① 《中共中央关于推进农村改革发展若干重大问题的决定》（2008 年 10 月 12 日中国共产党第十七届中央委员会第三次全体会议通过），www.china.com.cn/policy/txt/2008 - 10/20/content_ 16635093. htm。

② 国家统计局：《中华人民共和国 2009 年国民经济和社会发展统计公报》，http://www.stats.gov.cn/tjgb/ndtjgb/qgndtjgb/t20100225_ 402622945. htm。

③ 中华人民共和国农业部编《2009 中国农业发展报告》，中国农业出版社，2009，第 139~140 页。

计占到粮食总产量的 85% ~ 89% 。自 2005 年始，这三种主要谷物的产量超过了消费量，库存随之增加（见图 1）。同期，玉米出口量大幅下降。特别是 2007 年末，全球食品价格危机爆发，国家在对粮食出口征收暂定关税的情况下，提高了谷物收储量及其价格。国内粮价逐渐接近甚至高于国际市场价格，谷物净出口的格局因而不复存在。[①] 与此相对照，大豆和食用油进口迅速增加，中国成为世界上最大的大豆进口国。2009 年，进口大豆 4255 万吨、食用植物油 816 万吨。这意味着，中国通过主要谷物以及肉蛋奶和水果蔬菜自给，辅之以大豆和食用油进口，维持着当前的食物供需平衡。

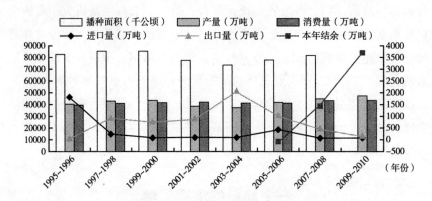

图 1　1995 ~ 2010 年期间三种主要谷物（稻谷、小麦和玉米）的供需状况

资料来源：中华粮网《2009 ~ 2010 年稻谷、小麦和玉米供需信息》。

在这一背景下，贫困农村 5 岁以下儿童中营养不良者的比率逐渐下降（见表1）。与其他年龄组以及同龄的城市和农村非贫困地区的儿童相比，贫困农村的儿童营养指标，对家庭的食品保障状况更为敏感。因此，根据这一年龄组的营养状况，可以推测他们家庭的食品可及性。1998 ~ 2009 年期间，这部分儿童的低体重率从 14.5% 下降到 6.6%；生长迟缓率从 36.4% 下降到 18.3%。据营养学家分析，农村贫困地区儿童营养不良状况减少的原因，主要在于农民家庭收入提高和儿童膳食中的肉蛋奶比重增加（陈春明、何武等，2010）。这也表明，贫困家庭的食品可及性明显改善。

---

① 中华人民共和国商务部编《2009 中国农产品分析报告》，2010 年 5 月，第 53 ~ 56 页，http：//wms. mofcom. gov. cn/accessory/201005/1272939548240. pdf。

表 1   1990～2009 年期间中国农村 5 岁以下的儿童营养状况

单位：%

年份	低体重率			生长迟缓率		
	全国农村	非贫困地区	贫困地区	全国农村	非贫困地区	贫困地区
1990	16.5	—	—	40.3	—	—
1995	14.1	—	—	40.8	—	—
1998	9.8	7.0	14.5	27.9	23.4	36.4
2000	10.3	7.4	15.8	25.3	19.1	36.9
2005	6.1	4.4	9.4	16.3	13.9	20.9
2008	5.1	3.9	7.3	13.7	10.9	18.9
2009	4.9	3.7	6.6	13.0	9.7	18.3

说明：表中"—"表示无可供使用的数据。

资料来源：陈春明、何武等：《快速经济发展中的营养》和《全球经济危机下的中国营养状况》、《中国疾病预防控制中心食物营养监测项目工作组营养政策研究报告》（待发表），2010。5 岁以下儿童的营养监测样本量：1990 年和 1995 年为 5341 人，农村儿童大约占 65%；1998～2009 年期间，样本总量为 16000 左右，其中农村儿童为 10400 人。2008 和 2009 年只有农村儿童，因为城市已基本不存在营养不足问题。

虽然，以上统计信息均显示中国食品保障状况的改善，但现有保障状态的脆弱性却不可忽视。从微观层面来看，其一，贫困群体的食品保障并不稳定。在 2008～2009 年的全球金融危机期间，贫困农村 6 个月以下和 6～12 个月的婴儿生长迟缓率均明显上升，分别由 5.7% 增至 9.1% 及由 6.7% 增至 12.5%。此间，贫困家庭 1 岁以下婴儿的贫血率高达 40% 以上，回到了 2005 年的水平；贫困妇女的贫血率上升到 47.6%，比 2005 年的状况还差。陈春明等人判断，1 岁以下贫困儿童营养状况的恶化，与母亲在孕期的营养不足相关。其二，处于收入底层的农民家庭当中，儿童营养不足现象依然严重。2009 年，在农村 10% 的最低收入户中（人均年收入为 829 元），5 岁以下儿童的低体重率和生长迟缓率分别为 7.3% 和 21.3%。其营养状况的改善，远比其他收入组的儿童缓慢。其三，母亲进城就业的农村儿童，由于照料不足而营养不良。无论是在非贫困地区还是在贫困地区，这类儿童的生长迟缓率均较其他同龄儿童高出 20%～30%。这些现象，一方面是贫穷的反映，有相当一部分农民家庭食品保障不足；另一方面，说明中国的城市化缺少包容性，以至于农村劳动力在向城市转移的过程中，不得不处于就业与家庭相分离的境地。

从宏观层面来看，中国现有的食品供需状况也只是一种脆弱的平衡。

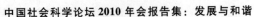

首先，农业资源日渐稀缺，使得粮食增产愈益困难。由于工业和城市对土地的占用以及土地荒漠化的危害，耕地面积迅速减少，这是限制粮食生产增长的一个关键因素。2009 年，中国耕地总面积大约为 121.73 百万公顷（18.26 亿亩），比 1999 年减少了 7.47 百万公顷。此外，水土流失、用肥不当和土壤污染，导致地力严重下降，土壤退化的耕地已占总面积的 40% 以上。① 灌溉用水短缺，是粮食生产的另一个限制性条件。近年来，工业迅猛增长和城市急剧扩大，使工业和居民用水与农业竞争加剧，每年大约缺少灌溉用水 300 亿立方米。农业用水量占全国用水总量的比重，从 1997 年的 70.4%，下降到 2008 年的 62.0%。② 在水资源极为稀缺的情况下，当前的粗放灌溉方式，使得农业用水量的有效利用率只有 40%。而在缺水的以色列，这个比率达到 80% ~ 90%。③ 更值得注意的是，由于废水、废物、废气排放未得到及时治理，中国主要河流水质遭到中度、重度污染，主要湖泊水质恶化，劣 V 类水在全国地表水当中占到 23.1%。④ 多种类型的污染，使素来以"水乡泽国"著称的中国南方，也面临着饮用水和农用水短缺的威胁。

其次，农业劳动力弱化，限制新技术的推广和农业集约程度的提高。2009 年，在非农产业就业的农村劳动力将近 2.3 亿人，其中进城就业的人数达 1.45 亿人。在外出劳动者当中，男性占 65.1%；年龄在 40 岁以下者占 83.9%；获得初中以上教育的人达 88.3%。可见，城市工业和服务业吸纳的是农村中最有活力的优质劳动力。然而，城市社会对乡村人口的排斥，以及在社会保护薄弱的条件下农地附有的生存保障功能，使得将近 80% 的迁移劳动者把老人和妇女留在村庄照料家庭和经营农业。⑤ 据农业部种植司的报告，2009 年务农劳动力平均年龄 45 岁。

① 叶贞琴：《夯实农业基础 提高粮食综合生产能力》，2010 年 5 月 22 日在 2010 年中国农村发展高层论坛的讲演。

② 中华人民共和国水利部《中国水资源公报（1997 年和 2008 年）》，www. mwr. gov. cn/ztbd/zgszygb/19970101/15238. asp，www. mwr. gov. cn/zwzc/hygb/szygb/qgszygb/201001/t20100119_171051. html。

③ 韩长赋：《毫不动摇地加快转变农业发展方式》，2010 年 5 月 17 日，http：//www. gov. cn/jrzg/2010 - 05/17/content_ 1607473. htm。

④ 《全国环境质量状况》，2009 年 1 月 21 日，http：//jcs. mep. gov. cn/hjzl/hjzlzk/200901/t20090121_ 133715. htm。

⑤ 国家统计局农村司编《2009 年农民工监测调查报告》，2010 年 3 月 19 日，www. stats. gov. cn/tjfx/fxbg/t20100319_ 402628281. htm。

再次，灾害和气候变化既加大了粮食生产的风险，也加重了农村的因灾致贫现象。1980～1993年期间，因洪灾、旱灾、风雹灾害、霜冻灾害和病虫害等造成的粮食减产幅度，占同期粮食生产的比例平均达15%，其中仅气象灾害造成的损失就达40%（史培军、王静爱等，1997）。2004～2009年期间，气象灾害平均每年造成的粮食损失为41.55百万吨，相当于2009年粮食总产的7.8%。受气候变暖和耕作制度变化的影响，病虫害发生的面积从20世纪的年均200万公顷次，增加到本世纪的年均400万公顷次。[1] 小麦条锈病越夏区海拔高度升高了100米以上，发生和流行时间提早半个月左右。水稻"两迁"害虫（稻纵卷叶螟和稻飞虱）以及飞蝗发生区域向高纬度、高海拔地区扩展，草地螟在北方连年暴发。2000～2009年期间，生物灾害平均每年造成的粮食损失达17百万吨，比1990～1999年期间的损失增加了13.3%。

最后，上述农业生产条件的变化，以及投入品特别是进口化肥的价格上涨幅度高于粮价，粮食生产的成本提高、利润下降。1995年，水稻、小麦和玉米生产的物质成本为2674.5元/公顷，人工成本为1741.5元/公顷。2008年，二者分别提高了61.4%和50.7%。同年，三种谷物生产的净利润约2796元/公顷，比2004年下降5.4%（叶贞琴，2010）。这无疑会减弱农民的种粮积极性。可是，与人口增长和收入提高相联系的食物需求增长，却是刚性的。尽管有学者论证，由于人口结构变化，人均粮食消费水平在以往20多年里基本保持稳定，甚至在21世纪初出现了下降（钟甫宁，2010），但这并不改变中国的粮食供求平衡长期处于脆弱状态的趋势。

在种种不利条件下，政府的干预和公共部门的服务，对于促进粮食生产起了关键性的作用。1998～2003年期间，粮食总产量曾连续五年大幅下降，以至于供不应求。出现这种情况的直接原因，是此前的丰收导致粮价下跌，农民开始调整种植结构。加之各地兴办经济开发区，农地面积锐减。为了扭转这一局面，中国政府自2004年始，推行了一系列保护和促进农业发展的政策（陈锡文，2010）。主要措施如下：

第一，取消农业税，减轻农民负担1300多亿元；

---

[1] 夏敬源：《植物保护步入"公共植保、绿色植保"新时代》，2009年11月23日，www. farmer. com. cn/hy/spaq/spdt/200911/t20091123_ 500674. htm。

第二，向农民发放种粮补贴、良种和优良种畜补贴、农机具购置补贴、农业生产资料（柴油和化肥）综合补贴（2009 年补贴额达 1270 亿元）；

第三，实行重点粮食品种最低收购价和临时收储政策，防止粮价剧烈波动；

第四，扩大农业科技应用示范区，推广高产优质良种以及相配套的栽培技术；

第五，提高防灾和减灾能力：针对气候变化改良耕作技术，预防气象灾害；强化监测和预警系统，降低病虫害损失；

第六，投资于土地整治，保护耕地面积，确定 18 亿亩（120 百万公顷）的底线。

农业刺激政策的落实，收到了如下明显效果：

其一，农民的生产投资增长迅速。以最常用的拖拉机购置为例，2008 年，小型拖拉机总动力达 166.48 百万千瓦，比 2003 年增加了 27.5%。

其二，劳动生产率提高。例如，1980～2004 年期间，水稻种植的劳动产出弹性为 0.183；2005～2008 年期间，增加到 0.337（王美艳，2010）。

其三，粮食生产回到增长轨道。因此，2008 年全球食品价格危机期间，中国的食品供求和市场价格未发生大的波动。

二 小农的分化

本节主要基于对近十年来农户抽样调查数据的处理，说明农户经济的结构性变化。这种变化，实质上反映的是中国宏观经济环境变动特别是城市化进程的影响。以此为背景，将借助现有的农产品价值链分析结果，阐述小农在市场利益分配中的处境。

从时间序列数据来看（见表 2），第一，2000～2009 年期间，农民家庭的平均常住人口规模逐渐缩小。相对而言，劳动力和供养人数之比则略微增大，从 0.67 增加到 0.7。第二，非农就业的人数占农户劳动力的比重提高了 15.7 个百分点。第三，农户耕种的土地，包括了租种的面积。即便如此，户均农地耕种规模还是从不足半公顷的水平上，一路下滑到不足 0.46 公顷。第四，户均粮食商品率提高了将近 20 个百分点。一方面是由于单位面积产量提高，另一方面是因为进城就业的人在外工作时间延长，回家乡就餐的时间缩短。第五，非农收入成为家庭收入增长的重要来源。

这反映在收入结构上，便是种植业和养殖业收入在家庭纯收入中所占的比重逐年下降。

表2　2000～2009年期间全国农户（平均）概况

年份	常住人口 *（人）	家庭劳动力 *（人）	非农劳动者比重 **（%）	耕种农地面积 **（亩）	粮食商品率 **（%）	年人均纯收入 *（元）	农牧收入比重 *（%）
2000	4.2	2.8	29.7	7.43	44.8	2253	46.2
2001	4.2	2.7	30.2	7.42	41.3	2366	45.5
2002	4.1	2.8	31.3	7.38	46.4	2476	43.5
2003	4.1	2.8	33.7	7.25	52.1	2622	43.2
2004	4.1	2.8	34.3	7.15	53.7	2936	45.2
2005	4.1	2.8	37.9	7.09	59.0	3255	42.4
2006	4.1	2.8	37.7	6.99	62.3	3587	39.7
2007	4.0	2.8	40.3	6.87	62.5	4140	39.6
2008	4.0	2.8	41.0	6.86	63.9	4761	38.3
2009	—	—	45.4	6.84	64.7	5153	—

　　* 中华人民共和国农业部《2009中国农业发展报告》。基础数据来自国家统计局的全国农村住户抽样调查，样本量为68000多户。在本表中，种植业和养殖业收入占年人均纯收入的比重根据第150页的数据计算。

　　** 根据农业部农村经济研究中心的全国农户抽样调查数据集计算，该调查系统的样本量不足20000户。

　　说明：表中"—"表示无可供使用数据。

　　从2002和2009年的横截面数据来看（见图2和图3），农户在土地耕种规模上发生分化。第一，无地以及耕地规模在3亩以下的农户比重增加。2009年，这两类农户的比重分别为15%和28%，与2002年相比各增加了4个百分点。在耕地总面积当中，面积在3亩以下的小农的耕地仅占7%。这部分小农多为非农就业为主的兼业农，从事种植业主要是为保障自己家庭的口粮和蔬菜需求。无地农户的产生和增多，一方面是因为土地被工业和城市占用，另一方面是由于非农就业机会增多或农民老龄，把农地出租给他人耕种（在这套可供使用的数据中，难以对无地户作进一步区分）。第二，耕地明显地向规模最大的农户集中。2009年，在农户总数中，面积在30亩以上的农户所占的比重与2002年相同，仅为3%。但他们的土地在耕地总面积中占27%，增加了一个百分点。尽管如此，中国大农户耕种的土地规模，与巴西和俄罗斯等国的家庭农场相比，也只能算作微型。

　　在国内商品粮供给者当中，国营农场是一个不可忽视的群体。2008年，

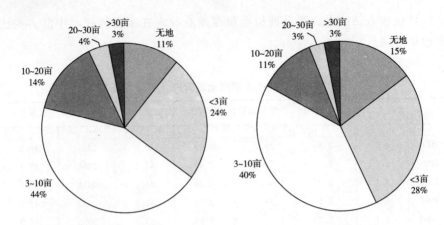

图 2　2002 和 2009 年的农户分布：按农户耕地规模分类

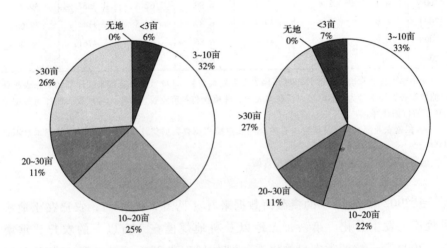

图 3　2002 和 2009 年的耕地面积分布：按农户耕地规模分类

资料来源：农业部农村经济研究中心的全国农户抽样调查数据集。

全国粮食产出的商品率为 54%，国营农场的粮食商品率达 86.5%，远高于全国平均水平。[①] 不过，从商品粮总量的构成来看，农户出售的粮食还是占大头。1990 年，国营农场提供的商品粮占全国商品粮总量的 10%。[②] 2008年，这个比率下降到 7.3%。这意味着，农户的粮食商品率在提高。2009

---

①　农业部编《2009 中国农业发展报告》和国家粮食局编《2009 中国粮食年鉴》，经济管理出版社，2009。

②　国务院批转农业部《关于进一步办好国营农场的报告》的通知，1991 年 8 月 9 日，www.cctw.cn/zcfg/nyfg/t20060120_539611.htm。

年，土地规模在 10 亩以上的农户，粮食商品率都超过了 70%。其中，规模在 30 亩以上的农户的粮食商品率达到 90.3%（见表 3），高于国营农场的商品率（87.1%）。①

表 3　2009 年农户的粮食商品率

农户耕地规模（亩）	粮食商品率（%）	农户耕地规模（亩）	粮食商品率（%）
≥3	38.9	20 < —≤30	79.5
3 < —≤10	62.8	30 <	90.3
10 < —≤20	74.8		

　　如果把各省/区样本农户的粮食平均商品率用地图表示出来（见图 4），就会更加清楚地看到，商品粮产地已经发生了地区性的调整。30 年前，"南粮北运"属于常态，如今东北的黑龙江、吉林和辽宁三省成了粮食商品率最高的地方（86.7% ~92.4%）。图 5 则显示，除了北京和上海两个大都市

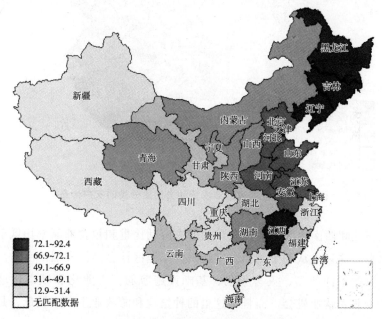

图 4　2009 年按粮食商品率分类的农户分布

---

① 赵广飞：《农垦系统发展现代农业综述》，2010 年 6 月 10 日，www.chinacoop.com/HTML/2010/06/10/47227.html。

的农区以外，家庭非农劳动力比重最高的地方，是东南沿海的广东、福建和浙江（58.2% ~ 70.5%）。事实上，整个东南沿海一带既是工业化和城市化进展最快的区域，也是吸纳了数千万来自内陆省份的农村迁移劳动者的地区，因而也是粮食供求缺口不断增大的地区。这一缺口，依靠国内的"北粮南运"和从邻近的东南亚国家进口大米来弥补。为了节约运输成本，东北地区的部分粮食（主要是玉米）剩余，则一度出口到邻近的韩国和日本。

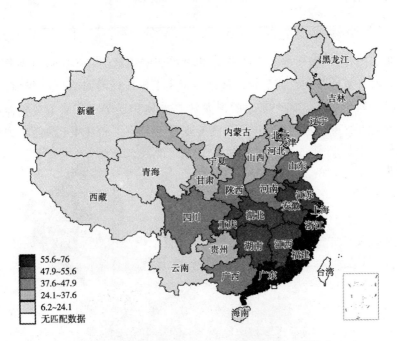

图 5　2009 年按家庭非农劳动力比重分类的农户分布

在西北和西南地区，多数农户的非农劳动比重和粮食商品率均低于全国平均水平。这只是从一个侧面，反映出西部地区社会经济发展的滞后。这一地区，自然条件严酷，灾害频仍，基础设施薄弱，工业化和城市化进展缓慢，缺少非农就业机会。而且，这里的种植业和游牧业生产率较低，是中国农村贫困发生率最高的地方。[①] 例如，2008 年，甘肃农村的贫困发生率达

---

①　据国务院扶贫办 2010 年 1 月提供的信息："2006 ~ 2008 年，五个民族自治区加云南、贵州、青海三省的贫困人口占全国贫困人口总数的 39.6% …… （在）西部地区国家扶贫工作重点县，少数民族贫困人口占 46%。"

21.3% （年人均纯收入 785 元以下为贫困线）。① 至今，西部地区还有相当一部分农牧人口尚未获得稳定的食品保障，因而属于扶贫计划的目标人群。

增加农民的市场谈判能力，提高农民在农产品价值链中所得的份额，既是诸多扶贫措施当中的一条，也是政府促进非贫困农户提高收入的一个着力点。现有的农业促进政策，不但包括支持专业大户和专业合作社发展的内容，而且也有推广"公司＋农户"模式的举措。在这一背景下，农业生产、加工和销售环节的组织形式发生了显著的变化，农户的经济状态更加多样化。首先，分散的小农依然占大多数。其中，既有以农业经济活动为主的兼业农，又有以非农经济活动为主的兼业农，还有专门从事种植、养殖、加工或营销的小型专业户。其次是在小型专业户的基础上发展起来的具有规模经济的大户。例如，图 2 显示的耕种 20 亩以上土地的粮食商品户，即属于这一类型。此类农户占样本农户总数的 6%。采用同一数据集的计算结果表明，2000 年和 2009 年，养殖大户（当年出售猪肉 500 公斤以上，或出售禽蛋 80 公斤以上）占总样本的比重，分别为 3.7% 和 4%。

再次是工业化的农业企业。农户所在地的公司、合伙企业、外出创业积累资金后返回家乡的企业家，以及外来工商企业，经村委会租入农户土地，从事生产、加工和销售"一条龙"的经营活动。2007 年底，笔者在福建省南部农村调研时，曾走访过这些类型的农业企业。从案例研究中注意到，这些企业的共同特点在于，同时为国际和国内市场生产食品，将所在地域的农民变为农业工人，同时还享受着政府对农业经济的优惠政策。被雇用的当地农民除了每月领工资以外，每年还可从村委会分到少许土地租金（参见案例 1～3）。

案例 1　何家农场

惠安县辋川镇庄上村的何先生出身本村农家，曾在海军某部服役 4 年，工作是炊事员。退役后在惠安县一家皮件厂工作三年。为了开阔眼界，去广东做了三年生意，积累资金十多万元。1986 年回乡承包皮件厂，但由于缺

① 刘薛梅、杜得华：《甘肃贫困发生率和返贫率均居全国最高，扶贫任务严峻》，2010 年 3 月 15 日，www.chinanews.com.cn/gn/news/2010/03 - 15/2170685.shtml。

少资金，难以借助技术改造提高竞争力。于是在 1995 年转产养猪，年出栏肉猪 3000 头。1998 年肉猪无销路，何先生转而承包龙眼果园，合约为期 40 年。1999 年，镇政府做农业园区规划，他抓住机会承包耕地 100 亩，合约每 3 年更新一次。2007 年初，他的租地面积扩大到 500 亩，其中有一部分土地分别从其他农户和蔬菜公司转租而来，平均每亩租金 700 元/年。当年雇用工人 80 ~ 90 人，其中 95% 以上是妇女，平均年龄至少 50 岁，年龄最大的为 65 岁。她们的平均工资为每月 1200 元，年底奖金额在 2000 ~ 3000 元之间。何家农场经营的项目有：第一，西瓜和大棚菜种植，订单来自附近的大超市，以及深圳的出口客商；第二，养殖蛋鸡和肉鹅，直销自家在惠安开办的门市部；第三，龙眼加工和销售。何先生有 5 个女儿和 1 个儿子，儿子还在上学，女儿和女婿们分别担任会计和部门经理等职务。他所需要的农业科技信息、新品种以及栽培技术、肥料和农药使用方法等等，由县农科所驻村农技员免费推广。

案例 2　土地整治和出租

据庄上村党支部书记介绍，全村共有住户 604 个，人口 2369 人，1200 多亩耕地，其中 300 多亩是旱地。1996 年，惠安县政府在辋川镇设立土地整治项目。省、县、乡三级政府分担投资 6000 万元，项目区所在的村委会组织农民投入劳动。一共整治土地 11000 亩，修建了机耕道，铺设了排灌和电力设施，并搭建了蔬菜大棚。最终新增土地 1000 亩，并把 4000 亩低产田改造为高产田，还在庄上村建成农科所的办公楼一座。庄上村在整治的大田里拥有 790 亩耕地，由村委会出租给大户和外来的蔬菜公司。1996 年公司支付的租金为每亩 1000 元，2007 年降为 600 元。在租金谈判中，公司占优势，因为能够经营这种集约农业的人不多。村委会从每亩租金中提取 500 元，用于村里的公共事务。余下的租金一年两次发放给出租土地的农户。

案例 3　农业企业的雇员

福清县岑兜村的果园示范区总面积为 1000 亩，是村里一家养殖和加工鳗鱼的出口企业投资经营的。陈先生出生在本村，在果园担任作业组长。他将近 50 岁，每月工资 1600 元。陈家 5 口人，只有 1 亩多地，转给亲戚耕种，不收租金。陈夫人在家照料孙子和家务，他们的 3 个儿子分别在日本和阿根廷经营超市。陈先生介绍，农忙时节果园雇工200人左右，多为来自贵州省的农民，男工小时工资5元，女工小时工资4元。平时雇工30～50人，每天结算工资。组长的任务是填写工单，带领作业员从事田间管理，并监督工作质量。整个作业队由两位来自外省的农业技术员指导。一位刘姓技术员毕业于吉林农业大学，擅长作物栽培。1999年，他在上海一家蔬菜出口公司找到工作，2003年来到岑兜村这家公司，担任果园的生产科长。刘先生的劳动合同每年签订一次，每月工资2500元左右，还有养老、医疗和工伤保险。

当然，上述工业化的农业企业在中西部地区并不多见。通常的"公司＋农户"模式，是公司从事加工和销售，分散的小农按照公司提出的技术标准生产初级产品。鉴于农户在这种模式中处于依附状态，在产品价值链中所得甚少，国家试图通过促进合作社的发展，强化小农的市场地位。因此，制定了《农民专业合作社法》，于2007年7月1日起实施。据农业部统计，2008年，全国农民专业合作经济组织已超过15万家，农户成员3486万户，占全国农户总数的13.8%。合作社法有条规定："农民专业合作社享受国家规定的对农业生产、加工、流通、服务和其他涉农经济活动相应的税收优惠。"然而，率先享用政策优惠的是涉农企业和专业大户：一是将原有的"公司＋农户"模式变成合作社；二是由大户领办和控制合作社；三是由村干部组织和领导合作社，充当农户与公司之间的中介。在所有这些组织形式当中，小农在经济决策和利益分配中的弱势地位并无实质性的改变（张晓山，2009）。在农产品价值链中，作为初级产品供给者的小农仍然处在最低端。链条越长，未能参与产品增值活动的小农所得的份额越小。例如，2005～2007年期间，他们在蔬菜和水果价值链中所得的份额最高为20%（Zhang，Qiu and Huang，2010；Huang and Rozelle，2006）。据农业部农村经济研究中心的调查，2008年元月中旬，在从蔬菜产地到北京超市的8种蔬菜价值链中，产地农户所得的份额从5%到32%不等，平均份额为18.4%。在从产地到北京农贸市场的蔬菜价值链中，产地农户平均所得的份额为22.7%（见图6）。[①]

---

① 农业部农村经济研究中心调查组编写《北京蔬菜市场流通环节及价格调查》（未发表的调查报告），2008年1月17日。

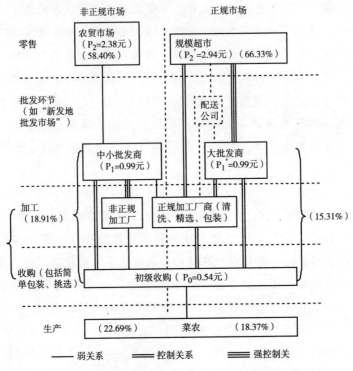

图 6　蔬菜价值链中的利益分配（产地，北京农贸市场、北京超市）

三　结论和讨论：小农的未来

本节将以前两节的分析为背景，扼要讨论 2050 年之前的城市化进程对食品保障和小农生产方式的挑战。在此基础上，试图引申回应这些挑战所需要的制度安排。可以确定的是，中国食品供给面临的重大挑战，依然是人口增长特别是城市化率提高。据中国社会科学院人口与劳动经济研究所最近的预测，2020 年，中国人口将突破 14 亿（基础数据：2000 年的人口普查）。若总和生育率一直保持在 1.8 的水平上，到 2050 年总人口将会减少到 13.8亿人。按照相对保守的估计，2020 年，城市化率将达到 54.5%。2050 年，这一比率将提高到 70%。到那时，城镇人口大约为 9.65 亿，乡村人口为4.1 亿（蔡昉，2010）。此间的生态压力无疑将更沉重，土地和水资源将更稀缺，粮食供需缺口将更大。根据中国科学院农业领域战略研究组的预测，到 2020 年，除了大米、蔬菜、水果、家禽、水产品和猪肉以外，中国主要农产品的自给率与 2004 年的水平相比,将明显下降。到 2050 年,大米、小麦和玉米三种主要谷物合计的供求缺口,将达到 15% (见表 4)。

表 4　2020～2050 年中国主要农产品自给率预测

单位:%

名　称	2004	2020	2030	2050
三种主要谷物	103	93	90	85
大米	101	102	104	104
小麦	99	94	92	90
玉米	107	84	79	71
大豆	49	41	39	38
油料	67	62	60	58
棉花	85	71	64	58
食糖	91	85	79	75
蔬菜	101	104	105	106
水果	101	106	105	104
猪肉	101	102	100	98
牛肉	100	94	92	89
羊肉	99	94	92	89
家禽	100	104	105	105
奶及奶制品	96	87	84	79
水产品	102	103	104	104

资料来源:中国科学院农业领域战略研究组编《中国至 2050 年农业科技发展路线图》,科学出版社,2009。

这种预测的情境,实质上与中国当前食品保障的脆弱状态只有程度上的差别。那么,为了强化宏观和微观层面的食品保障,中国政府目前重点实施的部分农业发展政策,应当继续推行并且进一步强化。

第一,刺激公共和私营部门的农业科技投资。目前,中国可供开垦的土地仅有 3.3 百万公顷。为了满足消费者对食品总量和质量的需求,只能在提高农业生产率以及加工和销售效率方面下功夫。为此,需要国家着重增加对长期性和基础性的农业科研投资。同时,强化专利保护,激励民营部门增加应用性的农业研发投资。

第二,改善农业科技推广体系的瞄准机制,提高推广实效。虽然城市化进程在加快,但工业和城市优先从农村吸纳优质劳动力的趋势未改变。留在农业中的，多数是低收入和贫困小农，而且主要是女性劳动者。因此，今后的农业科技推广既要瞄准低收入小农和贫困小农，又应添加性别视角。并且，还需要针对农业资源的限制因素，重点推广资源节约型的农业技术，特别是节水和提高耕地及化肥使用效率的技术。

第三，逐渐扩大农村社会保障覆盖面和提高保障水平。2009 年，农村合作医疗制度的人口覆盖率已超过 92%，新型农村养老保险试点覆盖人口约 20%。目前，这两种保险的给付水平还不能充分保障参保人员抵御疾病和老龄给家庭经济安全带来的冲击。进一步讲，农村迁移劳动者尚未获得与城市原有居民相等的社会保障和公共服务。因此，土地对农村人口依然具有生存保障功能。农地流转和相对集中的程度，不但取决于城市社会包容性的提高，而且取决于农村人口社会保障状况的改善。依据中国现有社会保障制度的水平可以判断，兼业小农和专业大户以及工业化的农业企业还将长期并存。

第四，改善农业人力资源。这就需要将"双轨制"教育引入农村，并增加对职业教育的投资。同时，加大对农业职业学校学生的资助，以培养符合农业现代化需求的农民，扭转农业劳动力老龄化的趋势。

第五，加强国际合作。对 2020 年和 2050 年农产品自给率的预测结果意味着，中国食品进口增加的趋势已经形成。那么，全球食品供给的增加，必将间接改善中国的食品保障。中国参与国际农业合作，特别是致力于促进欠发达国家的农业发展，符合本国和国际社会的利益。2010 年 8 月的中非农业合作论坛，即可视为这样一种努力。[1]

还需要强调的是，随着中国农业融入全球化的程度加深，一部分现行政策尤其是以下两个领域的政策亟待改进。

其一，改善市场结构，调整粮食收储制度。2004 年，中国粮食购销市场全面放开，价格形成更多地取决于市场供求。但国家粮食收储系统和国有粮食购销企业仍占有压倒优势的市场份额，其购销行为对价格水平具有决定性的影响力。[2] 这些企业优先获得国家按照最低保护价收购粮食的委托，因

---

① 《中非农业合作论坛北京宣言》，新华网，2010 年 8 月 12 日，news. xinhuanet. com/2010 - 08/12/c_ 12439928. htm。

② 《国家粮食局公布获得粮食收购许可证的企业名单》，2008 年 1 月 12 日，www. chinagrain. gov. cn/ n16/n1122/n2127/n1378378/n1448784/1480334. html；《国家粮食局有关负责人就当前粮油供需形势答问》，2008 年 2 月 28 日，www. china. com. cn/policy/txt/2008 - 02/02/content_ 9638835. htm。

而延续了对售粮农民的买方垄断地位。例如，收购粮食时压级压价克扣农民的现象时有发生。这一点，从国家发展和计划委员会组织年度检查的文件中，就可看出端倪。① 此外，粮食收储附有财政补贴，从而也就赋予粮食企业扩大收购量的动机。一些企业甚至为多获补贴而造假，或者利用收购资金寻租。最近3年，粮食储备占当年全国粮食消费总量的比例超过35%，远高于联合国粮农组织提出的17%～18%的粮食安全线。超量储备明显地造成资源浪费，同时还降低补贴效率。据财政部测算，我国粮价补贴的效率仅为14%。即国家补贴10元，农民只能得到1.4元，大部分补贴落入粮食收购企业手中。② 进一步考虑粮食价格扭曲对农业资源错配造成的损失，可以说，当前的粮食保护价和公共粮食收储制度，既效率低下，又缺少社会公平。根据印度、巴基斯坦、斯里兰卡、孟加拉和尼泊尔等南亚国家的经验，出路在于政府对国有和民营粮食购销企业一视同仁，以打破垄断，增加竞争，发挥市场价格对资源配置的信号作用（Ganesh-Kumar，Roy，andGulati，ed. 2010）。

其二，放松政府管制，疏通国际粮食贸易渠道，消除对外贸易和产品价格扭曲。2006～2007年期间，中国成为世界粮食市场的价格低谷。2008年全球粮食价格危机期间，国家对粮食出口加征出口税甚至禁止大米出口，但由于价格依然显著低于国际水准，走私便屡禁不止。③ 2009年以来，中国不期然又成为世界粮食市场的价格高峰。④ 这种国内和国际市场价格大幅背离的状况，最终损害的还是国内生产者和消费者的福利。

其三，为小农创造自组织的空间，以保证他们在当前和未来的社会经济环境中赢得平等的权力。小农在经济结构调整、产品价值链和政策优惠获得方面的弱势，以及在分享工业化、城市化成果时遭遇的排斥，反映的是他们在社会中的边缘地位。事实上，小农的弱势经济状况和边缘社会地位互为因果。打破这种恶性循环的契机，在于小农组织起来强化自己在政治经济和社

① 国家发展改革委办公厅：《关于开展粮食最低收购价格检查的通知》，2010年6月23日，www. sdpc. gov. cn/zcfb/zcfbtz/2010tz/t20100701_ 358365. htm。

② 《国家粮食补贴低效，86%落入粮食企业手中》，中国粮油信息网，2010年1月15日，finance. aweb. com. cn/2010/1/15/22520100115111347840. html。

③ 陈家林：《正视粮食走私发出的信号》，2008年7月4日，finance. people. com. cn/GB/1045/7468338. html。

④ 国家发展改革委：《国际市场小麦价格上涨对国内市场粮价影响较小》，2010年8月13日，www. sdpc. gov. cn/xwfb/t20100813_ 366175. htm。

会领域的影响力。强化小农权力，虽然并不完全属于农业政策范围，但却是中国农业可持续发展的一项不可或缺的制度条件。

参考文献

Ganesh-Kumar, A., D. Roy, and A. Gulati, ed., *Liberalizing Foodgrains Markets*, (New Delhi: Oxford University Press, 2010).

Huang, J and S. Rozelle et al., "Small Farmers and Agri-Food Market Restructuring: The Case of Fruit Sector in China, (a research report)", October 28, 2006, http://iis-db. stanford. edu/pubs/21703/FAO_ small_ holders_ horticulture_ 2006. pdf, download on Aug. 10, 2010.

Wang, M., "Can Migrant Workers Go Back to Agriculture?" A presentation at the Conference on Labor Migration held in University of St Andrews, UK, during 12th – 14th June 2010.

Zhang, X., H. Qiu, and Z. Huang, "Apple and Tomato Chains in China and EU, LEI Report 2010 – 2019," Wageningen.

蔡昉主编《中国人口与劳动问题报告（2010）》，社会科学文献出版社，2010。

陈春明、何武等：《快速经济发展中的营养》和《全球经济危机下的中国营养状况》，《中国疾病预防控制中心食物营养监测项目工作组营养政策研究报告》（待发表），2010。

陈锡文：《当前农业和农村经济形势》，2010 年 1 月 5 日在中国社会科学院的讲演。

国家统计局：《中华人民共和国 2009 年国民经济和社会发展统计公报》，2010 年 2 月 25 日，www. stats. gov. cn/tjgb/ndtjgb/qgndtjgb/t20100225_ 402622945. htm。

国家统计局农村司：《2009 年农民工监测调查报告》，2010 年 3 月 19 日，www. stats. gov. cn/tjfx/fxbg/t20100319_ 402628281. htm。

林毅夫：《21 世纪中国能否养活自己?》，《瞭望》1998 年第 33 期。

史培军、王静爱等：《最近 15 年来中国气候变化、农业自然灾害与粮食生产的初步研究》，《自然资源学报》1997 年第 3 期。

叶贞琴：《夯实农业基础 提高粮食综合生产能力》，2010 年 5 月 22 日在 2010 年中国农村发展高层论坛的讲演。

张晓山：《农民专业合作社的发展趋势探析》，《管理世界》2009 年第 5 期。

中国科学院农业领域战略研究组编《中国至 2050 年农业科技发展路线图》，科学出版社，2009。

中华人民共和国农业部编《2009 中国农业发展报告》，中国农业出版社，2009。

钟甫宁：《人口结构与粮食消费》（待发表），2010。

"中国经济的未来展望"圆桌论坛

左 起：杨扬、潘家华、王国刚、汪同三、朱玲

如何看待现在的房地产市场？

潘家华[*]

各位嘉宾，女士们、先生们，非常荣幸与大家交流这个问题。关于这个问题，首先要看怎样理解房地产价格的坚挺，再来看看为什么是"坚"，然后再认识一下为什么现在是"稳"，将来的趋势又会如何，最后可能得出一点结论。

关于房地产价格"坚挺"，应该说是一个问题的两个方面。从国家对房地产市场进行调控以来，房地产市场的价格增幅、增速都大幅下降，最近报道有的地区，比如说上海，房产价格已经出现下降的趋势。从这个意义上讲，房价并不"坚挺"。但从另外一方面看，经过这样大力度的调控，现在的房地产市场价格并没有像很多人所期望的那样大幅下降，还是相当坚实。从这个意义上讲，中央和地方对房地产市场的调控政策应该是有效的，国家对房地产市场的调控并不是要摧毁房地产市场，是要求稳、求发展。对房地产市场价格"坚挺"要有这样一个客观的认识。

如何来认识房地产市场的"坚"呢？应该有很多原因。首先房地产作为一种资产有多重属性：它是一个投资品，我们可以进行金融投资从中得到回报；它还是一个消费品，而房地产真正需要的社会属性应该是消费品；不仅如此，房地产还是一种生产品，可以用来经营和出租。当前中国房地产价格坚挺，是因为房地产的多重属性中消费品的属性被弱化，而投资品的属性得到了膨胀。在这种情况下，不仅是私人投资，现在还有很多企业资产涌入

---

[*] 潘家华，中国社会科学院城市发展与环境研究所所长，研究员。

房地产，使得房地产价格不可能有大幅度的下降。

第二，自上而下社会资源分配的极化特征。由于政体、文化和传统多方面的原因，中国社会和公共资源的分配与垄断权力相匹配，形成相当集中的局面。例如我们的教育资源，都集中在大城市、省会城市，最好的学校集中在北京，就是作为中国经济中心的上海，在这方面似乎也难以与作为政治中心的北京相比。卫生资源、体育资源的配置也是这样。原来驻京办有近1000 家，清理了 600 多家，还有 300 多家。这也是为什么首都房地产价格远高于省会城市，而省会城市又高于中等城市。由于资源极化的分配，使得房地产价格在某些资源相对富集、相对垄断的地方，表现得相对坚挺。

第三，中国自然资源的特征。中国的气候、水资源、土地资源生产力不一样，"孔雀东南飞"的趋势会强化，东南沿海的环境容量和经济容量相对于西部地区应该更大。除此之外，还有土地财政。经营土地是地方财政的主要来源，地方政府有很多事权，但是地方财权相对来讲经过分税制以后被弱化。在当前的财政格局下，地方政府经营土地的手段和欲望只会加强，不会弱化。技术进步、建筑质量的提升，使得成本有所提高，通胀预期以及城镇化和人口增长等等原因都使得中国的房地产价格保持坚实，不可能有大幅度的下滑。

房地产价格现在是坚，不会再挺，不会再疯长，就是保持稳。为什么会稳？也有多方面的原因。第一，中央和地方政府关注民生，强化社会稳定，行政手段的高压必将维持下去。第二，房地产市场的规范化管理，在深圳已经启动房产税，如果我们利用房产税、赠与税、遗产税，对资产的管理加以规范，提高资产的持有成本（因为仅仅持有实际上造成资源的一种浪费），使它成为投资品的属性弱化，需求降低，房地产的属性就会回归到本源的消费品属性。第三，政府大力投入经济适用房、保障房和廉租房，消化掉相当一部分的刚性需求。第四，消费者的消费理念也趋向于理性，投资的渠道也会多元化。从这些方面来看，房地产市场应该会趋稳。

未来的房地产价格走势会怎样，其中的影响因素比较多，从宏观层面上看，包括城镇化、人口结构老龄化以及政策调控因素。城镇化滞后于工业化，人口的城镇化会加速。如果现在加速，只是一个百分点，按照人均住房面积20 平方米计算，每年应该有 2.8 亿平方米的新增住房面积，人均 30 平方米则高达 4.2 亿平方米。目前，每年新增住房的建筑面积也就只有 8～10 亿平方米的水平。巨大的需求也是为什么房地产市场会"坚"的原因。第二，人口结构的因素。尽管人口还在增长，但随着人口的老龄化，60 岁年龄段的人再过十年、二十年应该逐渐离开世界。现在这批人口多数拥有两套、三套住房，他们的儿子甚至孙代，已经有自己的住房。他们离开这个世界，所持有的房子都会释放到市场上来。所以房地产市场也会像欧洲、日本一样随着人口的稳定而趋于稳定，不会出现大幅度的波动。政策因素取决于多方面，现在城镇化不可能让每年 1400 万农村进城人口住别墅这样大的空间。在二战以后，欧洲从土耳其进口了大量的劳工，当地政府为这些劳工建了很多相当于保障房、经适房的住房，条件非常简单，就使得这一批刚性需求得到满足。在市场规范、资源的计划均衡分配这些方面，将来也会有所改变。所以从这方面来看，我们应该有理由相信，今后的走势不会有非常大幅的波动。

稳中前行，有序发展。中国有一个强势的政府，政策是有效的，我们的消费也会回归理性。

中国政府会如何对待通货膨胀

王国刚[*]

通货膨胀这个词现在用得比较多，但我认为中国不存在通货膨胀。通货膨胀的定义是由于货币发行过多所导致的物价普遍上涨。从 2010 年来看，比较多的人用 CPI 连续 6 个月超过 3% 来衡量通胀，这是一个西方国家通用的方法。从 2010 年 5 月份算起，中国已经有好几个月 CPI 超过 3% 了，从这个角度看，使用通货膨胀这个概念好像是有道理的。但是如果细算下来，这里面可能就没有道理了。为什么说没有道理呢？首先，西方发达国家通常用的 CPI 构成中不包含农产品和资源类产品，而在中国 CPI 中农产品或者食品类占的份额达到 1/3 之多。再来看中国 2010 年引致物价上涨的主要因素。2010 年初开始，自然灾害大面积连续性地发生，蔬菜、水果、水产和棉花等等出现了短缺、价格上扬，而这并不是因为货币发行多了导致这些农产品减少，或者反过来把货币紧缩了田里就长出了蔬菜、水果和棉花，显然不是。另一方面，大家都应该注意到，2009 年中国的 CPI 是负增长 0.7%，可 2009 年政府工作报告列出的 CPI 工作目标是 4%，由此提出问题：这两者的关系是什么呢？实际上在 2009 年中国政府工作报告之后，列出要对一系列资源产品价格进行调价，其中包含了水、电、燃气、油等等。在 2009 年 5 月份，曾经在某些地方开始展开了这方面调价，但引起了比较大的反响，为了保证 2009 年的建国六十周年大庆的平稳举行，把这项措施暂停下来了。到 2009 年 11 月份以后，才陆续启动这项政策，水、电、燃气等等都在调

---

* 王国刚，中国社会科学院金融研究所所长，研究员。

价，这是不是因为货币发行多了导致这种调整呢？显然不是。由于一种或者几种农产品价格上扬导致 CPI 上行，或者因为政府调价导致 CPI 上行，不是因为货币发行多了而导致的，不应该简单的套用。我们称这种现象为物价上涨，而不用通货膨胀去概括。

为什么不用通货膨胀概括呢？如果"通货膨胀"这个词只是用于表达物价上涨，那么，这个词怎么用关系都不大，非常可惜的是，几乎所有人一讲起通胀，紧接着就提出要用货币政策予以治理。问题在于两个方面。

第一，货币政策本身解决不了刚才所讲的那些事，比如说某些农产品的短缺导致的价格上行，比如说由于资源类产品的价格调整导致的价格上行，货币政策解决不了这些问题。

第二，货币政策有副作用。这种副作用有的时候不仅不利于农业生产的恢复和发展，而且还有害于它。大家知道 2007～2008 年，当时 CPI 上涨最高点是 2008 年 2 月份的 8.7%。那一轮物价上涨的主要成因是因为猪肉短缺。在这时候如果加息了，直接结果是，饲料大户如果有贷款，成本就提高了，资金成本提高了，饲料价格就上涨，饲料价格上涨养猪户的成本就提高，养猪户就更不养猪了。养猪户有贷款，利息成本也上去了，这是一方面的负面影响。另一方面，货币政策是总量政策，不是影响某一个产业或某种产品，对其他产业的正常运行造成不利的方面。有人讲，物价是货币现象，我觉得这个话只讲对了一半，任何的物价都是用货币来表示的，比如一瓶矿泉水价格是 1 元钱，1 元钱是用货币表示，当它涨到 1.5 元，也是用货币表示，从这一点上来讲，任何价格都是货币现象，任何价格变动都是货币变化是可以说通的，但是不等于任何价格变动都是货币政策现象，这两者不能相混。实际上，相当多的农产品变化或者是季节性波动，比如说蔬菜，通过两三个月的补种，价格就下来了。有些问题需要运用财政政策予以解决。2007、2008 年解决猪肉问题主要从财政方式解决，给母猪直补，这个过程不能简单地与货币政策相挂钩。因此，我们认为中国眼下不存在通货膨胀。如果把这个眼光放长一点，实际上从 1998 年以来一直到现在，中国非食品类的或者西方国家称为 CPI 的指标，中国从来没有超过 2%，有些年份还是负增长，用这样一个概念来看，中国实际上从 1998 年以来就不存在通货膨胀。

我认为，在往后一段时间内 CPI 可能还会继续上行，依然是这两个主要原因，一个是农产品方面发生了供不应求的现象，另一方面是由于资源类调整。当然，农产品发生变化也有国际市场因素，今年粮食严重歉收，俄罗斯已经禁止出口，这些方面会对我们产生重要的影响，但是中国眼下最主要的即刚才说的几类，不应该定义为通货膨胀，而是称为物价上涨。

不是由货币发行过多引致的物价上涨，例如某些农产品供不应求引致的价格上涨，应更多地选择财政政策和行政措施予以解决。财政政策的重心有二：一是弥补农民因自然灾害所引致的损失，提高农民抵御自然灾害的能力；二是提高对低保和低收入群体的财政支持力度。行政措施的主要着力点是抑制和打击游资对短缺产品的恶意炒作。

宏观经济政策是否需要调整

汪同三 *

谈到宏观形势，与其他经济大国相比应该说中国的宏观形势是不错的，我们很快就从受美国金融危机冲击经济增长速度下降中走出来了，今年经济增长速度要明显比去年有所上升，现在多数人对于中国经济增长速度的预测，包括国内和国际，都在 10% 左右，没有预测 2010 年中国 GDP 增长速度会低于 9.5% 的。那么看 2011 年经济增长速度也不会很低，目前为止国内外还没有人预测 2011 年中国的经济增速会低于 8% 的，GDP 增速 8% 是连续四五年中国经济增长的预期目标，2011 年我们还会继续保持比较好、比较稳定、比较快的增长局面。形势好不是没有问题，问题也是很多的。

在 2009 年的时候，当时讲那是最困难的一年。确实是这样，2010 年的形势没有 2009 年那么困难。虽然说 2009 年是最困难的一年，但是 2009 年又是问题相对比较清楚的一年，2009 年的问题大家都很清楚，也很惟一，就是要有效地应对美国金融危机的冲击，保持我们经济的适度增长。2010 年不是最困难的一年，但是 2010 年的问题是什么？我在年初的时候曾经说过，2010 年的问题是我们不知道问题是什么。到底 2010 年我们的宏观经济会出现什么问题，会发生什么变化，当时是说不清的，现在看起来这一年中我们遇到的问题太多了，自然灾害不说严重的程度，只说频率和次数，是最多的。年初大旱、玉树地震、甘肃泥石流，可以说 2010 年是自然灾害最多的一年。2010 年年初特别是上半年我们担心会不会出现经济的二次探底，

---

* 汪同三，中国社会科学院数量经济与技术经济研究所所长，研究员。

当时各方面的考虑也很多。

接下来是房地产价格，从 6 月份到现在它成为一个重要的话题。再接下来就是通货膨胀问题。再到新出现的国际因素的影响，现在美国所谓的量化宽松政策会对我们产生什么样的影响？回过头去看 2010 年确实经历了风风雨雨，很多问题是我们在年初基本上没有预料到的，在发展中就出现了。2011 年虽然我们可以预期，经济形势总体不错，增长速度还会保持在一个比较高的水平，但是我们要有比较充分的准备去应对 2011 年可能出现的，但我们还看不到的问题。目前来讲有几个问题是值得考虑的。

第一，如何正确理解转变经济发展方式。现在有一种意见认为，要转变经济增长方式，增长速度一定要减慢，把这两者对立起来了，这是应该注意的。转变经济发展方式的最终目的是为了实现更好的经济发展，而不是说转变经济发展方式就是要把发展速度降下来。我们要注意保持经济有一个适度较快的增长，是要实现科学的发展，要实现可持续的发展，这是一个 2011年要注意处理好的问题。

第二，通货膨胀，价格上涨。中国可能出现通货膨胀或者价格上涨的压力包括国内国外两个方面，一个是国际对我国的输入性价格上涨的压力，主要表现在国际市场大宗商品价格的剧烈波动和美国的量化宽松货币政策，这是可以积极应对但是不可能完全避免的。另一个是我国农业基础比较薄弱，在很大程度上是靠天吃饭，已经是连续七年粮食增产，这是一个很不容易的成绩，按照以往的规律是五年里面两丰两歉一平，2011 年还会不会像以前那样，这是一个问题。就国内这两年的情况来说，货币供给和流动性值得考虑。为了应对美国金融危机的冲击，我国 2009 年新增贷款将近 10 万亿，增加规模比较大，毕竟是一个压力。比如现在谈的"蒜你狠"，大蒜价格涨，糖的价格涨，棉花价格也涨，这一方面是因为供求关系，像大蒜这样不起决定因素的商品价格也会出现这样大的波动，背后很大一个原因是炒作，资本总要有一个地方去，原来可以流到房地产那里，现在被堵住了。我国出现某些特殊商品的价格波动，背后的根源还是比较多的。资金找不到去处，怎样疏导这些资金可能是在 2011 年要注意解决的问题。

第三，收入分配问题。居民收入要增长，工资要增长，怎么个增长法，增长到什么程度。党的"十六大"提出要扩大中等收入阶层，那时候注意到居民收入是一个很重要的问题，会影响到国家经济社会的稳定发展。到了"十七大"，这个问题进一步深入，指出要增加居民收入占国民收入的比重，要在初次分配中提高劳动报酬的比重，这就进一步深化了如何去提高居民收入，指出了问题的所在，即居民收入在国民收入中的比重偏低，劳动报酬在初次分配中的比重偏低。党的十七届五中全会进一步指出，提高居民收入的比重，提高劳动报酬的比重数量界限是什么？是居民收入的增长要与经济的增长相适应，劳动工资的增长要与生产率的增长相适应。如果片面强调居民收入的增长，片面强调劳动报酬增长，至少会比较快地形成通货膨胀的压力——劳动力成本上升的压力。所以在2011年，如何去落实"十七大"的精神，如何去落实党的十七届五中全会的精神，在收入分配政策领域里把事情做对，这是一个很重要的问题。

第四，宏观调控政策问题。宏观调控政策肯定要有所变化，2009年和2010年是积极的财政政策和适度宽松的货币政策，虽然这两年宏观调控政策大的提法没有改变，但是在具体操作中的变化大家也都看得很清楚。现在如果说宏观调控政策就是适度宽松的货币政策，并不准确，要加强政策的针对性和有效性，就意味着我们必须根据国内外宏观形势的变化，对财政政策和货币政策做出适度的调整，具体怎样调整？中央会提出来，但是我想肯定是有所调整的。我想用"积极"这个词说的是态度，现在已经把积极这个词定义为多发赤字，多发国债，多发货币，降低利率，降低存款准备金率。讲积极，我可以理解，但是我更愿意把"积极"理解成一种宏观调控的态度，目标是保持经济的适度快速增长，保持稳定增长，保持可持续增长。如果这样来理解"积极"，我觉得2011年我们肯定还是应该以积极的态度去制定财政政策和货币政策。

启动什么样的消费？

朱　玲[*]

　　启动什么样的消费？首先，消费直接是收入增长的结果，其次，消费也是消费者对于收入预期的一种表现。我接着汪同三所长说到的问题，谈一下中国增长方式的转变以及王国刚所长也说过的农业的影响等等。补充一下，前面的演讲嘉宾都谈到了农产品价格的上涨和今年灾害有直接关系；李扬副院长也说了，大量投资基础设施创造了就业，没有就业就谈不到提高中等阶层和低收入者的收入。创造就业、基础设施投资首先应该投向农业基础设施。不能只强调灾害频发，下暴雨哪儿都有，为什么现在一下暴雨就会有长期而且严重的水灾发生，这与农村中小水利设施长期投资不足有关。在过去，中国有一个制度是农民出义务工和建勤工，农村中小水利设施维修靠这种制度进行，就是农民不拿工资，该他出工了就去修水坝或者水库。自从这个制度取消以后，中央政府并没有把这笔需要修水利的钱投给地方政府，地方政府的钱不够，中小水库以及水坝长期缺少维修，才会成灾。农村中小水利设施维修本身就是一个投资项目，而恰恰中央政府应该往这里投资，创造一部分就业。

　　另外，要给民营资本开放更多的投资领域。为什么这么长时间民营资本进入不了这些领域，主要原因是行业垄断，除了制度以外，还有一些潜规则。如果创造更多的就业、更多的机会，需要在民营资本进入很多被垄断的领域下功夫。有了更多的创业，才有更多的就业；有了更多的就业，尤其是

＊　朱玲，中国社会科学院经济研究所副所长，研究员，学部委员。

一些中低劳动技能的人才能得到机会。中国一直强调经济增长方式的转变，但还有大量的劳动力属于低技能的劳动力，所以，劳动密集型的企业在中国还会长期需要，这也和民营资本进入有关系。所以消费问题，首先是一个创造就业和收入的问题。

公共服务的大量创造，也是一种人力资源的投资，例如教育和医疗。我还补充一点，就是社会保障。如果没有很好的收入预期，没有很好的保障预期，人们就不敢花钱。任何一个家庭和消费者都是理性的，如果知道以后没有保障，怎么敢把钱花出去。"十二五"规划中，把社会保障作为一个重要的事业来发展。到目前为止，农村的合作医疗已经覆盖了96%以上的人口，农村的养老保险试点将覆盖1.3亿人，而且会在"十二五"规划中继续扩大覆盖面，这对收入增长和未来释放消费能力是一个很重要的措施。

中国正在进入老龄化，进入老龄化需要老龄照料产业，这个产业在中国是非常缺乏的。

最后说说我最熟悉的领域，就是扶贫。在中国被认为是一个蒸蒸日上、马上崛起的富国的时候，按照世界银行现在测算的每人每日消费或者收入1.25美元的标准，中国农村还有26%的贫困人口。如果继续用扶贫措施、救济措施，各种各样的创造就业和劳动力培训的措施来帮助他们，使他们的消费释放出来，能量是很大的。具体来说，这部分人的消费更多的是生存消费，是必需品的消费。所以我要提醒一句，到现在农村还有18%的贫困儿童，他们基本的营养保障还是不足的。所以，如果能够更好地帮助穷人，提高他们的收入，至少他们对高质量食品的消费都会增加。

CASS
FORUM
中国社会科学论坛

第二篇　多极化的世界

中国的周边关系

张蕴岭[*]

我们在讨论后危机时代的发展问题时，中国的周边环境被予以很重要的地位。中国社会科学院国际研究学部的研究涵盖了世界所有地区，也几乎涵盖了所有重要的问题。当前研究的重大问题，首先就是世界经济的发展与调整，尤其是后危机时代世界经济发展的趋势。第二是重点研究国际治理的问题，以及我国的参与、我国的对策、我国的作用等等。第三是研究我国和平发展的新环境，要创造一个长期和平发展的环境，走和平发展的道路，这是我们的国策。要认识到我们现在面临着一些新的变化，而且这种变化在今后相当长的一段时间还会深入的发展。第四是中国与各大国，其中也包括周边地区的关系，因为与大国的关系和与周边国家的关系在我们对外的关系中占据着非常重要的地位。第五是世界经济增长的重心越来越向亚洲转移，我们对亚洲地区的经济、亚洲地区的市场以及我们在构建新的亚洲经济转型发展中的作用，也是我们研究的重点。下面，我就中国与周边国家的关系谈点看法，供大家探讨。

当前，国际舆论有一个很集中的说法，就是中国变了，中国由韬光养晦变得更加具有进取心、侵略心，变成一个更加强硬的中国，中国的政策发生了巨大的变化。还有一个舆论就是中国周边的环境变了，由原来和谐、友好的周边国家关系，变成了充满对抗、敌对的周边国家关系。对这样的舆论，如何来认识？

---

* 张蕴岭，中国社会科学院国际学部主任，研究员，学部委员。

在做出是，还是不是的回答之前，首先看一下改革开放以来，中国的周边关系发生了一些什么样的变化，我们作出了哪些努力。中国与周边国家的关系是一部长长的历史。回顾长期的历史发展，一般来说就是中国强大了，与周边国家关系是比较好、比较和谐的；中国衰弱的话，就与周边关系变得不好，变得非常复杂，而且周边关系反过来对我们产生很大、很不利的影响。现在，我们扭转了近百年来中国衰弱的趋势，中国变强了，是不是还在遵循历史的规律？中国与周边国家关系会变好，为什么国际舆论都说变坏了呢？首先看一下，30 多年来，我们在周边关系上作出的一些努力，发生了一些什么样的变化。概括来说，我们作了三个方面的努力。

第一是我们把周边的关系放在一个很突出的地位。党的"十六大"正式确定了我们在对外关系中周边关系是首要的这样一个原则。为这样一个关系，我们提出了一系列新的理念，比如我们提出友邻、安邻、富邻等观念和政策，同时我们在周边关系中努力建立与过去同盟关系、敌对关系不同的伙伴关系。应该说，中国非常重视构造周边的安全和发展带。记得有一位外国学者说，中国如果不能搞好周边关系，就永远不能成为一个大国。我们是围绕构建安全发展带来作出努力的。

第二是务实地解决争端问题。在世界上没有一个大国像中国，有这么复杂的周边关系，而且有这么多与邻国没有解决的问题。过去 30 年中，我们作出了很大的努力，比如和俄罗斯、越南都划定了边界，与东盟就南海问题发表了联合行为声明，同时与在边界有争议的印度就有争议的地方稳定达成了协议。同时对一些不能解决的问题，进行了联合开发的努力。这些努力减少了我们的冲突点，使得一些热点降温。

第三是积极参与和推动周边地区的区域合作。我们构建了与东盟"10 + 1"的自贸区，构建了上海合作组织，同时也推动了"10 + 3"东亚峰会、中日韩合作的机制。在亚太地区，我们积极参与了像 APEC 亚太经济合作组织等等，还在南亚联盟中成为了观察员。

通过这样一些努力，应该说使得周边关系发生了很大的变化，成为一个比较稳定的地区，一个发展合作的地区，百年以来第一次我们周边没有敌对的国家。这样一个关系的转变，应该说为我们构建和平、发展的环境起到了非常积极的作用。

这样一个关系有几个特点：（1）通过区域合作，把中国与周边国家关系植入制度性的构建中，超越了历史的模式。现在的区域制度构建和过去不一样了，超越了冷战结构，形成合作伙伴关系。（2）中国实力上升，向周边国家提供更大的市场和更多的利益，发展起一个链接网。现在我们和周边的基础设施网、空中网、海上网等等，都在进一步构建。这样一个特征，使我们之间共同的利益、共同的相互依赖的机制进一步增强，而且是一种比较平等的相互依赖、相互参与的关系。

为什么国际舆论都说环境变了呢？首先，天有不测风云，特别是2010年以来，发生了一些突发事件。"天安舰"事件，极大地损害了中韩关系；"钓鱼岛"日本抓扣中国渔船渔民事件，极大地损坏了中日关系，破坏了过去我们多年以来进行的努力；在南中海地区，由于美国的介入，对中国东盟的关系产生了影响。这样一些突发事件，使得一些逆向因素上升，对我们和周边国家的关系产生了一些损害。刚才讲了这么多构造和改变，为什么这么脆弱、这么敏感呢？一点小事发生，就可以发生这么大的变化。我想是有特殊的背景。

第一，这些是老问题。有些老问题没有得到很好的解决，又被赋予了一些新意，往往邻国就把中国的上升与中国未来的取向和这些问题紧密联系起来。他们在联想与一个更加强硬的中国打交道，过去中国是一个低姿态，在他们看来，是有求于他们，现在突然变得强硬起来。

第二，中国经济的发展。我们看到2008年以后发生的危机，使得很多国家的经济，尤其是发达国家的经济受到了极大的损害。中国经济继续保持比较高的增长，就产生一种震动，特别是2011年中国的GDP被认为已经超过日本，成为世界第二，外界对中国的看法发生了一些逆转。他们在想如何与一个超级大国来打交道，如何应对一个更加强硬的中国、危险的中国、不信任的中国。这些都在变化。

现在就要回答中国是不是要变了？刚才我说的"两个变了"，一个是中国变了，一个是周边国家变了。首先，我们承认中国是变了，不能否认。为什么？中国随着实力上升，它的影响增大了，它的利益诉求就增多了，比如，对一些事件的反应比过去就有很大的不同。对美韩黄海军演，我们明确表示不同的意见；针对希拉里在东盟地区论坛上的讲话，我们也立即作出了针锋相对的反应；对美国向台湾出售武器，我们宣布了比较强烈的对应措施；对日本抓扣中国渔船渔民也作出了比较强硬的反应。外界如何看，对于我们自己来说，有时候是身在其中，我们感觉不到。但是，这本身是一个趋势，我们对自己的利益诉求变得更强，声音也会变得更大，这是一个必然的趋势。

另一方面，在中国国内，对中国的利益，对中国的定位，对中国的政策也出现了多种的声音。因为中国处在一个大的转型时期，应该说强硬有着更大的公众号召力，这些公众号召力也对决策者产生更大的压力。我们看到，市场上卖得最好的书都是调子很高的书，这样的书可以引起公众的注意。这样一些舆论就造成了一种不同的氛围，所以在外界来看，中国是发生了变化。这种变化我们应该感觉到，中国更多地提出了自己的意见等等，这些自然的变化有时候可能意识不到。这样一些变化，加上中国实力的继续上升，就和外国的环境——过去如何看中国和现在、今后如何看中国，发生了很大的不同。中国的政策是不是真变了？我觉得中国的国策，也就是走和平发展的道路，不会变。中国的现代化进程还是非常长的，需要一个相当长的和平发展环境。有的外国朋友问，和平发展需要多长，说你们一旦强大了，和平发展环境不要了，是不是就改变了。这也是我们的一个难题。但是还有一条保证，就是我们要走和一个传统大国崛起不同的道路，我们有自己的理念，有自己的价值观，有自己的政策，我们要与过去传统不同。当然，这只能用事实证明。现在尽管发生了这么多事情，从领导人的决策、对外的政策以及最近一系列领导人出访中，也可以看得很清楚，中国的国策并没有变化，我们还是继续努力构造和平发展环境，来显示我们是走和平发展的道路的。

　　另外一个问题需要回答，就是我们周边的环境是不是真的变了，变得敌对了？我自己认为，尽管发生了这么多事，尽管发生了一些舆论的逆转，我觉得中国周边关系大的格局和环境，并没有发生逆转。我们以前经过三个努力所构建起来的基本关系和基本框架并没有垮掉，还在起作用。比如正是在日本抓扣渔船渔民事件闹得最凶的时候，中日还在协商，中日韩合作的会议还在开，东亚合作的一系列会议都在开，而且中国领导人提出一系列建设性的提议，来探讨如何进一步推动地区的发展。到现在为止这些框架下没有一个国家拒绝去开会，而且到了会上，基本上没有吵架，还是寻求合作的态势。显然，这样一个周边环境，没有发生大的转变。比如中国与东盟的关系，东盟长期以来通过自身的努力，做了两件大事：一是通过区域合作框架，把 10 个国家放在一个合作框架中，实现了东南亚的和平；二是通过构建不同层次的对外关系框架，稳定了和其他国家的关系，其中很重要的是与中国的关系，既有经济合作，又有战略伙伴的构建，还有南中海地区的稳定，这是符合东盟利益的。尽管矛盾在，但是东盟的发展和中国的关系大的趋势是不会改变的，东盟会转向亲美、反华的可能性是不存在的。

我们现在非常关注美国重返亚洲。我自己判断，美国会更多参与亚洲的事务，发挥更大的作用，但也很难形成一个反华包围圈。应该说，美国更多参与亚洲事务，如果我们处理好的话，可能是一个有利的因素。前不久，一位新加坡的朋友告诉我，其实把美国拉进亚洲来，对中国构建一个更长的和平发展环境，避免中国、美国发生对抗是有好处的，中国、美国还可以同时在这个框架下进行工作。我想也不见得没有道理。从现在来看，尽管美国要遏制中国的上升，怕中国侵犯美国作为超级大国的利益和地位。我想，还不是一种对抗性，还是一种防御性，特别是周边国家，也不会完全站在美国的一边去反对中国。最后的关键还是我们自己如何把握。

我看到一篇文章讲"韬光养晦为什么是坚持的一个重要原因"，因为韬光养晦不是像外国翻译的"隐藏自己，等待未来"，而是一种低姿态、和谐，是与构建和谐地区一脉相承的。构建和谐世界是一个理想，但是构建和谐世界的方法是一个现实。

论 1989~1991 年以来西方国际地位的相对下降

裘元伦[*]

　　2009~2010 年是欧美国际地位明显相对下降的年份。其直接动因是自 2007 年始于美国的次贷危机造成的整个西方世界的国际金融危机和严重经济衰退。但是这一相对下降过程其实并非始自这两年，它可以追溯到前些年，追溯到 1989~1991 年东欧剧变、苏联解体，西方最得意的那个时期，甚至可以更远地追溯到 1978 年底中国决定开始改革开放之时。西方国际地位相对下降，一个深刻的长期原因是欧美国家对最近二三十年国际形势发展及其前景的两大误判，某些后发"新兴国家"的迅速崛起则是与此相联系的另一个促进因素。两者合在一起，正在徐徐拉开新一轮世界大变局的序幕。

一　西方国际地位相对下降的原因

　　遥想 1989~1991 年东欧剧变、苏联解体时，西方世界是何等的手舞足蹈、得意忘形。欧美国家认为从此以后这个世界就将永远是西方资本主义一统天下，美国作为唯一超级大国更将长期独步全球。当时它们也没有把此前 1979 年已经开始改革开放的中国等新兴发展中国家放在眼里。欧美国家好像觉得自此它们可以随心所欲地做它们想做的事情。这是它们对最近二三十年国际形势发展的第一个严重误判。美国人在最近二三十年主要在做三件事

---

　　* 裘元伦，中国社会科学院欧洲研究所原所长，研究员，学部委员。

情。第一件事情是靠借债尽情地享受生活。美国人习惯寅吃卯粮，过着"大少爷"生活，消费大大超过生产，进口远远高于出口，结果是国内外负债累累；加上新自由主义泛滥，人们认为资本主义从此可以不受约束地自由发展、自由发挥，结果"自由"过了度，全面疏于管控，最终导致了严重的国际金融危机与二战后空前的经济衰退，其影响深远，后果严重。第二件事情是在东欧、苏联地区得手之后继续在世界各地强力推行美国式的"自由民主"制度，"和平演变"、"颜色革命"、强加战争等等手段无所不用其极，虽然其全球战略后果目前还尚难判断，但已给美国带来重重麻烦。第三件事情是四处发动战争，特别是阿富汗战争和伊拉克战争，人力、物力、财力、国际影响力和吸引力消耗巨大，使美国深陷困境，自绑手脚，难以他顾。

在此期间，欧洲人也在忙着做三件事情。第一件是一心一意追求提高生活质量，过安逸日子。这本是一件无可非议的事情，但欧洲人的这种追求缺少经济增长和发展的基础，长期经济不振，年均经济增长率从 1973 年前的 5% 上下降至近些年来的 2% 左右，2009 年更绝对萎缩了 4%，而社会福利长期有增无减，加上失业增加、人口老化，致使公共财政赤字大增，主权债务危机爆发，使"欧洲模式"引以为傲的社会福利制度难以为继。第二件是积极致力于制定经济规则。战后欧洲人没有提出过一项足以引导世界发展的宏大经济理论，但他们能把一件一件具体事情办得相当细致精密。其中之一就是欧盟制定了大量的经济规则，它们当然首先是适用于欧洲内部市场，但同时要求进入欧洲市场的其他国家也要遵守这些规则，从而使它们具有一定程度的世界经济规则的意义。不过，随着欧洲地位的相对下落，欧盟区外的国家究竟能接受到何种程度，还有待观察。第三件是大力推进欧盟的不断扩大与深化，这无疑具有重大而深远的战略意义，但同时也不断地带来了一大堆难题，特别是在当前，使欧盟更难运作和发挥作用。两德统一和欧盟从 15 国扩至 27 国这两件大事，既给欧洲带来远景希望，又给欧洲带来特别沉重的现实负担，加上欧盟及其成员国的经济社会改革严重受阻，至少在相当长的一段时间内将会限制它们的行动能力。上述欧美国家专注于自己作为的行事结果，无意中为外部世界其他国家所利用从而获得难得的发展机遇，特别是最近十年。近来西方似乎已经意识到了这一点。

欧美国家最近二三十年对国际形势严重误判的另一个表现是在经济全球化问题上。自 1979 年中国走上市场经济发展道路，印度也适时地走上了市场经济道路，而在 1989~1991 年东欧剧变、苏联解体之后，世界上几乎所有重要的国家都走上了市场经济之路，经济全球化从此具有了真正"全球"的含义。商品、服务、资本、人力的国际自由流动速度大大加快，流动规模急剧扩大，各国经济相互依赖程度日益加深。这其中特别重要的一点是，全世界一下子有二三十亿左右的"新"劳动力参与到激烈的国际经济竞争之中。这些劳动力中的绝大多数不仅价格便宜，而且吃苦耐劳。他们的劳动工资一般仅占所在国出口产品成本费用的百分之几、百分之十几，而欧美国家相应比重一般在一半左右。这使发达国家的同行难以与之竞争，加上资本、企业甚至整个行业外迁，对欧美国家的经济与就业产生一定的影响，当然也给那里的消费者带来商品价格便宜等不少好处。让欧美国家更感紧张的是，这些廉价劳动力开始时主要在劳动密集型工业部门，随着时间推移，他们中的一部分人、特别是那些有一定文化知识技术的人正日益进入资本密集型甚至知识科技密集型行业，这给西方世界同外部国家的经济关系从以前的强调互补、合作注入了更多关注替代、竞争的新因素。这些后果是欧美许多国家始料不及的。

经济全球化的发展进程表明，它并不像早先有人预言的那样走向"美国化"、"西方化"。所有这一切的后果是，经济全球化出现了利益重新分配的新局面。西方世界固然获得了意义深远的某些制度性利益（"市场经济"推广到了全世界）、规则性利益（由西方主导制定的国际经济规则推行到了全世界）、典范性利益（迄今为止公司企业经营范本基本上还是来自西方）以及巨大的商业性利益（通过贸易、投资、技术等）；但总体说来，世人对西方的信心普遍下降，尤其是对欧洲。不少发展中国家也在不同程度上，从积极参与经济全球化中获益，但与此同时，另有一批最贫穷、最落后的国家几乎被排挤到了经济全球化的边缘，处境艰难；最引人注目的则是一些"新兴国家"获益匪浅，它们利用现有国际经济秩序框架，扬长避短，努力发展壮大自己，又适逢欧美陷于困境，在国际上迅速崛起，成为促进形成新的世界格局的主要因素。

二　刚刚开始的新一轮世界大变局的性质

西方对 1989～1991 年以来，特别是最近十年国际形势发展的上述两大严重误判，导致新一轮世界格局大变动的开始。这新一轮大变局的主要内容是，当今世界上一系列重要国家之间力量对比关系的位移，即西方国际地位的明显相对下降，而"新兴国家"，尤其是中国，在世界经济与国际政治中的分量大幅上升。这一点，与 20 世纪 30 年代初以来至今的 80 年间已经发生过的前两次世界格局大变动不同，前两次世界大变局都与一批重要国家的制度改变相关。第一次世界格局大变动始于 1929～1933 年的史无前例的资本主义经济大危机（大萧条），接着是 1939～1945 年的浩劫——人类的第二次世界大战，最后是 1949 年底中国共产党领导的武装革命推翻了旧政权、建立了新中国。经过危机、战争和革命，最终形成了以苏联为首的包括一批东欧和亚洲社会主义国家的"社会主义阵营"，社会主义对资本主义取得了制度性胜利，改变了一批重要国家的制度。在随后的几年中，社会主义继续挺进，以 1957 年苏联第一颗人造卫星上天为标志达到顶峰。不过好景不长，到 20 世纪 50 年代末至 60 年代初，中苏反目，"社会主义阵营"破裂，但苏联的力量仍不断增强，到 20 世纪六七十年代达到高点，据说那时苏联的工业产值达到了美国的 60%，军事力量则基本相当，甚至还略高于美国。令人诧异的是，仅仅过了十多年，这个被西方称之为"共产主义国家"、被中国称之为"社会帝国主义"国家的苏联顷刻之间土崩瓦解，1991 年苏联消亡，此前东欧所有社会主义国家已先后更旗易帜，"社会主义阵营"烟消云散，其结果是出现了第二次世界大变局，冷战也随之消逝。落败的苏联社会主义模式，改变了一批重要国家的制度，西方资本主义显然是这场制度性斗争的胜利者。

当前刚刚开始的新一轮世界格局大变动，诚然也有制度性的因素，因为中国的自我定位是"社会主义的发展中国家"；但是与此同时，中国一直在强调"和平与发展"是当今世界的两大主题，致力于推行"和谐世界"的理念，力争与世界各国"合作共赢"；加上世界其他主要国家至少迄今为止还并未出现根本性的"制度性改变"的迹象，因此新一轮世界大变局目前主要集中在国家力量对比的此消彼长领域。然而，社会主义与西方资本主义的制度之争将横贯持久，并将贯穿于整个世界新格局的形成过程中。

三　未来新世界经济政治格局的前景

刚刚开始的新一轮世界大变局至今还远未定局。诚然，伴随着"新兴国家"崛起而来的世界主要国家力量对比中发生的某些位移，最近这场危机与衰退带来的沉重打击，让欧美国家目前显得困难重重，而且还会"痛

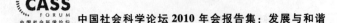
苦"一些时日，例如三五年甚至更长些，但人们不宜过于低估西方的自愈能力、纠错能力。事实上，"在过去的一个世纪中，自由市场至少已经死过10 回"，"死于布尔什维克革命、法西斯的国家干预政策、凯恩斯主义、大萧条、第二次世界大战时期的经济控制、英国工党于 1945 年取得胜利、又一次的凯恩斯主义、阿拉伯石油禁运、安东尼·吉登斯的'第三条道路'和目前的金融危机"。[①] 事实上，当今世界上四个最大的经济体——欧盟、美国、中国和日本——的既存经济发展模式都不可持续，目前西方的既存经济发展模式的不可持续性暴露得最为突出，但它们都在致力于适合自己的艰难变革。西方将最终挺过这场危机和衰退，并可能会以新的面貌出现在一个已经大大变化了的世界上。同时，"新兴国家"借"后发优势"将会继续发展，相对地位还将进一步提高。与此相对应，西方地位还会呈现相对下降。最近 500 年来世界近现代史以西方为中心的时代，似乎正在渐渐成为过去，但是如果从人类历史发展长河角度来看，人们不必过于看重。自从 18 世纪六七十年代英国首先开始工业革命，并用了大约一百年的时间基本上实现了工业化，随后使资本主义生产方式在欧美逐渐牢固确立以来，世界各国力量对比已经发生过多次重大变动，但欧美主要国家迄今还从未发生过某个国家绝对衰落的情景，相信将来仍将如此。如果考虑到经济数量与质量是两码事，科技创新与模仿引进是两码事，一般社会稳定与社会公平公正是两码事，有房有车有钱与人的道德教养是两码事，一般国家的国际合作与像欧盟那样的国家联合程度是两码事，那么，"新兴国家"的真正全面兴起还任重道远。

---

① 2009 年 2 月 11 日英国《金融时报》。

2010 年世界经济形势及 2011 年世界经济展望[*]

张宇燕[**]

一 2010 年世界经济已走出危机，进入复苏

在 2009 年经历了二战后首次产出负增长后，得益于各国反危机措施以及微观经济主体的自我适应性调整，2010 年世界经济开始步入复苏期。按照国际货币基金组织（IMF）2010 年 10 月发布的《世界经济展望》报告，2008 年全球产出按购买力评价（PPP）计算增长 2.8%，2009 年为 - 0.6%，在目前已知的上半年季度数据和部分三季度数据基础上，IMF 推断 2010 年全球产出增长率为 4.8%，达到 74 万亿美元；按市场汇率计算三年相应数字分别为 1.8%，- 2.0%，3.2%，其中 2010 年的产出额约为 62 万亿美元。从负增长到正增长并且正增长已经持续了四个季度，显示出世界经济正在从第二次世界大战以来最为严重的经济危机或"大衰退"中艰难走出。如果再出现衰退，那也将是一次新的衰退，而不是"二次探底"。

本次经济复苏有三个特点：不快，不齐，不稳。虽然 2010 年全球产出 4.8% 的年增长率看上去不低，但是这一增速是在 2009 年世界经济增长 - 0.6% 的基础上取得的，故不可高估。2009 年发达经济体 GDP 增长为 - 3.2%，失业率为 8%。由于消费和投资活动处于低迷状态，投资者对未来经济复苏充满忧虑，故发达经济体 2010 年预计增长 2.7%，而失业率

---

* 原载于《2011 年世界经济形势分析与预测》，社科文献出版社，2011，第 1～17 页。本次刊发时进行了改动。

** 张宇燕，中国社会科学院世界经济与政治研究所所长，研究员。

则进一步扩大至 8.3%，属于典型的无就业复苏。发达经济体的低水平增长与发展中经济体的高速增长形成鲜明对照。2010 年亚洲发展中经济体经济增长速度预计高达 9.4%，是世界预期经济增长率 4.8% 的近两倍，是发达经济体 2.7% 的预期增长率的 3.5 倍。由于多年来经济增长速度上的差异，特别是在发生经济危机的 2008～2009 年间，新兴经济体整体经济权重得到提升。按市场汇率计算，2003 年"金砖四国"GDP 总额占全球份额从 2007 年的 13.2% 升至 2010 年的 17.3%，其中，中国经济总量达到 5.7 万亿美元而成为全球第二大经济体，占全球比重为 9.3%。

二 主要经济体运行参差不齐，各有特点

美国在经历了连续四个季度的同比负增长之后，2009 年三季度转为正增长。2010 年 9 月下旬美国"国民经济研究局"（NBER）正式宣布，始于 2007 年 12 月的本轮经济衰退历时 18 个月，已于 2009 年 6 月正式结束。对美国实现复苏贡献最大的是国内私人投资和个人消费支出的增长，但其能否持续、净出口和政府投资日益枯竭会在多大程度上迟滞美国经济增长，都是很大的问题。美国目前的总体情况是，失业率居高难下，消费者和投资者信心仍未完全恢复，以稳定金融市场为主要目标的救市政策虽取得一定效果但已几乎走到极限，大量流动性外溢削弱了宽松货币政策刺激国内需求的能力，核心通货膨胀率和产能利用率在历史低位徘徊显示出经济形势还不乐观，创记录的国债加剧了平衡内外经济的难度。所有这一切均可被视为导致美国经济增速低缓的原因。总体看，美国 2010 年实现 2.5%～3.0% 的增长可能性较大，2011 年超过 3% 则有一定难度。

2009 年欧元区经历了 -4.1% 的战后最严重的衰退。鉴于经济刺激方案起到了一定作用，再加上全球经济整体回暖对欧元区出口所起的带动作用，欧元区 2010 年实现了正增长并进入复苏期。然而，肇始于希腊的主权债务危机为欧洲的平稳复苏投下了巨大的阴影，并蔓延至爱尔兰。时至今日，尽管欧盟和 IMF 联合推出了 7500 亿欧元的救援计划，尽管加强财政纪律和进一步协调财政政策日趋成为共识，但欧洲主权债务危机扩散的风险依然没有完全消除。就经济走势看，欧元区实施的财政紧缩政策和部分国家也正在推行的退出战略，已对经济复苏施加了负面影响，并引发了较为激烈的社会矛盾。虽说欧元区就业形势恶化的势头在 2010 年得以抑制，但 10% 的失业率

仍处于较高水平，劳动力市场的复苏慢于整体经济的复苏的局面势必对消费增长产生一定的阻滞作用。在欧元区内部，各成员国在复苏速率上的不平衡十分明显，并可能会影响到整个欧元区经济复苏的稳定性。IMF 预测欧元区2010 年将增长 1.7%，欧洲中央银行（ECB）的估计是 1.4% ~ 1.8%。总之，欧洲的复苏将会是步履蹒跚的。

与美国和欧元区类似，日本在 2009 年经历了 -5.2% 的增长后，经济增长开始由负变正。对增长贡献最大的是净出口。据日本大和证券研究所（DIR）估计，2010 年日本全年增速为 2.7%。IMF 预测 2010 年日本经济增长 2.8%，2011 年为 1.5%。虽然 2011 年增长率预计会进一步下滑至1.2%，但与 2008 和 2009 年连续两年的经济萎缩相比，这已经算是不错的业绩了。导致日本经济增速放缓的直接原因有二：日元升值及连带的海外需求减少使得净出口对增长的贡献率剧减，以及日本民主党修正政策以求到2015 年把财政赤字占 GDP 的比重减半。同时，长期制约日本经济的因素依旧，包括处于历史高位的失业率、顽固的通货紧缩、巨大的政府债务等。

和发达经济体复苏形成鲜明对比的是新兴经济体较为强劲的复苏。整体看，新兴经济体的增长速度从 2008 年的 6.1% 降为 2009 年的 2.4% 后，IMF预计 2010 年将达到 7.1%，2011 年为 6.4%。仅就新兴经济体中具有代表性的"金砖四国"而言，巴西 2009 年经历了 -0.2% 的增长，并在当年后两个季度开始复苏。IMF 认为巴西 2010 年的增长率将达到 7.5%。俄罗斯是"金砖四国"中受金融危机打击最大的国家之一，2009 年经济增长率为-7.9%，这和 2008 年的 5.6% 增长率形成鲜明对比。2009 年四季度俄罗斯经济止跌回升，预计 2010 年增长 4.0%。相对而言，印度受金融危机的影响要小得多，其 2009 年的增长率为 5.7%，仅比 2008 年低了 0.7 个百分点，预计 2010 年增长 9.7%。中国和印度一样，虽受到金融危机的影响，但由于及时采取了应对措施，经济增长率在 2009 年达到 8.7%，预计 2010 年为9.9%。从 IMF 和其他机构所做的预测看，"金砖四国"2011 年的经济走势总体上是稳中趋缓的，巴西、俄罗斯、印度、中国将分别达到 4.1%、4.3%、8.4% 和 9.6% 的增长。这一方面预示着全球经济增长的不平衡性仍将在下一年中得以继续，另一方面也表明，"金砖四国"今天及未来面临的紧迫和基本问题都还不是维持或巩固复苏，而是如何管理通货膨胀预期、如何应对发达经济体释放出来的大量流动性、如何在全球进入低速且不平衡增长期间转变增长方式以实现可持续发展等问题。

三 国际贸易与投资实现复苏而能否
维持高增长仍存疑问

全球金融危机的爆发严重地打击了世界贸易活动，2009 年世界实际贸易增长率出现了二战后最大幅度的负增长（-12.2%），名义增长率更是降低了 20% 以上，以美元计价的商品和服务贸易出口额由 2008 年的 19.8 万亿降至 2009 年的 15.7 万亿，其中商品贸易出口额减少 3.5 万亿美元。各国进口需求呈现萎缩，市场信心不足，特别是大宗商品价格大幅度下跌，被普遍认为是导致 2009 年世界商品贸易额大幅减少的主要原因。随着全球经济走出危机步入复苏，国际贸易也踏上了复苏之路，2010 年上半年，世界商品贸易额快速增长，同比增幅达 25%，其中新兴经济体表现甚佳，"金砖四国"的贸易增速均超过 30%，发达经济体中德国出口的表现十分突出。据世界贸易组织（WTO）2010 年 9 月预测，2010 年全年全球贸易实际增长率有望达到 13.5%，名义增长率将超过 20%。

主要发达经济体在世界经济中举足轻重同时其增长前景不乐观不明朗，构成了分析国际贸易未来走势的基础。其他影响贸易复苏的因素还包括汇率波动幅度、频率与方向，金融市场中与贸易相关的信贷状况，包括双边和多边贸易协定在内的各国贸易政策。就目前的走势看，汇率的稳定性和信贷的活跃程度都不令人满意，以"货币战争"为标题的贸易战阴云日渐浓厚。上述因素都或多或少地表明，发达国家的进口只是会在中期内缓慢接近危机前水平，这也就决定了 2010 年前半期国际贸易高速增长的局面难以持续，2011 年国际贸易的增幅难以企及 2010 年的增长率。

国际贸易在 2010 年上半年的快速反弹并没有在国际投资领域展现。2009 年全球对外直接投资（FDI）从 2008 年的 1.8 万亿美元下降到不足 1.2 万亿美元。尽管在 2009 年四季度和 2010 年一季度 FDI 出现反弹，但二季度环比又出现下滑，幅度高达 25%。除了公共投资正逐步退出和私营部门投资似乎仍持观望态度等因素外，各国限制性政策措施的逐步积累也对 FDI 的持续增长投下了阴影。根据联合国贸发会议（UNCTAD）的分析，尽管全球总的趋势仍是朝着投资自由化、投资促进和便利化方向发展，但限制性措施在总的投资政策中的比例近年来显著提高。从 2000 年到 2009 年，限制性措施在所有投资政策中所占比重从 2% 增加到了 30%。一个值得注意的现象是，主要新兴经济体在国际投资流动领域中的角色日趋重要。2009 年下半年至 2010 年上半年，新兴经济体与转型经济体吸收了全球 FDI 资金流入的一半左右，同时释放了约四分之一的全球 FDI 资金流出，成为全球 FDI 复苏的主导力量之一。整体上看，2010 年和 2011 年 FDI 的形势不甚乐观，增长幅度在 10% 左右的可能性较大。

四 大宗商品价格得到恢复且未来走势不定

在经历了严重的全球性经济危机后，大宗商品价格一度从 2008 年 4 月历史最高点下降近 40%，到 2010 年 9 月又大致恢复到 2008 年的水平。2010 年 5 月，受欧洲主权债务危机影响，国际大宗商品市场整体回落，此后走势有所分化。在危机前的 2008 年 7 月，原油月度平均价格每桶 132.5 美元，危机爆发后的 2008 年 12 月暴跌至每桶 41.5 美元，跌幅 69%。之后油价缓慢上升，到了 2010 年秋季，原油月平均价格大体维持在 2009 年底的水平。比较而言，金属和农业初级产品在价格反弹方面收复的"失地"要大些。到 2010 年 9 月，金属和农业初级产品的价格已恢复至 2007 年的水平。价格反弹最明显的是食品和饮料价格，2010 年 9 月，其价格水平正在接近甚至超过历史最高水平。

国际大宗商品市场近期价格走势的差异，体现了不同产品或不同市场的供需特点与结构差异。食品、饮料和农业初级产品价格上涨的主要动力来自于供给方面。恶劣的气候势必导致美国、欧盟、俄罗斯和乌克兰等农业大国或地区的农作物歉收，从而使市场调低产量预期，进而推高价格。而矿产及金属价格走强则主要受需求方面因素的影响。2010 年新兴经济体经济增长较快。由于其增长严重依赖基础设施投资，故它们对于金属特别是钢铁和铁矿石的需求相应迅速增长。有鉴于此，除非新兴经济体的增长速度大幅放缓，短期内金属供应增长相对于需求增长滞后的局面不会改变。

由于自身的特性，大宗商品还兼具金融资产的特点，亦即交易主体多是金融机构，其衍生品交易中"非商品交易"迅速增长。这表明大宗商品价格不仅直接取决于供需状况和计价货币币值水平，还取决于市场的流动性状况和投资人的机会主义行为，后者又使得针对特定经济行为的政府监管可以对价格施加重大影响。同时，在国际大宗商品主要以美元计价结算的时代，美元币值或汇率的变化无疑将对大宗商品价格产生巨大影响。美国不断推出的数量宽松政策造成了全球美元流动性泛滥，或早或晚一定会在大宗商品价格水平得到反映。眼下美欧日空前低水平的利率，亦将在某种程度上通过扩大流动性的方式推动大宗商品价格上扬。2010 年 11 月以来，美国新一轮的数量宽松政策已经激发起了大宗商品价格的上扬。

判断 2011 年大宗商品价格走势，主要取决于两种基本力量的角逐：一方面全球经济复苏的态势在需求层面不足以支撑大宗商品价格持续大幅上涨，另一方面美欧日极度宽松的货币政策又在不断地为大宗商品价格上涨输送动力。这里关键问题还在于发达国家经济复苏步伐和强度及其由此决定的货币与财政政策。一旦经济形势进一步好转，发达经济体便会实施退出政策，流动性因此会受到抑制，来自流动性扩张的价格上涨动力便会衰减。但与此同时，伴随经济形势进一步好转，对大宗商品的需求也将扩大。基于这样一种基本逻辑，也是根据前文对发达国家经济走势的分析与评估，2011 年大宗商品价格在 2010 年水平上有所上扬后，大致会稳定在接近历史最高点的水平上，同时，不排除出现价格的大幅度波动的可能性。至于石油价格，则在 80～110 美元一桶之间的概率会大些。

五　发达经济体通缩风险与新兴经济体通胀风险并存

目前主要发达国家的通胀率均处于历史较低水平。美国与欧元区的核心通胀率已降至 1% 左右，日本自 2009 年 2 月以来消费者价格指数一直是负增长。与此同时，美国联邦基金利率长期维持在 0～0.25% 的区间，欧洲央行再融资利率依然保持 2009 年 5 月以来 1% 的水平，日本央行无担保隔夜拆借利率更是在 0 利率附近徘徊。在空前宽松的货币政策与大规模财政刺激后，主要发达国家低于 2% 的通胀率远非决策者所希望看到的经济在低通胀基础上温和增长，以至于越来越多的人开始关注在发达国家出现通货紧缩的风险。大规模政策刺激与通胀走势之所以出现背离，原因之一是，面对资产损失与资产质量下降，金融机构将相当部分新增货币用于弥补自身流动性不足。但更根本的原因在于，对未来经济走向的悲观预期导致私人部门贷款和消费意愿不足，即使盈利状况好的企业也不愿意将利润用于长期投资，金融机构也因为担心经济下行危险将导致贷款风险上升而惜贷。美国工商企业贷款余额和房地产贷款余额在危机爆发后长期保持负增长且尚未看到好转的迹象，便是明证。

由于发达国家尤其是美国的货币政策具有极强的外部性，不断随刺激计划而创造出的流动性，在国内吸收能力有限的情况下，将通过高度一体化的金融市场迅速涌入回报率较高的地区，特别是新兴经济体。较高的经济增长速度、上升的工资、增长的信贷和旺盛的国内需求，已经使新兴经济体面临较大的通货膨胀压力。为了应对通货膨胀，部分新兴市场经济体已经逐步实施退出策略，比如巴西已从 2010 年 4 月起三次加息并使实际利率升至 5.6%，印度亦于 2010 年 2 月实施退出，目前回购利率已经上调为 6%，并可能在今年年底前再次加息。中国 2010 年 10 月以来也多次提高了准备金和贷款利率。

发达经济体疲软的经济、国内的通缩风险，特别是 2010 年 11 月美联储宣布实施第二轮 6000 亿美元数量宽松（QE2）政策，无疑会对流动性溢出起到推波助澜的功效。巨额流动性涌入新兴经济体，一方面会减弱发达经济体宽松的特别是数量宽松的货币政策之效能，增添了其掉入流动性陷阱的可能性，另一方面将会加剧新兴经济体的物价水平特别是资产价格的上涨，加大本币升值压力，从而对新兴市场的宏观经济政策调整带来挑战。对于因资本流入而加剧的货币升值预期，新兴经济体面临着"三难抉择"：让本币升值，但这会削弱外部竞争力；干预汇市，则积蓄弱势美元并承受未来的资产损失；资本管制，实施成本高昂。此外，一旦世界经济形势急剧变化或者发达国家政策方向调整，资本流动方向可能在短时间内逆转，新兴经济体发生金融危机的可能性大增。考虑到新兴经济体在世界经济增长中日益凸显的重要作用，其危机反过来又将对发达国家稳定复苏形成严重冲击。

六　全球治理在金融监管领域取得进展

2010 年全球经济与金融治理方面最值得关注的事件，当数"巴塞尔协议 III"的出台。在 2010 年 9 月，全球绝大多数经济体的监管机构就"巴塞尔协议 III"达成共识。协议的主要内容包括：至 2015 年 1 月止，全球各商业银行的一级资本充足率下限将从目前的 4% 上调至 6%，普通股比例由 2% 提高到 4.5%；商业银行需持有 2.5% 的超额资本留存作为应对将来可能出现困难的缓冲（可以在 2016～2019 年间落实）；对那些拥有系统重要性的资产规模在 5000 亿以上的大银行，其普通股比例、一级资本充足率和资本充足率分别提高到 6%、8% 和 10%。尽管存在着各种各样的批评，但总体而言，"巴塞尔协议 III"的提出并且在 11 月召开的 G20 首尔首脑会议上得到大体认可，一并获得通过的还有有关资本流动性和全球金融机构（SIFI）的国际标准和原则，使全球金融监管提升到一个全新的高度，使人类朝着建立更加稳定、健全的金融体系迈进了一步。

新协议不仅调整了全球商业银行的资本金比例，而且对核心一级资本给出了更为严格的定义，并规定了实施时限。监管规则的变动将对国际金融市场环境以及未来的国际银行业和金融机构产生深远的影响：第一，更高的资本金要求，使得商业银行需要从市场上筹措资金以达到新标准，这种增资行动会改变国际金融市场流动性状况，进而影响到近期相关金融市场的表现；第二，新规定将改变金融部门的商业模式和业务模式，同时资本结构和分配方式也会发生变化，从而对于国际金融市场产生长期且深远的影响；第三，五年的调整时限，将会导致各国实施新标准不同步，这无疑会引发对国际监管套利行为。从长期看，"巴塞尔协议 III"对稳定各国及全球金融体系具有重要意义；但从短期看，它亦将影响人们对市场或经济走势的预期，抑制金融机构的信贷，因而在某种程度上具有紧缩货币政策的效应。

金融领域中全球治理的另一起值得一提的事件，是 G20 峰会提出并最终确认的增加发展中经济体在 IMF 中份额与投票权，幅度为 6%。经过调整，中国在 IMF 的份额由 3.72% 升至 6.39%，投票权也将从 3.65% 升至 6.07%，成为仅次于日本的第三大投票权拥有国。虽说这一调整并未动摇美国和欧盟在 IMF 决策过程中的主导地位，然而这种变化毕竟是朝着全球治理公平化和民主化方向迈进的重要一步，并为 IMF 未来的改革以及其他全球治理机构决策程序的改革指明了方向。相对于金融领域，国际贸易领域的全球治理则乏善可陈，并主要表现在历时九年的多哈回合谈判仍在原地踏步。

七 欧洲债务危机不仅拖累自身复苏而且影响全球

发达国家主权债务危机成为 2010 年世界经济主要话题之一的原因，来自希腊债务危机的爆发。为防止危机进一步蔓延，欧盟与 IMF 终于拿出了一项总额高达 7500 亿欧元的援助计划，并辅之以更严格的财政纪律和政策协调，从而使债务危机得到暂时平息。希腊危机暂告平静后人们问得最多的是：谁将是下一个希腊？仅仅时隔半年，爱尔兰终于无力坚持而踏上了求助之路。谁是下一个爱尔兰？是葡萄牙、西班牙还是意大利？希腊债务危机的爆发有多重原因。主权信用评级被降低是希腊债务危机爆发的表层原因，为应对金融危机而实行的大规模刺激政策以及长期宽松的财政政策是直接原因，经济结构性失衡和劳动力市场僵化是深层原因，欧元区统一的货币政策和分立的财政政策并存是体制设计原因，人口老龄化和福利支出刚性化增长是社会原因，政府部门过于庞大和伴生的效率低下与严重腐败是制度原因。令人焦虑的是，希腊的上述"病症"在许多所有的欧洲国家身上都或多或少地有所反映，而且多数"病症"都属于难以治愈的"疑难杂症"，至少在未来几年内是如此。

希腊和爱尔兰债务危机只是发达经济体主权债务难题的一个缩影。从1974 年到 2007 年的 35 年间，西方七国（G7）的主权债务占 GDP 的比重由35% 上升到 80%。金融危机导致的经济衰退、财政收入减少以及为应对危机而扩张的支出，进一步恶化了发达经济体本已糟糕的财政状况。2009 年，美国、英国和日本的财政赤字占 GDP 比重均比前一年增长了 6 个百分点。更令人忧虑的是，据 IMF 预测，到 2015 年日本、意大利和美国的主权债务与 GDP 之比将分别为 248.8%、124.7% 和 109.7%，届时英国和法国的同一比率也都会超过 90%。这种情况在上述各国的和平年代均闻所未闻。

欧洲债务危机最直接的影响在于迫使"被救助国"采取严厉的紧缩财政政策，同时对那些主权债务存在风险的国家敲响警钟。在经济复苏步履蹒跚之际，财政紧缩对乏力的复苏无异于雪上加霜，甚至激化各种社会矛盾。债务危机的另一个影响在于使未来全球汇率走势变得更加扑朔迷离。考虑到欧元区灰暗的增长前景，"欧洲版"数量宽松政策的效应之一，便可能是流动性的外溢，并会加大发达经济体通缩、发展中经济体通胀的风险。如果说希腊债务危机只是引起了世人对欧元未来命运的关注，那么爱尔兰债务危机则加剧了对欧元命运的担忧。尽管目前看可能性不大，但一旦欧元本身出现问题，国际货币体系的多元化趋势便会受阻，美元独大的局面随之得到加强。

八 "再平衡"问题愈发成为巩固复苏的关键议题

最近五年全球经常账户失衡状况日益突出。据 IMF 统计，2007 年美国的经常账户逆差与 GDP 之比为 5.2%，希腊 14.4%，而德国经常账户顺差与 GDP 之比为 7.6%，日本为 4.8%，中国为 11%，新加坡更是高达 27.6%。一种观点认为，经常账户不平衡是爆发全球金融危机的主要诱因之一。其中的逻辑是，全球经常账户失衡导致顺差国的贸易盈余涌入美国资本市场并压低了美国长期利率水平，助推了美国资本市场尤其是房地产及其衍生金融产品泡沫的孳生。金融危机在重创全球经济的同时，也带来了全球总需求的锐减，并显著降低了这种失衡的程度，从而起到了一定的强制性再平衡作用。与 2007 年的数字相比较，2009 年美国经常账户逆差与 GDP 之比下滑至 2.9%，希腊减少到 11.2%，而德国、日本、中国与新加坡经常账户顺差与 GDP 之比也分别降低到 4.8%、2.8%、5.8% 和 19.1%。

导致经常账户不平衡的原因有多种，其中最根本的原因是储蓄与投资的不平衡。一国的储蓄不足，势必要在国际收支上反映出来。换言之，高消费低储蓄的国家必然是贸易逆差国。贸易政策是影响贸易不平衡的另一个直接因素。关税和非关税壁垒无疑会对进出口施加重要影响。影响贸易不平衡的第三个因素是汇率水平，因为货币比价的升与贬都会直接作用于贸易平衡。此外，国际关键货币发行国不负责任地滥发货币本质上讲也是一种间接操纵汇率的行为。最后，被列在资本项目下的投资政策也可能影响到贸易平衡，因为鼓励外资进入政策通常会在带动本国出口的同时减少进口。就中美不平衡问题而言，取消中国企业对美投资限制尤为显得紧迫。

纠正经常账户不平衡任务之所以紧迫，原因在于它是孕育贸易保护主义的温床。以竞争性货币贬值——也就是所谓的"货币战争"——为代表的贸易战，势必拖累全球经济复苏与再平衡的进程，并且在恶化国际经贸环境的同时诱发一系列经济和政治问题。这也恰是 G20 首尔峰会关注此问题的原因之一。虽然不能排除爆发贸易战的可能性，但应该说这种可能性是不大的。

九 充满挑战和不确定性的 2011 年世界经济

未来一年世界经济将会面临很多的曲折和不确定性。世界经济面临的挑战主要来自于以下几个方面：第一，全球总需求不足的局面仍在继续，其主要原因来自于发达国家私人部门需求增长在中短期内依然相对乏力，私人投资活动依然低迷；第二，服务于居民和企业的金融部门虽已基本上趋于稳定但基础仍旧脆弱，资本市场（如房地产市场）也未有显著改善，其全面恢复到正常状态仍有待时日；第三，公共债务尤其是发达国家的公共债务已变得难以持续，引发新一轮债务危机的可能性仍然存在，并成为全球长期稳定增长的一大隐患；第四，发达经济体（尤其是美国）政府财政刺激政策和宽松的货币政策在促进实体经济增长方面收效不大，其政策空间日渐萎缩；第五，发达经济体奉行的极度宽松政策的外溢作用已经显现，新兴经济体面临通货膨胀、本币升值以及资本市场过热的压力剧增，大宗商品市场风险增强，而美国下一步数量宽松政策很可能会给全球带来新的麻烦；第六，主要经济体的内部与外部不平衡问题在短期内虽有可能缓解，但得到根治的可能性不大；第七，全球经济治理的功效特别是 G20 在 2011 年的表现扑朔迷离，以至于爆发低烈度贸易战或"货币战"正在成为未来众多情景中的一种；第八，为防止经济过热将不得不采取的偏紧的财政货币政策，将使得部分主要新兴经济体有可能出现增长速度较大幅度的下滑。

鉴于全球复苏过程中还存在着许多不确定和挑战，本报告认为，在没有大的突发事件的前提下，2011 年全球经济增长态势总体而言与 2010 年类似，即实现按市场汇率计算 3%、按 PPP 计算实现 4% ~ 4.5% 的中低速增长的概率较大，而且增长在区域上和速率上将继续表现出不平衡性与不稳定性。尽管概率不高，但全球经济在 2011 年出现另一次衰退（即增长速度按购买力平价计算低于 3%）的可能性还不能完全排除。从中期看，世界经济有可能进入一个持续多年的不平稳的中低速增长时期。这一预测介于相对悲观的世界银行和相对乐观的国际货币基金组织的预测之间，与 OECD 的预测最为接近。

冷战结束后美国对外战略的调整

黄　平*

冷战结束以来，特别是 1989 年、1991 年以来被称为"后冷战时期"，"后冷战"的意思就是还没有完全走出来。虽然冷战已经结束，为什么说有战略调整——虽然也在争论有没有战略调整，怎么调整，往哪儿调整，是仅仅在政策层面——执政党由共和党变成民主党，还是在一些具体做法的层面？最重要的就是怎么判断现在处在一个什么时代。目前，世界还处在一个大重组、大变革的时代，还没有定性。1945 年二战结束后出现半个世纪的冷战，直到美国最重要的战略对手——苏联和苏联集团不复存在。基于这样一个基本判断，美国从那个时候开始了战略调整。期间又出现了"9·11"事件，"9·11"事件好像过去了，其实没有，现在又处于后危机时期，甚至有的人用"后哥本哈根时代"、"后京都时期"，气候问题也还没有解决。战略调整有些是战术层面，有些是策略层面，还有很多是政策层面。如果不是很学究的话，这些概念未必分得那么清楚。至少从目前来看，美国"反恐"的中心转向巴基斯坦方面，另外借"反恐"重返亚洲。在战略当中，希拉里明确提出了"巧实力"，其实潜台词就是"如果能外交就别军事，如果能多边就不要单边"。美国前总统布什在第一任刚开始的时候，更多的就是能单边就不用英国、联合国乃至多年的盟友，如果能军事就不要外交，如果能先发制人，就不要后发制人。

现在明确提出提前争取更大的主动性的提法。但是一个提法是不是具有

* 黄平，中国社会科学院美国研究所所长，研究员。

战略意义，即使想有战略意义，能不能达到战略效果？目前美国的对外战略、亚洲战略、包括对华战略，还没有定性，美国国内也在争论，包括他们怎么看待在传统的地缘政策上，美国的利益和地区的安全、稳定的关系；怎么看待在很多非传统领域挑战里面，比如气候变化、能源、疾病等等领域，美国和其他国家之间的合作、竞争和博弈。美国确确实实在重新修复美欧战略关系，在加强美日、美韩、美澳军事同盟关系，又在建立美印、美越、美蒙的战略关系和外交关系包括军事关系，美国其实从来没有离开亚洲，美国在亚洲的领导地位，通过重新维护获得了提升。希拉里说，奥巴马上台第一天起，首要任务就是争取整个 21 世纪的亚洲领导地位，因为 21 世纪的历史很大一部分将由亚洲谱写，21 世纪的经济很大程度上将由亚洲引领。

这是一个全方位的调整，从金融、经贸，包括怎么应对目前的危机或者后危机，到越来越明显的能源、政治和环境、气候变化；从外交、军事、文化到网络，到政治层面、民主同盟、价值同盟区域关系调整；从美欧怎么共同继续，到新兴的国家关系、国际关系和国际政治。虽然冷战结束了，但是美欧同盟关系在新的形势下加强了，包括美日传统的同盟关系。希拉里提出三个不同的概念，从现在美国的立场来说，不仅要简单地建立一个多极化的世界，也不仅仅是一个多边的倾斜政策，而是要建立多伙伴的国际关系。所谓多伙伴，是和各个国家建立一种伙伴同盟关系，包括和新兴的经济体，比如中国和印度，也提出在某些领域合作，甚至要加强合作，形成传统的战略同盟关系。

进行这样的调整，第一是由于布什的做法。美国的影响力、威信、相对的实力，在冷战结束以后有所下降。有人分析过，是不是美国进入了战略收缩的时期？究竟是收缩，还是通过多伙伴的关系，重塑领导地位？换句话说，权威外交以后是加强美国引领 21 世纪，在整个世界上所谓的领导地位，我们把它叫做霸权地位的战略调整。第二是调整的力度。第三是调整能够达到多大的效果，尤其现在美国国内从就业到经济结构本身，以及美国和很多盟友之间，即使想建立各种各样的同盟，包括那些同盟中和中国之间，究竟达到多大的效果。国际关系不是一厢情愿的，我们怎么应对？

我们怎么应对美国战略调整？一是究竟我们处在什么时代；二是究竟中国处在什么位置，我们的规模，我们的速度，我们的影响力；中国也变了，世界也变了，相对力量也发生很大变化。按照张蕴岭所讲，即使在经济领域，新兴国家、新兴经济体，尤其是以中国、印度等为主，原来就是发展中

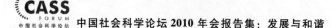
国家，现在是发展中的新兴大国。奥巴马到印度宣布印度是一个世界强国。不管怎么说，我们处在什么时代，我们国家的实力究竟怎么样很重要。刚才裴元伦老师讲了"四个如果"，按照"四个不同"来看，如果我们的质量和数量有所不同，如果创新和简单的引进是有所不同。小平同志当时在苏联解体、东欧剧变的时候讲了"冷静观察、稳住阵脚、沉着应对、绝不当头"，党中央一贯讲中国长期处在初级阶段，仍然是一个发展中国家，当时邓小平还讲了中国永远是发展中国家的一员，原话是"永远站在第三世界，永远不称霸，永远不当头"。

以不变应万变，走独立自主和平外交路线，中央用一个词叫"始终不渝"的坚持。2010 年"两会"期间，外交部长杨洁篪在召开新闻发布会的时候，有人问，美国政策变了，政府也变了，对外政策调整了，中国是不是也要调整？杨部长脱口而出说，我们的外交是一贯的。坚持一贯性，确实是很重要，不是说人家一变，特别是口头一说要变，我们马上就要变。另一方面，确实要与时俱进，因为时代在变，中国的地位在变，中国和周边国家的关系也在变，那么客观上中国的影响力、作用、各个国家——不止是大国和美国，对我们的期望和要求也在变。大国要求我们承担更多的责任，发展中国家要求我们代表更多发展中国家的利益。中国调整好、处理好、掌握好中美关系的大盘子，包括长治久安，改革开放，稳定、安定、发展，包括两岸统一，包括中日关系、中韩关系和周边其他大国和地区关系。其中处理好中美关系是一个大事。

正如很多学者多次讲，中国不能仅仅因为一个美国政府，以及他们怎么说，包括用词变了就做出调整。其实美国也有一贯性，他们要维护自身在世界上的霸主地位。其他国家维护自己的根本，从一般意义上说，就是维护自己的根本利益，主权、领土发展等等。和别的国家的不同，美国多了一条，他们要维护其在世界上，像海洋上、公海上、太空上的领导、主宰、支配和霸权地位。因此，中国的和平发展，中国的高速发展，对于美国来说要不要调整、为什么调整、怎么调整，成了一个重要因素。而美国的调整，又对我们怎么发展，怎么全面协调可持续发展，怎么处理好、协调好国际国内的大局至关重要。

中国社会科学论坛

第三篇 历史的沉思

马克思主义与民族文化的结合
是重大的时代课题

李景源[*]

20 世纪新文化运动以来，中国的经济和社会发生了重大变革和转型之后，文化问题突现了，如何认识和评价传统文化？如何把握传统文化在构建社会主义核心价值体系中的地位和作用？学术界怎样研究和推进传统文化现代化？这既是中华民族近百年来遭遇的重大历史难题，也是马克思主义中国化所无法回避的时代课题。在此我想谈点想法，请大家批评、指正。

一 文化建设是关系到民族精神兴衰的大事

中国拥有悠久的文化，其精髓渗透在中国人的生活方式、思维方式、情感方式之中，对民族的世界观、价值观产生了决定性的影响。中华文化是中国人须臾不能离开的精神家园，它作为价值观，是大多数人的信念和信仰，是人们的精神支柱，是个体自我认同的根基和安身立命之所。在中国近代史上，许多人文学者为了中华民族及其文化的兴亡问题，有的赴汤，有的蹈火，有的留洋，有的去职，为什么？因为文化关系到民族及其精神的生死。陈寅恪认为，王国维自沉的根本原因实为传统文化殉情。作为文化学者，他既是文化所化之人，也是文化托命之人。王国维与传统文化融为一体，对民族文化之衰亡，常常感受苦痛，往往憔悴忧伤，终于不免与之共命而同尽。冯友兰关于中外文化冲突的认识，再次印证了个人与文化休戚与共的关系。

* 李景源，中国社会科学院文史哲学部副主任，研究员，学部委员。

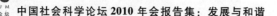

他在 1919 年赴美日记中写道："新文化运动使我懂得在八股之外有真正的学问，进入一个新天地；到美国之后，又发现一个更新的天地。这两个天地是有矛盾的，这是两种文化的矛盾。我是带着这个问题去的，也可以说是带着中国的实际去的。从哲学上解答这个问题，是我哲学活动的开始。" 1982 年冯友兰到哥伦比亚大学接受名誉博士学位时再次表示，"我生活在不同文化矛盾冲突的时代，要回答的问题是如何理解这种矛盾冲突的性质，如何适当地处理这种冲突，又如何在这种矛盾冲突中使自己与之相适应。" 1984 年，他在《三松堂学术文集》的序言中说，"从 1915 年至今，六十多年间，所讨论的问题，笼统一点说，就是以哲学史为中心的东西文化问题。"

个体对民族文化的焦虑是民族对其文化担忧的体现。近代以来，中国的学术文化在国际上失去正统地位、丧失独立性，是令许多志士仁人痛心疾首的事情。如国史方面，陈寅恪先生有"今日国虽幸存，而国史已失其正统"的论断和"群趋东邻受国史，神州士夫羞欲死"的诗句。在道教方面有"道家、道教在中国，道家道教研究中心在法国和日本"的断语。许多志士仁人都把学术文化的兴亡视为关系民族精神生死的一件大事。他们针对中国文化和学术的险恶处境一齐发出了"国灭，而史不可灭"、"国亡，而文化不能亡"的呐喊。1937 年 10 月，金岳霖、冯友兰、贺麟等人议论"中国会不会亡"，大家一致认为，中国不会亡，因为中国的思想不会亡。在抗战期间，大家竭尽全力为民族复兴著书立说，冯友兰写出了《贞元六书》，熊十力出版了《新唯识论》，金岳霖写出了《论道》和《知识论》，钱穆出版了《国史大纲》，为传承中华文化作出了杰出的贡献。从梁启超的《心力说》到毛泽东写《心之力》再到贺麟的《近代唯心论简释》，离开了中华民族文化的危机，就很难理解新理学、新道学和新心学产生的文化意义。

二　文化建设关系到中国的发展道路和发展理念

要从中国的发展路线、发展道路和发展理念来理解民族文化研究的意义。近代以来，救亡图存、振兴发展成为中国近代史的主题。思想文化界多次展开争论，这些争论的实质都是选择何种价值体系，无论是关于中体西用还是西体中用的争论，还是讨论中国能否全盘西化问题，所有这些论争的实质就是中国究竟选择何种价值体系，这些论争是围绕着中国发展道路问题而展开的。1919 年 7 月开展的关于问题与主义的论争，1920 年展开的关于社会主义的论争以及东西方文化问题的争论，1923 年关于"科学与人生观"的论战及其随后演变为唯物史观与人生观关系的争论（起初是丁文江与张君劢之间的争论，后来演变为陈独秀与胡适、冯友兰的争论），1928 年展开的关于中国社会性质问题的争论，20 世纪 30 年代关于马克思主义中国化的争论以及目前国内关于普世价值问题的争论，都是思想文化界关于中国选择何种价值体系和发展道路的争论。

改革开放以来，国外有关中国发展道路的论争也是从东西方文化的差异、价值观的差异角度作为立论的根据。外国政要多次预言中国不会成为世界级的大国，因为它只能向世界提供产品，不能向世界提供思想。随着中国改革开放的深化，世界对中国的看法正在发生变化，中国的发展道路及其包含的价值是什么，日益成为全世界关注的重点。要探讨中国对世界的意义，必然把重点聚焦于中国的思想文化即核心价值体系方面。有的外国媒体采访中国社科院的学者，提的问题是：中国的信念和奋斗目标是什么？有的媒体采访中国驻外使节，提出的问题是：怎样理解中国特色社会主义理想？中国在世界上代表何种价值观？上述舆论，无论是负面的评价还是正面的建议，都是文化建设要回答的重要问题。这些问题表明，文化软实力其实是最硬的实力，和平崛起的核心是文化崛起。文化首先是价值体系，中国提出核心价值体系问题，目的就是要向世界说明中国。

三 "马克思主义与传统文化相结合"是构建新形态的中国文化的时代课题

"马克思主义与传统文化相结合"既是马克思主义中国化的当代课题，也是传统文化现代化的重要课题。创造出有民族特色、有时代精神和面向未来的中国文化是中华民族的光荣使命，要实现这一文化理想，要求海内外的华人学者树立新的文化自觉，即正视并处理好传统文化与当代中国化的马克思主义的关系。在当今时代，把传统文化与马克思主义绝对对立起来，既无必要也无可能。社会主义制度在一些国家建立以后没有能长期保持，问题出在哪里？一个重要原因是没有实现同本民族文化的有机融合，没有做好马克思主义民族化、大众化这篇大文章。民族文化是马克思主义本土化无法回避的文化历史条件，马克思主义传入中国丰富和发展了民族文化，但它并不能取代民族文化。马克思主义中国化的当代使命是构建社会主义核心价值体

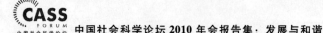

系，建设民族共有精神家园，首要的任务就是对传统文化资源做到取精用弘，要"阐旧邦而辅新命"，达到"承百代之流，而合乎当今之变"。历史经验表明，对传统文化资源从学术上达到内在的理解，实现跨时代的沟通和创造性的转化，是实现社会主义核心价值体系繁荣与发展的基本条件。

另一方面，传统文化的命运取决于它能否符合时代的需要，能否为传统文化赋予新的时代内涵是振兴民族文化的关键所在。传统文化现代化的重要契机是吸收当代中国化的马克思主义的思想成果。中国化的马克思主义已经成为当代中国文化的重要组成部分，传统文化要实现现代化，不能无视当代中国的马克思主义在改革开放中形成的理论创新成果。有些外国学者经常会问：你们的理论与前苏联的理论是不是一回事？有什么不同？也有的问：除了中国特色社会主义理想之外，你们还有什么发展理念？中国的改革开放始于解放思想，始于对"什么是马克思主义，在新的历史条件下，如何对待和发展马克思主义"的自觉反思。中国以实践为标准，克服了思想上的盲目性，从科学发展的角度重新审视路线、体制和政策，解放了生产力，解放了人。除了解放思想、改革开放，以人为本、和平发展等理念也是中国发展的核心理念，这些思想对人类也是一种有益的贡献。从文化学上看，选择马克思主义并使之民族化，既是一种文化顺应机制，又是一种文化同化机制和文化保护机制，这几种机制的统一，就是中华文化繁荣和发展的基本规律。

考古学和当代社会的发展

王 巍[*]

社会上对考古学的认识有几种看法，一种认为考古学是研究古董，挖古墓，研究古物、古人、古事，与当代发展没有什么关系；一种认为考古跟当代建设、城乡发展是唱对台戏，有阻碍的意思。

考古是什么呢？我们认为，考古是研究过去的一门学问，不仅研究物，更注重透物见人，研究人类的活动，人与人、人群与人群、人与环境的关系，研究人类文化和社会发展的变化以及原因和规律。简单地说，考古是研究过去的历史，与文献历史研究有所不同，他们研究的主要是文献，我们研究的主要是考古发掘的实物。由于这样的原因，在缺乏文献的史前时期，夏商周时期主要依靠考古发掘研究，秦汉以后文献增多，文献记载以政治史居多，社会学方面的研究以考古学为主。今天的中国是过去中国的延续，我们研究过去实际上对一个民族了解自己的过去是必要的，所以考古学有它存在的价值。

有人问过，考古学在现代社会具有什么样的意义和价值，考古学和当代社会有什么关系。简单来说，考古学和当代社会有密切的联系，受社会发展方方面面的制约，同时在一定程度上影响着社会方方面面的发展。结合这个主题，我讲以下几个方面的内容。

第一，考古学与经济建设和文化遗产保护的关系。经济发展无疑为包括考古学在内的所有科学的发展提供了重要的基础，同时，经济的快速发展也

　＊　王巍，中国社会科学院考古研究所所长，研究员，学部委员。

给考古学带来充分施展的空间。如果没有大量的建设，我们的很多发掘，由于经费的原因、批准的原因是很难做的。这些年大规模经济建设确实使考古学发现层出不穷，经费不断增加，设备不断更新。例如，每年考古发掘项目七八百项，考古经费数以亿计，还有一些主动的学术发掘，95% 以上都是基本建设中的考古。最近出现了文化遗产保护的考古，西安、洛阳这些地方进行了整体保护，处于保护目的的发掘也占了一定的比例。

这几年通过大规模建设，比如说三峡工程，全国发掘保护性项目一千多项，发掘面积 180 万平方米，现在进行的南水北调也是这样，这个规模在世界上空前绝后。有 80 多个单位在三峡一字排开，全面进行工作，确实是非常壮观的场景。

在现代社会，考古学家也有忧虑，首先是经济建设对文化遗产的威胁。改革开放结合社会主义事业，经济建设取得了举世瞩目的成就，大家也深受其惠。但是不能否认，大规模的建设尤其是城镇建设、新农村建设，使一些地方的文化遗产保护受到了不同程度的损坏，甚至有毁坏的情况。因为古董热，盗墓屡禁不止，有的地方愈演愈烈。中央电视台《鉴宝》栏目对社会的导向就有问题，吸引眼球在古董值多少钱上，使得古董价值虚高，没有起到正面教育作用。媒体应该做一些探索发现的教育节目，不要把眼光放在价格上，应该关注这些文物所包含的文化价值、艺术价值和历史价值。

另外，人们对文化遗产的认识也有一些误区。比如一些地方领导为了自己的政绩，特别追求经济的增长，把 GDP 作为自己主要的政绩，认为文物、文化遗产是经济发展的绊脚石，甚至认为是自己升迁的阻碍，在经济建设当中对一些遗址有的是破坏，有的是毁坏之后重新建假遗址。大家熟知的北京的城墙、老百姓的四合院，前些年有一些损毁，最近几年各级领导逐渐意识到这一点，亡羊补牢。但是不容否认的是，一些祖先留下的文化遗产已被损坏了。

第二，文化遗产的价值。首先，很大一部分文化遗产的价值是通过古老悠久的历史和灿烂的文化来体现的。文化遗产不可再生，一旦毁坏永远不可弥补。一个地区经济曾经比较落后，后来可以发展，但文化遗产一旦破坏了，复建的也不再是文化遗产本身。我们认为实现文化遗产保护和利用的良性循环是保护民族文化的命脉，也是考古学贡献社会的一个方面。不能仅为保而保，怎样保护文化遗产的价值，让一般的民众了解、利用，从中能够更好地体会古代文化遗产所包含的文化价值，这是我们需要考虑的。

　　摆在学者、政府和社会面前的问题是，如何在经济快速发展当中保护好文化遗产，最大限度地减少城市化建设对古代遗址的破坏，这是一个刻不容缓的问题，尤其是现在搞大规模新农村建设，怎样处理好这个关系是摆在我们面前的问题。国家有 16 字方针，"保护为主，抢救第一，合理利用，加强管理"。值得欣喜的是二十世纪九十年代后期以来，国家加大了对大遗址、具有重大历史文化价值的遗址保护的力度，中国社会科学院考古研究所受国家文物局的委托，推荐了百处国家级文物保护单位大遗址并进行了首批保护规划的编制。

　　第三，考古学家在文化遗产保护当中的地位和作用。考古学家是文化遗产首当其冲的守护者；考古学家应该最了解文化遗产的内涵和价值，最清楚应当采用何种保护措施，对用何种展示方式最能反映该文化遗产的风貌最具有发言权。这个说法是有针对性的，比如在有一些遗址的保护规划制定当中，甚至在一些遗址博物馆的展示当中，有的地方是长官意志，考古学家的意见并没有被充分重视。

　　正反两方面的经验表明，政府、学者、媒体、民众缺一不可，四位一体做好保护工作。尤其是政府的作用，一个地方文化遗产保护工作做得好和不好，政府起决定性的作用，但是媒体起到唤醒群众的作用，群众的监督作用，学者的研究基础也不可缺少。特别是最近国家采取了新的方式，即建立考古遗址公园。2010 年 10 月评出了首批 10 个考古遗址公园，包括大家都熟知的秦始皇陵、殷墟，包括刚刚开园的大明宫。以大明宫为例，跟大家讲讲考古遗址公园是什么意思。简单来说，原来是一个重要的遗址，但是由于各种原因现在上面有很多民房，很多建筑，没有办法进行开发工作。大明宫是武则天执政时期主要的宫殿，含元殿相当于紫禁城的三大殿，现在已经在基址上复原。拆迁以前垃圾成堆，污水成河，没有下水道，以至于根本没法儿做考古工作。在大明宫遗址范围内的十万居民全部拆迁，破民房不见了，恢复成唐代的风貌。可以看到大明宫丹凤门门址的情况，一些有科学根据的复建是有必要的，看到一个门，可以想象主殿更加宏伟。

　　第四，考古学与当代人类文化的需求。人类都需要了解自己从何处来，想了解祖先的生活，尤其是生活水平提高的时候对这种渴望不断增加，这方面考古学者有义不容辞的使命和责任。中华文明是历史悠久的文明，面临的问题是它究竟如何起源，如何形成，是不是有五千年的历史；如果有五千年，有哪些考古发现可以证明；这五千年经过哪些发展阶段，有什么特点，为什么有这些阶段形成这些特点，这些都需要我们回答。以汉民族为主的多民族统一国家的形成过程，中华民族与人类文明的发展有哪些贡献，除了四大发明之外还有哪些发明，这些方面考古学家可以充分发挥作用。

比如，我们发现了一万年前的水稻，这是世界上最早的水稻。考古发现证明水稻起源于中国，可能是长江中游。还发现了八千年前的小米、粟和黍，这两类农作物也是起源于中国的北方地区。八千年前出土的龟甲就有刻画符号，比如河南的舞阳贾湖遗址就有刻画的符号，跟商代甲骨文象形字、木字一样。碳化的稻米表明当时稻作农业达到一定程度。而且出土的用仙鹤的腿骨做的古笛，八千年前做的古笛声音竟然相当准确，令我们非常震惊。出土的龟甲，每个里面都有白色和黑色的小石子，很可能跟占卜有关。我们的文字是甲骨文，距今 3300 年，安徽出土的六千年前的符号已经有这样丰富的内容，还有由简单到复杂的序列号。虽然现在不敢说是 1～10，但是这种规律非常值得注意。有学者把甲骨文的符号和汉字的文化进行了比较，有形体的相似，毕竟六千年前的符号相当发达。在山西南部的遗址发现了尧的都城，在一个陶器上有两个文字，出土了世界上最早的陶制建筑材料瓦刻画的墙皮，还有青铜器，这些表明在 4300 年前的中国华北地区，黄河中游可能已经进入了初期的国家。夏代都城出土的青铜器，在世界上是居于前列的。

第五，新世纪的考古学。第一是自然科学的进步促进了考古学的科学化，考古学得益于自然科学技术的发展。第二是对外开放，中国已经跟二十几个国家有稳定的考古合作关系，有 60 多项考古发掘合作项目在中国进行。在国家支持下走出国门到国外进行考古发掘和研究，民众的需求也促使考古大众化，促使考古学家走出象牙塔，走进民众。每年中国社科院考古论坛精选的六大发现和国家文物局在中国考古学会的支持下评的十大发现，以及中国社科院中国考古中心的建立，都是实现社会责任的一个方面。当然，对学者来说，我们意识到，要向民众传播精准的知识，而不是哗众取宠，我们的研究对祖先负责、对历史负责、对民众负责。像曹操墓这样的事件，有一些非考古学界的学者没有坚持这一点。要在自己擅长的领域，进行最精准的研究。

中国的考古学家很幸运。第一，我们有五千年文明这样悠久的历史和丰富的古代遗存。第二，中国考古学是一片沃土，世界各种理论和方法在中国有不同程度的用武之地。第三，辉煌多样的考古发现，可以冲破意识形态的壁垒，在任何国家都可以作为人类文明的组成部分受到大家关注。第四，中国正在从考古资源大国向考古研究大国迈进，中国社科院考古研究所的目标是 2020 年进入国际著名研究所行列。

考古学与当代社会息息相关，受当代社会发展的制约，也从一个侧面影响当代社会的发展。人们需要考古学，社会发展需要考古学，考古学可以保护文化遗产，提高全民文化素质，对中华民族的伟大复兴，对人类社会的伟大进步作出更大的贡献。

文化多样性与文化自主权[*]

——《2004 年人类发展报告：当今多样化世界中的文化自由》述评

朝戈金[**]

> 人们要求融入社会，尊重民族、宗教和语言的呼声日益高涨，而仅仅依靠民主和公平的经济增长不足以解决这些问题。我们还需要制定承认差异、倡导多样性和促进文化自由的多元文化政策，使所有人都得以选择自己的语言、宗教信仰以及参与塑造自己的文化——让所有人都能够选择自我。

这段发人深省的议论醒目地出现在联合国开发计划署（United Nations Development Programme）出版的《2004 年人类发展报告：当今多样化世界中的文化自由》（以下简称《报告》）中文版[①]的封面上并非偶然。也许人们对"文明冲突论"[②] 与"新帝国理论"[③] 先后引起的轩然大波还记忆犹新，正是这种关于全球"文化冲突"的观念及其在世界范围内造成的震动，使如何在不同的文明和传统之间营造兼容并蓄的多元文化社会，如何在经济增长的同时有

---

 * 原载郝苏民、文化主编《抢救保护非物质文化遗产：西北各民族在行动》，民族出版社，2006，第 301~322 页。本次刊发时有多处改动。

** 朝戈金，中国社会科学院民族文学研究所所长，研究员。

① 本报告原版由联合国开发计划署组织编写，于 2004 年在纽约以英文出版；中文版由联合国开发计划署组织翻译，中国财政经济出版社 2004 年出版。

② 〔美〕塞缪尔·亨廷顿（Samuell P. Huntington）：《文明的冲突与世界秩序的重建》，周琪、刘绯、张立平、王圆译，新华出版社，1999，第 2 版。

③ 〔意〕安东尼奥·奈格里（Antonio Negri）、〔美〕麦克尔·哈特（Michael Handt）：《帝国——全球化的政治秩序》，杨建国、范一亭译，江苏人民出版社，2000。

效控制和缓解语言、宗教、文化和种族冲突，如何在具体的实践中构建符合人类可持续性发展的基本原则和全球伦理等一系列世人关注和焦虑的问题，成为学术界和国际社会不断展开辩论的焦点。该《报告》的出台就是为了回应和促进以上问题的辩论和讨论，其中传达的首要信息，就是要将文化问题纳入当今社会发展的实践主流和优先思考的领域，其间包容的许多知识点透发着哲理思辨，对推进我们的人文学术乃至塑造人文关怀，对理解身份认同、文化政策和社会治理的相互关联，对思考文化多样性与文化自主权在非物质文化遗产保护工作和构建和谐社会中的重要作用，都具有深刻的启示性意义。本文拟从几个方面对《报告》做出评述，并就其间蕴含的文化多样性与文化自主权问题，以及与此相关的文化政策与文化遗产问题，做出摘引、转述和评论。①

一 《报告》的背景、主题和核心理念：
文化与发展

自 1990 年以来，联合国开发计划署每年都委托一个由专家组成的独立小组就有关全人类的重大问题进行调查研究，并撰写和制作《人类发展报告》（Human Development Report）。该年度系列报告的创始人为马布·乌勒·哈和阿马提亚·森，以及其他关注社会发展研究的一些学者，其宗旨是从"人类发展"的角度，就全球面临的紧迫现实问题及其挑战，给出"分析数据、症结诊断和政策咨询"。由学术界、政界和民间团体的领军人物构成的世界范围咨询网络无私提供了数据、理念和最佳实践以支持报告论述中的分析和建议，还有部分独立报告是由政治家、艺术家、制片人等个人角度对人类发展的某个方面做出评述。由于该年度系列报告是由联合国开发计划署组织和委托署外专家顾问团和其他撰稿人独立完成，因此不应视为是开发计划署的"政策陈述"。

基于"人类发展"这一主导性观念，透过人均收入、人类资源发展和基本需求作为人类进步的度量，并且也评估诸如人类自由、尊严和人类权利等因素，即人类本身在发展中所扮演的角色，成为该系列年度报告的写作宗

---

① 该《报告》中文版的首发式于 2004 年 9 月 28 日在北京举行，笔者与上海戏剧学院余秋雨教授应邀前往进行主题评述。联合国开发计划署官员马立克、联合国教科文组织驻东亚五国北京办事处主任青岛泰之先后发言。本文是在当时宣读的英文评述报告基础上，结合近年关于文化多样性问题的相关思考，重新写就的。

旨。因而，每年的报告都有一个主题，深涉人类发展的各个方面，力主人类发展本身就是扩大人们生活选择的过程，而探讨人类发展问题应以人们的需求、愿望和能力为中心；针对各国政府高度关注经济发展的倾向，这里特别强调经济增长是人类发展的手段，绝不是目的；同时倡导从经济、环境、国家政策等各个角度，就这一重大主题展开辩论并不断地促进讨论。其中的基本理念就是人类整体发展观，呼吁重视扩大每个个体的选择权和自主权。纵观以往的年度报告的内容和主题，我们不难发现文化问题也正是在人类整体发展观中逐渐走向优先发展领域的：

《人类发展的核心理念和评估尺度》（1990）

《全球范围的人类发展》（1992）

《民众与参与》（1993）

《性别与人类发展：男女平等的革命》（1995）

《富于人性的全球化》（1999）

《人权与人类发展》（2000）

《让新技术为人类发展服务》（2001）

《在碎裂的世界中深化民主》（2002）

《千年发展目标——消除人类贫困的全球公约》（2003）

《当今多样化世界中的文化自由》（2004）

2004 年报告的标题是《当今多样化世界中的文化自由》（*Cultural Liberty in Today's Diverse World*）。中文版将英文的 cultural liberty 直译为"文化自由"，笔者在中文版首发式的评述中建议翻译为"文化自主权"。liberty 一词本身就直指"自由权利"，即不受控制或干涉地从事某些行为的权利和能力。因此可以认为，该报告的主题是"文化自主权"，通俗地说，就是倡议人类社会朝着这样一个目标前进：人们的文化身份应当得到尊重，人们应当拥有文化选择的机会和权利。联合国开发计划署署长马克·马洛赫·布朗为《报告》撰写了前言。他强调说，"当今世界若要实现'千年发展目标'并最终根除贫困，首先必须成功地应对这样一个挑战，即如何营造兼容并蓄、多元文化的社会"。他还认为，人类发展的首要目的，就是让人们过上他们所选择的生活，并且向他们提供进行这种选择的手段和机会。近年来《人类发展报告》一直坚决主张，这既是一个经济学问题，也是一个从保护人权到深化民主的涉及面很广的政治问题（第1页）。该报告前言还进一步指出，关于营造有效运转的多元文化社会的最佳途径，从平权行动计划到媒体所能发挥的作用，都没有简便易行或放之四海而皆准的规则可循。这里就有一个切实的倡议，即我们要在全球推行文化的多样性，但没有一个固定的模式。各个国家、各个地区都有自己的文化传统，有自己的社会制度的特点，有自己的民族文化的来源和积累。情况不同，各民族之间的关系也不同，所以在处理这类问题时，联合国从来就没有试图给出一个理想模式，要各成员国参考。各国需要按各自的方式，用自己的智慧来探索自己可行的做法。

该《报告》的正文由概述部分和以下五章构成：第一，文化自由与人类发展；第二，文化自由面临的挑战；第三，建设多元文化民主国家；第四，直面文化统治运动；第五，全球化和文化选择。该《报告》与往年的《人类发展报告》一样，除正文论述、注释和参考文献外，还有专稿、专栏、图表、地图、案例专题、统计专题，以及统计资料说明和统计术语定义等内容，包含了许多由专门的统计学家和分析专家做出的专业分析数据和评价指标，如人类发展指数。总之，其写作体例与我们常见的一些报告不同，具有强烈的社会学分析色彩和实证研究的特点。就其论证的要点而言，我们可以引述为以下三个方面：

第一，人类发展第一大要素就是允许人类自由选择自己的生活方式，并且为自由选择提供工具和机会。近年来《人类发展报告》一直在讨论这样一个命题，那就是人类发展与其说是经济问题，不如说是政治问题。争论的角度也从保护人权转到了深化民主。《报告》认为，就全球情况而言，那些被边缘化的穷人，少数民族、外来打工者等，不大有机会影响地方和中央政府的决策行为，他们也就在获得就业、上学和就诊的机会方面处于劣势，也不可能享受公正、安全和其他基本福利。

第二，该《报告》对以下这些说法进行了分析和探讨，最后给予了否定，那就是：文化上的差异必将导致社会、经济和政治上的冲突；内部的文化特权将超越政治和经济特权等。恰恰相反，用戴斯蒙·图图大主教的话来说，要"为我们的差异而欢欣"。《报告》找到了许多论据可以为这一观点提供强有力的支持。此外，对于在实践中如何建立和完善符合人类发展基本原则的民族风格和文化模式，文化报告还提出了一些具体的意见和建议。

第三，这份报告的中心主题就是要说明，把文化问题纳入人类发展的理论和实践中，对于建立一个更加和平和繁荣的世界具有非常积极的意义。这并非要取代那些传统的国民生计问题，而是起到补充和加强的作用。发展方面的差异从另外一个角度说明，发展中国家大多能够吸纳更丰富多彩的文化传统，无论是以语言、艺术或者其他的形式出现，要远胜于发达国家。大众文化的全球化趋势，无论是图书、电影还是电视，都对这些传统文化构成了一定的威胁。不过，这也创造了新的商机。比如说澳大利亚的土著人和北极的爱斯基摩人，虽然是所谓的"弱势群体"，但他们却打开了全球的艺术市场，展现了他们的活力、激情和创造性。

2004 年 7 月 15 日，在纽约联合国总部举行的《2004 年人类发展报告》发布会上，联合国助理秘书长、开发计划署亚太地区负责人哈菲茨·帕夏重申了报告的主题："人类的发展不仅需要健康、教育、体面的生活水平甚至政治自由，人类的发展还需要国家对文化的认同和推崇，人类必须有在不受歧视的情况下表达文化认同的自由。文化自由是一种人权，也是人类发展的一个重要方面。"这个报告对多文化国家和社区文化政策的制定进行了广泛的研究和分析。报告还认为，新一轮移民潮需要多元文化主义的支持。同时，除非文化自由得到尊敬和保护，否则，经济全球化是不可能成功的。《报告》还论述了宗教自由与公共政策、多元文化、语言政策等问题。

《报告》撰写人是由来自不同领域的专家组成的，其分析和论述，总体而言深入、客观，具有科学态度，其中大量的图表和统计，具有专业水准，因而具有重要参考价值。对当今全球文化多样性的现状所作的评估，比较完整和准确。对某些由于处置不当而引发的危机和问题，有比较切近和中肯的评述和分析。其间所倡导的政策和理念，有现实针对性，有相当的参考价值。《报告》的诸多观点都较为稳妥，对探讨建构和谐发展的多元文化社会及其最佳途径提供了具有积极意义的指导作用和分析框架，值得我们注意并予以借鉴。

二 文化多样性与人类发展：全球伦理的基石

"文化"一词，中国古来有之。从词源上看，最早出现在《易·贲卦》的《象辞》："文明以止，人文也。……观乎天文，以察时变，观乎人文，以化成天下。"其基本义理就是要按照人文来进行教化，即"化人"与"人化"的双向统一。"文化"（Culture）一词在西方来源于拉丁语中的"cultus"，其原义是指"耕作"或对自然生长实施管理。因此，"文化"一词从词源上讲是一个派生于"自然"的概念，最早主要是指技艺、耕作、风俗习惯、文明制度等人类活动及其创造性成果。该词也与汉语一样保留了人类从自然状态中"人化"出来的痕迹。培根（Francis Bacon）则由此谈到了"心智的栽培和施肥"，把"Culture"理解为一种人类的活动；大概直到阿诺德（Matthew Arnold）的时候，该词才从诸如"道德的"和"知识的"等形容词中分离出来独立使用，以表达"文化"这一抽象概念。① 可见，"文化"一词的中西两个来源，殊途同归，都用来指称人类社会的精神现象，抑或泛指人类所创造的一切物质产品和非物质产品的总和。历史学、人类学和社会学通常在广义上使用文化概念。

关于文化的定义，一直以来都是一个聚讼纷纭的问题，也是中外学界展开争论的一个焦点。因此，国内外的学者都曾先后从各自学科的角度出发予以多种界定与解释。作为"人类学之父"的英国学者泰勒（E. B. Taylor），在文化定义上留下了深远的影响，他的文化概念长期以来都被视为经典性的观点之一。美国文化人类学家克罗伯（Alfred Louis Kroeber）和克拉克洪（C. K. M. Klukhohn）在 1952 年发表的《文化：一个概念定义的考评》（*Culture*：*A Critical Review of Concepts and Definitions*）中，收集并分析了 164 条有关文化的定义。这些文化定义，一则说明在文化研究领域，不同的学科有不同的定义，为人们理解"文化"提供了一个更为开阔的视域；一则也反映了近现代人类学家、社会学家、心理分析学家、哲学家、化学家、生物学家、经济学家、地理学家和政治学家对文化认识的历史过程。② 实际上，这也说明人类文化的多样性与文化定义的边界之间始终充满着人类认识自我的种种张力及其丰富复杂的可能性。

人类学通常被视作关于"他者"（the other）文化的研究，而关注人类建立并生活于其中的社会群体生活及其多样性，也促成了人类学文化概念的产生和讨论。现代人类学界则针对"复数的文化"还是"单数的文化"展开了认识论意义上的辩论。③ 复数的文化与源自 18 世纪欧洲思想的单数的

---

① 〔英〕特瑞·伊格尔顿：《文化的观念》，方杰译，南京大学出版社，2003，第 1 页。

② 参见《中国大百科全书》（社会学卷），中国大百科全书出版社，1991，第 409～411 页。

③ 在对"文化"一词的分析中，美国社会人类学家雷蒙德·威廉斯特别强调了 18 世纪德国历史哲学家赫尔德（Herder）的"复数的文化"观念。所谓复数的文化，指的是"各种不同国家、时期里的特殊与不同的文化，而且是一个国家内部，社会经济团体的特殊与不同的文化"。威廉斯推崇复数的文化，并用这个概念为大众文化和民间文化做合法性辩护，批判传统的精英文化观。参见雷蒙德·威廉斯（Raymond Williams）著《关键词——文化与社会的词汇》，三联书店，2005，第 104～109 页。

文化概念相对立，并在 19 世纪博厄斯（Franz Boas）等人的坚持下逐渐发展为主流观点。① 由此，人类学领域关于"文化"的定义也出现了范畴上的转移。《报告》极其机敏地将文化多样性的分析视角与这一学术史动向进行了论域上的对接：

> 在过去的 20 年里，"文化"概念和引申了的"文化差异"概念以及对同质性、整体观和完整性的基本假设得到了重新评价。文化差异不再被看成是稳定的外来物，自我与他人的关系日益被视为实力和表达问题而非本质问题……但是，正当人类学家失去对具有凝聚力、稳定并具有约束力的文化"整体"概念的信仰时，世界各地的大量文化缔造者却接受了这个概念。人类学著作备受那些试图将抽象的普遍文化身份赋予各个群体的人的关注，而人类学家则发现这些普遍文化身份问题重重。现在，政治家、经济学家和普通公众想要采用刚刚被人类学家抛弃的那一套被限定的、具体化、精确提炼以及永恒的方式来为文化下定义。②

正是在关于"文化"及"文化多样性"问题的阐述中，《报告》中的许多细节充满了学理性的思辨和认识论的考量，令人印象深刻。除了充分关注和借重人文学术前沿性的理论反思外，《报告》审视并否定了"文化差异必然导致社会、经济和政治冲突"，或"固有的文化权利应该高于政治和经济权利"之类的主张，对影响深远的"文化决定论"（韦伯）和"文明冲突论"（亨廷顿）也提出了尖锐的批评。

哈佛大学教授塞缪尔·亨廷顿的《文明的冲突与世界秩序的重建》是当代国际问题领域的重要著作，"9·11"事件后，这本书更为世人重视。然而，只看到文化外在形式的差异性而看不到文明内在价值的一致性，就可能带来盲目的文化冲突，甚至把这种文化的冲突误认为是文明的冲突。德国国际关系和政治学学者米勒（现任德国黑森州和平与冲突研究基金会主席）则以其著作《文明的共存——对塞缪尔·亨廷顿"文明冲突论"的批判》

---

① 〔英〕奈杰尔·拉波特（Nigel Rapport）、乔安娜·奥弗林（Joanna Overing）编著《社会文化人类学的关键概念》，鲍雯妍、张亚辉等译，华夏出版社，2005，第 77～85 页。
② 联合国开发计划署编写《2004 年人类发展报告：当今多样化世界中的文化自由》，中国财政经济出版社，2004，第 89 页。

针锋相对地反驳了亨廷顿文明敌对的全球观，认为简单地渲染或者接受这种"敌对论"是极其危险的。米勒指出，国际关系的复杂性、多样性不仅应该保持，而且应善加利用。① 亨廷顿和他手下的高级研究员哈里森合编的《文化的重要作用——价值观如何影响人类进步》②，选辑了 22 篇文章，作者多为当今学界名流，他们从文化与经济发展、文化与政治发展、文化与性别、文化与美国少数民族、亚洲危机和促进变革等方面阐述并论证文化广泛而深刻的影响，回答了文化价值观是如何影响人类进步等问题。在前言"文化的作用"中提出：本文副题中的"人类进步"是指走向经济发展和物质福利、社会经济公正及政治民主。显然，这里的"人类进步"与我们所讨论的广义的社会发展基本相符。

根据《报告》的引述，亨廷顿对比了一下加纳和韩国的经济统计数据，发现 20 世纪 60 年代两国的经济水平惊人地相似：人均国民生产总值约等，初级产品制造业和服务业所占的比例彼此相近，绝大部分是出口初级产品。韩国当时仅生产为数不多的若干工业制成品，它们接受的经济援助水平也差不多相等。30 年后，韩国成了一个工业巨人，经济名列世界第 14 位，大量出口汽车、电子设备及其他高级制成品，人均收入接近希腊的水平。此外，它在巩固民主体制方面取得了长足进步。加纳却没有发生这样的变化，它的人均国民生产总值仅相当于韩国的十四分之一。应当如何解释这种差异呢？亨廷顿判断是"简而言之，文化举足轻重"。他认为，韩国人非常重视节俭、投资、敬业、教育、组织和纪律；加纳人则有不同的价值观（第 19页）。由埃通加·曼格尔在该书中提出的一个命题"文化是制度之母"，可谓是亨廷顿基本观点的注解。但恰恰是在这里，亨廷顿又为人们精心布置了一个"文化决定论"的陷阱。《报告》针对亨廷顿这一比较性结论，提出了敏锐而严厉的批评：

> 这番精巧的比较很可能有一些令人感兴趣的地方（如果不考虑上
> 下文有 1/4 的真理），而这种对比情况确实需要引起人们的深思。但是
> 其中的因果说法极不可靠。上个世纪 60 年代，在亨廷顿看来，加纳和

---

① 〔德〕哈拉尔德·米勒：《文明的共存——对塞缪尔·亨廷顿"文明冲突论"的批判》，郦红、那滨译，"常青藤译丛"，新华出版社，2002。

② 〔美〕塞缪尔·亨廷顿、劳·哈里森主编《文化的重要作用——价值观如何影响人类进步》，程克雄译，"常青藤译丛"，新华出版社，2002。

韩国除文化领域之外其他各方面都非常相似。但实际上，当时这两个国家除了有不同的文化倾向之外还存在着其他诸多方面的差别。两国的社会阶级构成大不相同，韩国商业阶层所发挥的作用要大得多。两国的政治也大相径庭，韩国政府热衷于在推进以商业为中心的经济发展中发挥主导作用，而它的做法对加纳不适用。韩国经济与日美两国经济的密切关系也起到很大的作用，至少在韩国的初期发展阶段是如此。也许最重要的是，60 年代韩国与加纳相比，识字率高得多，学校系统也更加普及。韩国的变化主要是二战以来推行坚定的公共政策的结果，而不仅仅是韩国古老文化的体现。①

《报告》接着联系马克斯·韦伯有关新教伦理（特别是达尔文主义），对"文化决定论"也进行了反思，旗帜鲜明地指出："文化决定论的理论往往比现实世界落后一步。"这个事例等于告诉我们，在分析问题的时候，表面上看起来，我们似乎找到了某个事情的内部规律。我们会说：看，我们抓住了一个经济体发展背后的文化的原因，这是很深层的原因，这就是一个社会的症结所在！其实，问题远没有这么简单。这也提示我们，无论从事什么具体的研究，在分析材料的时候，要有一种更加深邃的眼光。

在过去的二十多年里，文化多样性已经成为国际社会面临的普遍问题和讨论焦点。如果回头看看联合国教科文组织 2000 年的《世界文化报告》——其副标题是"文化的多样性、冲突与多元共存"——我们就大抵不会对文化成为当今世界一大热点问题感到奇怪了。在这个文化报告中，我们读到了这样的文字：

> 自 1945 年以来，国家内部的冲突比国家之间的冲突要普遍，然而，直到 20 世纪 90 年代人们才认识到这个事实。在非洲中部、巴尔干半岛和前苏联地区，这类冲突一般都发生在"民族地区"。冲突导致公民人员伤亡的增加。②

---

① 联合国开发计划署编写《2004 年人类发展报告：当今多样化世界中的文化自由》，中国财政经济出版社，2004，第 19 页。

② 联合国教科文组织编《世界文化报告：文化的多样性、冲突与多元共存》（2000），关世杰等译，北京大学出版社，2002，第 27 页。

　　不过，在另外一些地方，在也是民族杂处、文化各异的国家中，局势并不一定紧张和走向恶化。这也说明，多样性并不是紧张的根源，而不当的政策和操作才是问题的根源。因此，怎样处理好文化多样性与人类发展的关系问题也是我们这个时代的重要挑战之一。

　　文化多样性关乎人类的可持续发展，这是人类在深刻反思中得到的一种新的发展观和价值观。江泽民同志在联合国千年首脑会议上的讲话，代表了我国政府的基本立场。他指出："如同宇宙间不能只有一种色彩一样，世界上也不能只有一种文明、一种社会制度、一种发展模式、一种价值观念。各个国家、各个民族都为人类文明的发展作出了贡献。应充分尊重不同民族、不同宗教和不同文明的多样化。世界发展的活力恰恰在于这种多样化的共存。"[①] 那么何谓"文化多样性"（cultural diversity）？根据《世界文化多样性宣言》（联合国教科文组织，2001 年 11 月 2 日）所下的定义：人类的共同遗产文化在不同的时代和不同的地方具有各种不同的表现形式；这种多样性的具体表现是构成人类的各群体和各社会的特性（及其）所具有的独特性和多样化。

　　《宣言》指出，文化多样性是交流、革新和创作的源泉，对人类来讲就像生物多样性对维持生物平衡那样必不可少。从这个意义上讲，文化多样性是人类的共同遗产，应当从当代人和子孙后代的利益考虑予以承认和肯定。我们知道，生物的多样基因会带来丰富的物种，会使我们拥有抵抗各种自然和生物威胁的基因，比如今天的稻子的抗病虫害的一些基因来自野生稻种等。总之，生物多样性会让人类在生物上更安全。文化多样性也一样。提倡文化多样性，在当今语境下，往往是讲对本土文化的尊重，包括对传统的医学、农学、环境科学及手工艺品、口头传统、音乐、舞蹈、故事和诗歌等的尊重，还包括对精神文化的表达方式的欣赏和尊重，以及集体享有知识产品的权益等等。人类的知识积累有一个漫长的过程。文化是非线性传播的，一代代的人都要死去，而知识要积累下来，要让下一代人不用从头摸索和创造知识和技术，而是直接从已经垫高的梯级上发展。从亚历山大图书馆开始，人类就有了系统地制度化地收集整理知识的意念，用教育的方式来传承知识的历史应当还要久远一些。在人类的发明发展中，文字得到了高度的崇拜。为什么要讲到知识呢？其实口头传统（oral tradition）是人类的一个经过漫

---

① 2000 年 9 月 7 日《人民日报》第一版。

长进化，获得了高度发展的技能，其间蕴含了大量的知识，特别是人类早期的知识和民间的知识。现在在全球的人文学术领域，对口头传统的重视和推介在持续增长中。近几十年来，发展出历史学界的口述历史、民间文艺学界发展出对口头艺术的大量研究等等，大约都是试图用一种更开放的人文眼光来看待人类以往的历史，包括知识的历史，因为这些知识和技能也是文化多样性的一部分。如果说一个社会更加包容是好事，这个包容就包括我们对知识的包容，对衡量各种事物的各种尺度的包容。几年前笔者陪联合国教科文组织的副总干事长布什纳基一起在青海、甘肃等一些西部省市考察，看了藏族的史诗表演，参观了敦煌等地方。他是阿尔及利亚人，是岩画、壁画保护方面的专家。他对中国族群文化的多样性深有感触，也讲到他亲历一些事件的体会。他说联合国教科文组织此前花了很大的力量想制止塔利班轰炸巴米扬大佛，斡旋了很久，想了种种的办法，最终没有成功。塔利班轰炸大佛的理由是他们是不崇拜偶像的。任由塔利班主导的文化统治世界好不好？看来不好。欧洲这些年为什么反对美国的麦当劳文化、通俗文化、好莱坞文化等等，就是怕这种文化一旦成为一种统治文化，全球都变成美国文化及其附庸。也就是说，用美国文化来统治全球也不会好。所以，提到文化多样性，并不是要谈论一些空洞的概念和理念，而是涉及与我们的日常生活有密切的关联的那些现象和背后的制度问题。

文化多样性不是"愿景"，而是现实存在，不容忽视和规避。《报告》指出，全球超过 200 个国家里有 6000 种语言和超过 5000 个族群；其中超过100 个国家拥有超过四分之一的人口为文化上的少数人群（第 2 页）。文化多样性在大都会人口构成上体现得相当充分，如加拿大的多伦多有超过44% 的人口出生于外国。大量移民流动，尤其涌向富裕国家，也极大地增强了特定地区的文化多样性。在文化自觉和文化觉醒的大潮流中，越来越多的人群希望和要求他们的文化得到认可和尊重。这种文化诉求在发展中国家和发达国家都呈现为一浪高过一浪的态势。

那么，这些所谓文化的多样性诉求的伦理基础在哪里呢？《报告》认为，"全球伦理"的核心内容主要有以下五个方面：第一，公平——承认人人平等，不分阶级、种族、性别、社区或辈分，是普遍价值观的精神。第二，人权和义务——人权是国际行为准则。这个基本关切是为了保护所有人的完整性免受对自由和平等构成的威胁。但在享有权利的同时负有义务。没有约束的选择权是无政府主义。第三，民主——民主的宗旨有很多。提供政治自治、维护基本人权以及为公民全面参与经济发展创造条件等等。第四，保护少数群体——对少数群体的歧视发生在若干层面：不承认、剥夺政治权利、社会经济排斥以及暴力都是歧视的通常做法。第五，和平解决冲突的办法以及公平谈判——公平和公正不能通过先入为主的道德原则来实现，应当通过谈判来寻求解决分歧的办法，而所有各方都享有发言权。

与文化多样性相关的一个重要问题是"文化身份认同"（cultural identity）。《报告》指出，"文化自主权"是人类发展的重要部分，因为拥有完整生活的一个重要前提是个人能够对身份进行选择，即决定"我是谁"，而同时又不至于因此丧失别人的尊重或被排除到其他选择之外（第1页）。所谓"文化身份认同"，被定义为"在一个社会中、一个文化群体中，对拥有共同价值观和文化纽带的群体产生认同和归属感。这对于这个群体而言是不可或缺的。但个体可以在许多群体中获得认可。"

也就是说，我们可以有多重文化身份，而文化身份认同也就有着多样性的选择可能，其中包括国籍、性别、种族、原籍地区、宗教、语言、政治倾向、从事职业、居住地、体育爱好、艺术鉴赏、饮食习惯等等。《报告》举例说，一个人可以有公民身份（法国公民）、性别身份（女性）、种族身份（西非人），语言身份（通晓泰语、中文和英文），政治身份（持左派政见）和宗教身份（佛教徒）。从文化的角度讲，其身份认同就不是单一层次的。另一方面，无论是历史上还是今天的经验都表明，不同文化群体是可以在一道生活的，他们既能够保持各自的独特性，又共享相同的东西；国与国之间是如此，一国内各文化群体也是如此。由此，不难理解如今的每个国家都或多或少是一个多元文化社会。而处理多样性和尊重文化身份不只是一些"多民族国家"面临的挑战，很少有哪个国家是由完全单一的民族构成的。世界近200个国家共包括了5000个族群团体，其中有2/3的国家至少拥有一个人数较多的少数民族——一个至少占人口10%的民族或宗教群体。①

长期以来，社会上多少有这样一种看法：即一个社会要想团结起来，要想有高度的内部凝聚力，要想稳健、快速、平稳的发展，首先要消除或者尽量消除内部成员之间的差异，从而形成高度和谐统一的团结机制。要团结，

---

① 联合国计划开发署编写《2004年人类发展报告：当今多样化世界中的文化自由》，中国财政经济出版社，2004，第2~3页。

就要抑制和排除文化多样性。《报告》警告我们说，复杂的理论可能会支持并不复杂的偏见，从而使世界充满更多的火药味。文化上的偏见，是一直伴随着我们这个物种的进化过程的。下面所提到的偏见，就是长期存在的认识上的五个谬误，应当予以大力纠正。[①]

第一个谬误，人们的民族身份是与他们对国家的归属感相冲突的，因此承认多样性和统一国家之间存在取舍；一个国家内在的差异越多，越会与国家的归属感产生对立。《报告》认为这是不对的。因为个体可以在许多团体取得认可，而多重文化身份是他健康、愉快、有尊严地生活的基础。

第二个谬误，各民族群体在价值观碰撞中很可能产生暴力冲突，因此在尊重多样性和维持和平之间存在取舍关系。《报告》认为这也是不正确的。没有任何证据显示文化差异和价值观的碰撞是暴力对抗的原因。很多暴力的引发不是多元文化本身，而是多元文化政策的失误。例如有些特定身份象征和围绕它产生的历史积怨被某些领导者用作集合队伍的号角。如 1976 年南非某地暴乱的根本原因是南非潜在的不平等，但强迫黑人学习南非荷兰语是暴乱的导火索。又如，在斯里兰卡，人数占多数的僧加罗人掌握了政权，但人数占少数的民族泰米尔人却享受着更多的经济资源等。这种不平衡是斯里兰卡动乱的根源。其实在不同国家和地区，不同民族在一个国家中价值观冲突是很常见的，但不会必然导致暴力冲突。

第三个谬误，文化自由要求捍卫传统习俗，因此，承认文化多样性与发展进程、民主和人权进步等其他人类发展的优先事项之间存在取舍。承认文化多样性就是拖了人类进步的后腿吗？这也是极端片面的说法。承认多样性当然包括尊重传统文化，但承认和保护传统文化，不等于拒绝人类文明和进步，不等于拒绝新知识和新技术。

第四个谬误，民族多样性的国家较难发展，因此在尊重多样性和促进发展之间存在取舍。国际上一些学者有意无意地表述这样的意思，一国内民族多了，在国家内部就会有很多阻碍进步的因素。该报告认为这也是无稽之谈。马来西亚 62% 是马来人和其他土著民族，30% 是华人，8% 是印度人，1970 ~ 1990 年它成为经济增长速度居世界第十位的国家，恰恰是在此期间，

① 联合国计划开发署编写《2004 年人类发展报告：当今多样化世界中的文化自由》，中国财政经济出版社，2004，第 2 ~ 5 页。

马来西亚实行了鼓励雇佣少数民族的政策。毛里求斯、撒哈拉以南的一些非洲国家也有类似情况。在近年，在经济发展最快的一些经济体中，成员的多样和单一本身，并不说明什么问题。

第五个谬误，有些文化更有利于推动发展，有些文化拥有固有的民主价值而其他文化则不然，所以在文化包容和促进发展之间存在取舍。这有一点文化决定论的色彩。《报告》认为，"文化决定论"始于马克斯·韦伯，其核心理论是新教的道德标准，它是资本主义成功发展的关键因素。这些理论在解释世界历史时看似很有说服力。不过，人们后来发现，信奉新教的国家，比如英国和德国，与信奉天主教的法国和意大利，其经济发展能力和速度，不能证明"文化决定论"是正确的。马克斯·韦伯说的某种文化更有利于推动发展，是经不住推敲的，所以，在严肃的学者这里，也是遭到摒弃的。

针对以上五种谬误，《报告》旗帜鲜明地回应说，鼓励多样性并不消解忠诚和削弱国家统一；多样性并不是剧烈冲突的根源；鼓励文化自主权并不是传统主义对人权的排斥和拒绝；某些文化集团并不比另外一些集团在经济上或其他方面更可能成功；文化多样性并不妨碍增长和人类发展。

《报告》特别警告说，历史上的一些做法正是今天"不安稳"的症结所在。这些做法包括：强制异己者同化、歧视和剥夺少数族群、压制对平等和公正的诉求，以及暴力征服和大规模屠杀。报告认为，这些旧手段不仅无效，而且导致问题加剧。这些旧手段已经不能适应日益增长的民主政治、国际交流和全球化趋势。那么，通过考察，《报告》指出，在应对文化多样性局面时，国家不外乎采取两种做法，并会产生相应的两种结果：其一，同化：试图建构单一的居统治地位的文化身份，这必定会导致损害文化自主权，这在道德上是错误的，还会导致紧张局势。并且，这种做法从长时段考察，代价巨大，后患无穷。其二，多元化：尊重和认可多元文化，这必定会推进社会公正（文化权利），在实践中有效并且可行，能够推动社会可持续发展。

就建构单一的居统治地位的身份认同（这个身份认同同样是基于文化的认同）而言，历史上有很多国家都这么做过。在历史上的殖民过程中，在民族对民族的吞并过程中，经常都能见到这样的例子。切近的例子是中日关系；远一点的，像前南斯拉夫的塞族和克族，彼此间的紧张关系大约断断续续地持续了几百年。

文化带有强烈的地域特征和族群特征，这是因为特定的文化的产生是植根于一个社会的人群、历史、生活方式和自然环境等等因素。文化传统正是通过该人群对社会文化认同的需要而产生出来的。比如，滇剧、傣戏、白族大本曲等口头传承就是产生于云南一定的区域和族群之中，其产生也是为了满足一定人群的精神需要和文化认同；也正是由于其鲜明的地方特色和民族特色，才使这些地方戏剧和曲艺剧种和剧目得以存在和传播，这是传统意义上文化的民族性和地方性特征。随着文化产业的发展，尤其是现代通信和信息技术的推广和应用，文化传统在很大意义上打破了固有的地域性。但是，这不是说该项文化传承丧失了地域性，而恰恰是因为文化的地域性构成其特有的价值，并使该价值成为广泛传播的内在依据；同时，现代社会媒体技术的提高为其传播提供了便利。这也是当下世界范围内保护本土文化艺术遗产和文化多样性的前提和内在动因之一。那么，在全球化和尊重不同地区民族文化传统之间，应当如何取舍呢？报告认为，诚然，全球化会威胁到民族和地方意识，但是解决的办法不是退回到保守主义或是孤立的民族主义，而是制定多元文化政策，促进多样化和多元化。站在这样的立场上，该报告主张尊重、促进多样化的同时，让国家开放地接纳资金、商品和人员流动，以促进健康和平的增长和进步。

三　文化自主权与人类进步：公平与发展

《报告》将文化自由叫做 cultural liberty。liberty 和 freedom 是同义词，但有细微差别。之所以用 cultural liberty 而不用 cultural freedom，是有道理的。笔者认为，在这里"自主权"更多强调的是自我选择的权力，而不是指有一个外在的、客观的宽松环境。直言之，文化自主权是人类自由意志的重要方面，其核心含义为生存自由和选择权。所以，我们应当正确理解 culture liberty 这个概念的深层含义。

"文化自主权"的提出，正是该系列《报告》在探讨人类发展问题上的一个新起点，即关注文化维度上的不平等现象。人类社会有很多方面的不平等，比如社会机遇、参与政治权利等等方面的不平等，但文化权利上的不平等往往最容易被忽视。联合国教科文组织颁布的《世界文化多样性宣言》指出，文化权利是促进人类文化多样性的有利条件。文化权利是人权的一个组成部分，它们是一致的、不可分割的和相互依存的。富有创造力的多样性的发展，要求充分地实现《世界人权宣言》第 27 条和《经济、社会、文化权利国际公约》（中国已经加入该公约）第 13 条和第 15 条所规定的文化权利。例如，使用母语的权利，接受教育的权利等等。然而，"在人权的五个类别——民权、文化权利、经济权利、社会权利和政治权利当中，文化权利最不被重视。"①

从总体上看，中国文化的发展是长期滞后于经济社会发展的，远远不能满足群众的文化需求，尤其是在西部地区。中国的广大农民和少数民族族群缺乏表达文化需求偏好的机制，而以往的公共文化产品提供和公共服务的制度安排，又走的是自上而下的道路，西部农村群众在自主选择文化产品消费上的机会并不多，其文化权利也就无从得到有效的保障。

"三农"问题近年来成为理论界关注的热点问题之一，相应地，农民的权益保护问题也浮出水面。农民的权益固然涉及很多方面，人们很容易会想到诸如生存权、受教育权、选举权和被选举权、平等就业权，等等。但是，有一项权益却不容易让人注意，这就是：农民应该与城镇居民一样享受公共文化物品消费的权益。但是，人们往往根据所谓的"消费结构层次论"来依次安排或提供公共产品的先后顺序，这就形成了保证公民基本的生存需要、安全需要、保健需要、教育需要、文化需要的"线性次序"，在西部农村，文化需求更是被理所当然地排列在了公共需求的末位，而更多的时候则被忽略不计了。

严格来说，社会保障制度要依赖公平原则，这不是个人意义上的公平，而是社会意义上的公平，即"社会公平"。针对以往建立的社会保障制度在基本理念上比较含糊，在制度设计上存在缺陷，中国社会科学院社会学研究所研究员景天魁提出"底线公平"概念，亦即：全社会除去个人之间的差异之外，共同认可的一条线，这条线以下的部分是每一个公民的生活和发展中共同具有的部分——起码必备的部分，其基本权利必不可少的部分；一个公民如果缺少了这一部分，那就保证不了生存，保证不了温饱，保证不了为谋生所必需的基本条件，因此需要社会和政府来提供这种保障；所有公民在这条底线面前所具有的权利的一致性，就是"底线公平"。其意义在于确立社会公平的基点，明确政府责任的"边界"；寻找全社会可以共同接受和维

---

① 联合国开发计划署编写《2004 年人类发展报告：当今多样化世界中的文化自由》，中国财政经济出版社，2004，第 28 页。

护的价值基础，确定当前实际可以达到的起码的公平。"这不仅事关底线公平，更关乎国家前途。"① 景天魁先生认为，"底线公平"这一概念，不仅有制度含义，还有政治含义和文化含义。就"底线公平"所包含的制度性内容而言，他强调说，第一，最低生活保障；第二，公共卫生和大病医疗救助；第三，公共基础教育（义务教育）。我们认为，以上内容确实都关乎社会的"底线公平"，然而，还应加上"文化权利"的保障，才能真正体现和实现"底线公平"。社会成员享有文化成果的状况历来是社会关注的焦点，"文化就是我们怎样看待自己与别人的关系"。如果这种关系不能体现公平正义，便会引发社会矛盾，并带来一系列严重的社会问题。

在我国，不仅政府在公共投入的取向上没有给予文化事业以更大的支持，在相关的理论界也大体如此。例如，学者们在讨论农村公共产品供给问题的同时，也缺乏对文化公共产品和公共服务的深切关照，这对政府制定农村公共经济政策而言或许也发生了相当程度的影响。举凡在我们常见的理论研究著作中，"文化"往往因其极为明显的"不在场"而成为某种缺位的"在场"："现阶段首先应重点保障农民急需的下列农村公共产品的有效供给：一是农村基层政府机构的正常运转和社会治安；二是农村义务教育和农民培训，重点是中小学危房改造、教学公用经费和师资队伍建设；三是农村公路建设、农业基础设施建设和农业科技进步；四是农村公共卫生和环境保护；五是农村救助和农村大病医疗保障。"② 这种"文化"一再被"文化人"忽略不计的事实长篇累牍地出现在公共产品的理论研究中，已然成为令人倍感困惑的学术缺位，我们禁不住要再三问自己：知识分子们对"三农"问题的"人文关怀"立场难道就与"文化"或文化经济政策毫无关系吗？这种对文化公共产品的关注显然滞后于对"六小工程"、对教育、对卫生、对医疗、对广电的关注原因何在？按照这种事实去进行推理，"文化"，尤其是农村文化仿佛成了一种不合时宜的"奢侈品"，被当做至少在"温饱问题"解决之后才能被提上日程的一种末位思考。这让我们从事民族民间文化工作的人不得不警醒，不得不呼吁政府乃至学界都当采取积极的文化行动来关注文化事业尤其是农村文化公共服务建设的投入。

笔者认为，《报告》中有这样三个相互关联的核心理念，对我们讨论

① 景天魁：《底线公平与社会保障的柔性调节》，《社会学研究》2004 年第 6 期。

② 任辉：《农村公共品如何有效供给》，2005 年 6 月 2 日《中国财经报》。

"文化权利"问题有着重要的启发意义：其一，文化自主——解释了为何多元文化政策对人类发展而言是重要的；其二，文化排斥——解释了为何多元文化政策是必要的，以及如何推进该项政策；其三，多重身份认同——解释了为何多元文化政策是切实可行的。由此，《报告》给予我们的几点提示是：第一，文化自主是人类自由意志的重要方面，其核心含义为生存自由和选择权；第二，尽管近年在文化和文明问题上讨论颇多，其重点却多在认可文化保守主义，而疏于强调文化自主；第三，文化自主不仅在文化领域异常重要，在影响社会、政治和经济的成败得失方面也有重大作用；第四，文化自主当成为人类发展和社会进步的目标。报告认为，文化自主权不仅在文化领域异常重要，在影响社会、政治和经济的成败得失方面也有重大作用。这是由于文化自主权的优先地位，立足于建设人道而公正的社会，必须充分承认包括文化自由在内的普遍自由的重要地位。这就需要保障并积极拓展人们选择如何生活并考虑选择另类生活方式的机会。而在这些选择当中，文化方面的因素居于特别突出的地位。因此，文化自主权是人类进步的目标，它应当在 21 世纪里得到高度关注——民主和均衡增长还不够；多元文化政策和日益深入人心的、植根于尊重全人类权利的价值观，不仅是在伦理上，而且在实践中都势在必行。

我们在文化多样性与文化权利的问题上往往有一种倾向，即文化上的保守主义。近年来，从"保卫端午"到"保卫春节"所掀起的媒体炒作和网民激辩，实质上都反映出人们对多元文化缺乏正确的理解。多样性应该建立在认可他人及其文化以及开展对话的基础上，以便相互了解、欣赏和尊重。有的学者热衷于高谈传统的保护乃至"捍卫"，不谈文化的选择权和自主权，甚至还有学者不问民生疾苦，却希望自己研究的村落和传承人永远不要改变，以保持自己所要追寻的"文化原型"和"传统本真"，这样的学术目标很难说就是清白无辜的。其实，对于广大的农民群体，对于少数民族群体，对于经济欠发达地区的人来讲，他们的文化自主和选择更为重要，不是被"恩赐"，而是充分尊重他们自己的意愿和选择权，这才是解决问题的方向。

值得注意的是，2005 年世界银行发布《世界发展报告》、联合国开发计划署发布题为"处于十字路口的国际合作：不均衡世界中的援助、贸易和安全"的《2005 年人类发展报告》都以公平作为中心议题。以公平作为发展的中心，是世界银行对过去 10 到 20 年围绕市场、人类发展、治理和赋权的发展思想要点的提升和整合。"在发展中国家的政治和经济中追求更为公平的竞争环境的诉求，可以整合世界银行建立有利于投资的制度环境和赋权于穷人这两大支柱。通过确保所有人（包括目前被排斥在外者在内）的个人权利、政治权利和财产权利得到制度上的保障，国家将能够吸引数量远远超过以往的投资者和创新者，并且大大提高为全体公民提供服务方面的有效性。"① 从长期看，增加公平是提高经济增长速度的根本。加速西部贫困地区的经济增长和社会发展，对减少国家内部的不公平和实现均衡发展的目标具有至关重要的意义。同时，我们也应当充分考虑如何将文化纳入发展的实践主流来加以高度重视的问题。文化一方面是人类精神价值的体现，是一个民族的精神生存形态；另一方面也是精神产品生产的庞大的社会部门，是一种特殊的和具有巨大利益的产业。文化发展一方面标志了一个民族的精神状况，另一方面也标志了一个国家的综合实力。文化的发展和不同文化之间的交流及竞争在冷战后的"全球化"的语境之中，更成为世界上不同社会和民族发展的关键课题。提高文化自主权的意识，切实保障每一个公民的文化权利和公共服务的公正性，就是其中的重要一环，这将有助于增加公平。因此，公平与发展，也当成为中国提倡文化自主权和制定多元文化政策的基本目标。

四　多元文化政策：理论与实践

那么，多元文化在不同国家的实践中遇到了什么样的难题呢？让我们引述法国的一个典型案例，即在学校是否准许穆斯林少女佩戴头巾所遇到的现实窘境：是否应当准许穆斯林少女裹着头巾上法国的公立学校？这与政教分离以及尊重宗教自由的原则相抵触吗？对于法律的制定者来讲，尊重宗教自由与这种自由与是否需要在公共场所消除宗教影响之间的关系如何平衡，或者简单说，取消佩戴头巾这样的做法是否对穆斯林移民群体构成歧视？头巾是否体现了女人被男人所征服？近年来，意见不同的双方情绪高涨，引发了争议，颇耐人寻味。

这个争议的起因是，1989 年，当时一所中学驱逐了三名带头巾上课的女青年，理由是这种行为违反了法国的政教分离的原则。此举引起了广泛的

---

① 世界银行著《2006 年世界发展报告：公平与发展》，http：//www.worldbank.org.cn/Chinese/content/wdr06.pdf。

公众辩论。法院宣布允许穿戴宗教饰物，只要饰物不是炫耀性的或挑衅性的。法国教育部指派特别调解员处理今后发生类似事件。直到 2002 年 12 月，里昂一个主要由移民组成的社区的一名少女裹着头巾上学，引发新的问题。她的头巾几乎已经变身为一条发带，既没有包住前额也没有包住耳朵。校长叫来这位女生的家长，要求她不要带头巾来上学。该学生的家长提出抗议，称他们一家已经按照法国的规范将头巾裁剪为头饰带。后来请来了调解员，但没能找到令人接受的解决办法。部分教师扬言，如果准许这名同学戴头巾，他们就罢课。这一事件很快转化为政治性的辩论。议员的左翼和右翼分别采取了不同的立场。在左翼知识分子内部，也很快出现了赞成和反对的不同立场。2003 年教育部和国民议会组建了一个调查委员会，7 月法兰西共和国的一个奉行政教分离的独立委员会提议禁止在学校戴任何明显的宗教象征物，包括头巾在内。

禁令最后获得通过，但存在着分歧意见，各种立场并不像所预期的那样有明显的一致性。不论左翼和右翼、穆斯林与非穆斯林、男性与女性，表决的时候情况非常复杂。表决前进行的民意调查表明，穆斯林妇女对新法表示赞成和反对的人数各占一半。这一案例突出了各国在试图调和移民群体的宗教及其文化差异时所面临的困境——在此案例中存在着艰难的折中和复杂的论点。捍卫禁令的人士认为这是在捍卫自由，宗教自由以及妇女摆脱依附地位的自由；而反对禁令的人士也是在捍卫自由，捍卫禁止歧视及机会平等的自由。这种原则性的折中在旨在传授国家价值观的教育领域里尤其艰难。这说明，每一个具体的事件都可能引发复杂的反应。在投票的时候，在议会左右翼之中都是一部分人赞成，一部分人反对。在 2004 年 1 月 21 日所做的一个调查显示，法国所有的人中间，支持不许带头巾的立法的占到 69%，29% 反对。议会中的分歧也很大。左翼有 66 个人支持，33 个人反对，右翼有 75% 的人支持，24% 的人反对。在穆斯林群体中，42% 的人支持，53% 的反对，票数非常接近，就是说在穆斯林内部意见分歧更大。其中穆斯林妇女支持的占 49%，反对的占 43%，基本持平。这个事实说明，多元文化政策在具体实施中，可能会遇到极为复杂的局面。政策的制定和实施，可能会遇到很大挑战，需要很大的智慧才能妥善解决。

在文化自主权和文化多样性之间也有一个复杂的关系。报告认为，一方面，文化多样性可能是所有人均行使文化自由的结果，社会的文化多样性也可以为该社会的所有人提供扩大享有文化选择权的机会；另一方面，在人们适应他人的生活方式并理智地朝这个方面发展的情况下，实行文化自主权可能导致文化多样性的减少而不是增多。这里就有一个充满辩证关系的悖论。我们维护文化多样性的终极目的是什么呢？多样性本身并不是人类的目的，多样性是为了人类更好的发展和进步。这些年来，原教旨主义和种族主义等等，有时也会打出维护多元文化的旗帜，其实质，却并不在人类的福祉和社会的进步。在这些地方，我们应当十分警觉。

《报告》指出，多元文化政策不单是一个人类社会应当努力的方向，还是具有很强现实紧迫性的问题。例如阿富汗和伊拉克的制宪操作中，应当使用几种官方语言？法国学校关于宗教性符号的禁令和争论，会得到什么结果？更进一步，某些地方的武装冲突，应当如何通过和平谈判，通过文化认可和尊重得到缓解乃至最终解决？这些问题，都需要立即做出回答。总之，社会安定、经济发展、文明进化等人类社会至关重要的问题，都与文化问题有着密切的关联。可见，文化问题并不是一个可有可无、可以当下解决也可以放到遥远的将来去处理的问题。

1969 年联合国教科文组织首次提出了"文化政策"（cultural policy）这一概念，号召各国政府明确地认可文化行动是其公共政府的重要目标之一。国际社会响应了这一号召：1982 年在墨西哥举行的世界文化政策大会上，联合国宣布 1988 到 1997 年这 10 年为文化和发展的 10 年，1998 年在斯德哥尔摩召开的文化政策问题政府间会议等活动都表明了国际社会的这样一个认识：文化就是发展。不注重文化就会阻碍发展。起初，文化政策的概念只与促进艺术和对文化遗产的保护相联系，而现在，它与文化自主权之间的联系越来越紧密，正如 1995 年世界文化发展委员会在《我们富有创造力的多样化》报告中所提出的那样：文化自主与对文化多样性的尊重和认可乃至对文化遗产的保护，无论是有形的还是无形的遗产，都有着不可分割的内在联系。联合国开发计划署认为，文化政策的循环周期应该回归到 25 年前它开始的地方，人们，以及人们在文化上的自主和成就，将成为文化决策的中心目标。[①]

《报告》有力地证明了要尊重文化多样性，通过采用承认文化差异的政策即多元文化政策来建立更包容的社会，这是对于人类社会的一个期待。该

---

① 联合国开发计划署编写《2004 年人类发展报告：当今多样化世界中的文化自由》，中国财政经济出版社，2004，第 38 页。

报告考察了许多国家的多元文化政策，认为其中的一些举措值得借鉴。这些措施包括：

第一，保证政治参与的政策——在不同的历史文化条件下，体现为不同的措施：如比例代表制（新西兰毛利人），预留席位和份额（印度和克罗地亚），非对称联邦制（西班牙巴斯克自治区、马来西亚沙巴和沙捞越、加拿大的因纽特人自治领地）等等。

第二，确保宗教自由的政策——宗教少数派遭受直接排斥或忽略是常见的现象。例如国家节日中没有少数民族宗教节日的位置。印度宗教政策在该报告中是正面例子：官方节日中有五个印度教节日，四个穆斯林节日，两个基督教节日，一个佛教节日，一个耆那教节日和一个锡克教节日。法国是反面例子：它有11个节日，5个非宗教的，6个全部是基督教的，尽管该国有7%人口为穆斯林。

第三，法律多元化政策——危地马拉的玛雅人由于历史原因丧失了对国家宪法的信心。印度和南非则推进以不同方式承认社会各群体司法标准和机制的作用。当然，在具体实施中，这种法律多样化设定也招致反对，因为有人担心这会破坏统一法律制度的原则，或者宣扬有悖于民主和人权的陋俗等。

第四，语言政策——语言经常是多元文化国家争议最多的问题。情况很复杂，解决的方案也有许多种。尊重非主流文化人群的自愿选择是实行各种方案的出发点。

第五，社会经济政策——有征服和殖民的历史根源，有长期的歧视和排斥政策，还有其他种种原因而形成的历史上的"不平等"。这种现象与文化权利之间有复杂的互动关系。

显然，联合国开发计划署并没有相信这些多元文化政策适用于一切地区和国家，但是认为在这样一些地方是适用的，它们是：多民族国家、一个国家中的土著人群、增长中的移民国家、世界贸易、投资活跃并对多样性构成威胁的地方，以及文化统治和霸权兴盛的地方等等。

《报告》认为，文化多样性可能是所有人均行使文化自由的结果。一个社会的文化多样性不能理解为只是对特定群体施与优惠，它也会为该社会的所有成员提供扩大享有文化选择权的机会。多样性因此不可以理解为多数人或者占据优势地位的人群对少数人或者处于劣势地位的人群的施舍或赠与。这样一种认识，对于多民族国家中的政策制定和操作尤为重要。我们无须担心随着多元文化政策的推进，会导致灾难性的地方主义和分离倾向，会导致冲突的加剧和不同人群之间关系的紧张。现实情况是，在人们适应他人的生活方式并理智地朝这个方面发展的情况下，在多元文化政策推行得比较好的地方，文化原教旨主义倾向、地方主义倾向和民族沙文主义倾向，并没有增加，而是减少了。对社会稳定和经济文化进步，其好处是显而易见的。

余论：中国经验

就《报告》本身的优点而言，首先，与以往各期的报告一样，该报告关注重大紧迫和有广泛影响的现实问题，有现实针对性，影响和作用也就不同于一般的分析报告，它所提供的一些参考解决方案，也具有相当强的可操作性。第二，多角度、多侧面地考量文化自主权的内涵及其与人类发展的相互关系，同时分析文化自主权和民主政治、移民浪潮、族群冲突、文化交流、语言政策、宗教信仰，以及全球化与民族化等等问题的复杂关联。第三，强调了文化问题在政治、经济范畴之外的独立品格，这是过去被大多数人有意无意地忽略了的问题。第四，既有理论阐述，又有实例分析，并辅之以大量的统计数据和周到翔实的说明，便于读者深入理解报告的思想和逻辑。最后，"文化自主权"这个具有热切人文关怀的理念，一定会通过对知识界、媒体、政策制定者和执行者的直接或间接影响而发生作用。

报告的弱点也是较为明显的：第一，由于起草小组核心成员和主要的咨询专家都有西方背景，该《报告》的立场就不免会带有强烈的西方理论视阈，其伦理基石和评估体系也都受到相应的制约。第二，正因为第一个弱点，所以《报告》缺少东欧、独联体和亚洲一些国家的数据，相关分析显然不足，其中就包括对中国的数据分析不足。

因此，与上述弱点相关联，该《报告》更多关注的是国家作为政策层面的制定操作和实施效果，而对于作为"文化自主权"所关注的一般民众和个体成员来说，则缺少让人们参与和表达的机制，这是缺欠的一方面；另一方面，《报告》讨论的大都是西方的经验和撰稿人熟悉的经验，比如说非洲的、南亚次大陆的等等，而不同的国家、不同的民族相处的方式是不同的，政府治理的经验也是不同的。中国历史上有长久的文化之间冲突和融合的经历，积累了大量的经验和教训，《报告》对此缺乏反映。

再进一步讲，在应对文化多样性问题上，我们有我们的"中国经验"。费孝通先生于 1987 年提出"中华民族多元一体格局"的理论，1990 年提出

"各美其美、美人之美、美美与共、天下大同"的社会和谐观点，1995年提出"文化自觉"的思想，强调世界各民族的文化自觉、文化对话与文化包容，就是"中国经验"的高度总结。中华民族的文化是"多元一体"的文化，是少数民族和汉族共同创造和丰富的。少数民族文化是中华文化的重要组成部分，也是人类文明的宝贵财富。在今天"冷战后"的复杂多变的国际格局中，少数民族文化的繁荣发展正是维护民族团结和祖国统一，增强中华民族的凝聚力和向心力的重要方面，也是展现中华文化的丰富性和多样性的重要方面。

在马克思主义指导下的社会主义国家，在文化政策的制定和实施过程中，也有不少值得总结的经验和教训，也很值得国际社会关注，《报告》遗憾地缺少此方面内容。前文提到《报告》的主题及其几个西方的伦理基石，关于公正、平等，关于保护少数人的权利等等，这些固然是一个文明社会应该有的价值规范和伦理尺度，但实际上，马克思主义经典作家关于文化、关于民族问题的学说，在伦理境界上，比这个报告不知高出多少去。对此，我们也应当有很清醒的认识。

核心价值体系与中国发展道路

有关中国的发展道路，是国内外关注的焦点。中国取得了巨大的成就，也存在着深层次的矛盾和问题。深入地解析中国的发展道路，是增强抵抗风险能力的重要保证[①]。本篇拟从价值体系这一侧面透视中国发展道路问题，力求为全面系统地研究中国发展路线提供些许思考观点。

一 从中国模式、中国道路的视角来重新思考核心价值体系的意义

传统的观点，是把核心价值体系概念的提出看做思想道德建设和精神文明建设问题，这种理解并没有错。改革开放以来，中国共产党先后数次制定了精神文明建设的文件，此次提出的核心价值体系，与前几次文件精神一脉相承。与此同时，我们也要认识到，社会主义核心价值体系的命题，已经超出了精神文明建设的范围，成为当代中国的发展道路的题中应有之义。这是因为，"核心价值体系"是指一个民族的价值观念体系，是指一个国家的立国价值，是确保一个国家和民族有序发展的思想条件，它向世人昭示的是中国发展理念。它不同于个体价值观，并对个体价值观产生根本性的影响。中

---

[*]　李景源，中国社会科学院文史哲学部副主任，研究员，学部委员。

[①]　重视风险是推动中国发展的重要资产。有学者认为，世界上唯一被低估的资产是风险。邓小平提出的"摸着石头过河"是预防大的风险、转危为机的重要理念。

国发展道路已经成为发达国家和发展中国家共同关注的焦点，中国提出核心价值体系问题，目的是从正面阐述自己的观点。

改革开放以来，有关中国发展道路的争论一直没有停止，所谓"中国崩溃论"、"中国威胁论"、"中国发展前景不确定论"等思潮此起彼伏。无论是唱衰中国还是妖魔化中国，其立论的根据都与中国的发展理念、主导价值观念密切相关。如英国前首相撒切尔早在 20 世纪 80 年代就预言中国改革不会成功，因为中国缺乏引领市场经济的价值观念。言外之意，中国缺少新自由主义价值观念，必然导致市场经济崩溃。所谓中国威胁论，是指中国的崛起对发达国家所造成的心理恐慌。西方国家一方面指望中国的引擎来推动世界经济的运转，另一方面又恐惧另一种"中国制造"，即中国模式。经过 30 年的发展，中国已经走进国际舞台的中心，向国际讲坛不断注入非西方化的色彩，并对欧美价值观提出了挑战，对国际秩序（国际金融体制）提出新的变革和构架。中国由一个区域国家日益变为一个全球性国家，中国的发展正在改变国际关系的格局。所以，美国的智库人物明确表示：中国若"硬实力"崛起，美国则十分欢迎；中国若"软实力"崛起，美中之间将可能发生直接的、全面的激烈冲突。言下之意，如果中国接受西方的方案，"克隆"西方发展道路，会受到欢迎；如果坚持自己的理念，走不同于西方的发展道路，这将被西方视为威胁而引发冲突。

此次全球危机，不仅是金融和经济危机，更是一种主导模式的危机，是传统文明、西方主导文明可行性的危机。1974 年，新自由主义代表人物哈耶克获得诺贝尔经济学奖，此后又有多位新自由主义经济学家获得该奖项，随后新自由主义思潮占据了经济全球化的主导模式。英国首相撒切尔上台伊始，手捂着哈耶克的著作，明确宣布"这就是我们的信条"，她的话代表了当时西方发达国家的共同心声。从 20 世纪 70 年代末起，西方世界刮起了"里根—撒切尔主义"的旋风，这是一种自由放任主义、"市场原教旨主义"的思潮。1990 年，"华盛顿共识"出台，表明新自由主义作为主导的模式加速向世界推广，这一模式不仅导致了苏联解体东欧剧变，而且使拉美许多国家遭遇"发展"陷阱，新自由主义思潮泛滥达到顶点。福山的历史终结论把苏东模式的失败认定为整个社会主义的死亡，以此来证明社会主义与资本主义的争论已经结束。2004 年 5 月，雷默发表《北京共识：论中国实力的新物理学》一文，对中国模式作了理性的分析。2009 年 4 月，英国首相布朗在 20 国集团国家首脑会议后的记者招待会上宣布，"华盛顿共识"的时代已经过时。到了夏季，伦敦大学经济学院教授马丁·雅克出版《当中国统治世界——中央帝国的崛起和西方世界的终结》一书。这一切均表明，中国发展模式已经成为发达国家和发展中国家共同关注的中心。核心价值体系是一个国家及其发展模式的根本理念，研究该国模式主要就是探讨它所体现的核心价值理念。因此，从价值体系入手研究发展道路或发展模式是理有固然。

中国发展理念、中国的价值观是国外媒体关注的焦点。2009 年 9 月，澳大利亚广播公司记者采访中国社会科学院中国特色社会主义理论体系研究中心负责人，其内容主要围绕中国的信念和奋斗目标是什么、中国是否还是社会主义国家等方面。最近，德国《世界报》采访中国驻德大使，所提问题是：您将如何向一个德国人解释当今的共产主义？中国在世界上代表何种价值观？提出"世界体系论"的沃勒斯坦近期提出对中国认知的三对矛盾，即中国是社会主义国家还是资本主义国家、中国是南方国家还是北方国家、中国仍是反帝的领袖国家还是已成为帝国主义强国，他把解决这三对认知矛盾的核心归结为"市场与意识形态哪个是实质哪个是表象"。国外政要、学者、记者对中国模式有各种不同的解释，他们描述了中国发展道路的若干现象特征，但他们很难理解中国模式的真实含义和精神实质。正是在这样的背景下，中国提出了核心价值体系的问题，目的是在对中国道路和中国经验全面总结的基础上，指明中国模式的核心价值理念，在较高层次上向世界说明中国。

每一个国家都有它的立国价值，它随着该国在世界上所处地位的变化而具有不同的意义。目前，中国经济总量处于世界第 3 位，根据高盛公司的预测，到 2027 年中国将超过美国成为全球最大的经济体。到 2050 年，中国的经济规模是美国和印度的两倍。美国学者沈大伟预测更为激进，他认为明年中国将超过日本，2020 年中国即可超过美国。中国价值观对世界的影响将随中国的崛起不断地增大。[1] 在改革开放之初，邓小平就指出："我们的改革不仅在中国，而且在国际范围内也是一种试验，我们相信会成功。如果成功了，可以对世界上的社会主义事业和不发达国家的发展提供某些经验。"[2] 许多发展中国家对西方经验和中国经验的不同评价就说明了这

---

① 林毅夫入职世界银行、朱民入职国际货币基金组织，表明世界各国对中国发展成就和发展经验的重视。

② 《邓小平文选》第 3 卷，人民出版社，第 135 页。

一点。

自从 1840 年中国"被开放"以来，所有的文化论争都是围绕中外关系进行的，论争的焦点是选择何种价值体系问题，实质上是走何种发展道路问题。[①] 西方最大的教条、中国全盘西化论的最大的失误，就是主张落后国家要实现现代化，只能克隆西方的道路和价值观。核心价值体系概念的提出，不仅凸显了中国发展观念上的理性自觉，而且对中国道路所涵盖的历史独创性给予了充分的肯定。只有把核心价值体系和中国发展道路问题结合起来，才能为中国未来的发展提供源源不断的思想资源。

二 中国特色社会主义是统领改革开放的总体理念

中央对社会主义核心价值体系从四个方面进行了论述，学术界对这四个方面分别以灵魂、支柱、精髓、基础来表达。我认为，讲价值体系不仅要说明它有哪几部分构成，更主要的是要讲清楚它是怎么构成的，为什么这样构成。把中国特色社会主义作为共同理想，实质上点明了它在四句话中的主导地位。核心价值体系以中国特色社会主义作为共同理想，绝非偶然。中国特色社会主义集中概括了改革开放以来的基本经验，是统领经济、政治、文化和社会四位一体建设的纲领和核心，是全体人民各尽所能、各得其所而又和谐相处的政治保证，是在实践中丰富和发展马克思主义，推进马克思主义中国化、当代化成果的集中体现，是提高国家软实力、提升人民精神文明的根本条件。作为当代中国的实践主题和理论主题，中国特色社会主义必然是价值体系的核心。

要了解共同理想在价值体系中的主导作用，重要的是搞清楚中国特色社会主义与马克思主义指导作用的关系。马克思主义在本质上是关于科学社会主义的理论，是关于社会主义如何取代资本主义以及社会主义、共产主义发展规律的学说。在三个组成部分当中，科学社会主义是马克思主义的价值理想和奋斗目标，是马克思主义整个学说的核心，马克思主义哲学和政治经济学是科学社会主义的哲学基础和经济学基础，是为社会主义从空想到科学提

---

① 价值观是文化的核心，文化救亡是思想界的主题，也是每一位文化学者在当时的人生目标。如梁启超的誓言诗："献身甘作众矢的，著论求为百世师。誓起民权移旧俗，更研哲理牖新知。"1938 年 10 月，冯友兰、金岳霖等学者讨论"中国会不会亡"的问题，其结论是中国不会亡，因为中国的思想不会亡。这是把文化与救亡图存运动联系起来的鲜明例证。

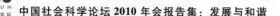

供科学论证的。正是在这个意义上，邓小平强调马克思主义与共产主义的一致性。1985 年，邓小平指出："社会主义是什么，马克思主义是什么，过去我们并没有完全搞清楚。马克思主义的另一个名词就是共产主义。"① 1986 年，邓小平在回答美国记者迈克·华莱士的提问时说："我是个马克思主义者。我一直遵循马克思主义的基本原则。马克思主义，另一个词叫共产主义。"② 胡锦涛同志在纪念党的十一届三中全会召开 30 周年大会上的讲话中重申："在当代中国，坚持中国特色社会主义道路，就是真正坚持社会主义；坚持中国特色社会主义理论体系，就是真正坚持马克思主义。"这两句话指明了社会主义与马克思主义的一致性，重申了我们党的马克思主义观。科学社会主义与马克思主义的一致性表明，中国特色社会主义就是当代中国的马克思主义。所以，在当代中国，"坚持马克思主义的指导作用"和"高举中国特色社会主义伟大旗帜"的两种表述在本质上是一回事。

马克思主义与社会主义的一致性体现了马克思主义的整体性原则，理解马克思主义，首先要把握它的整体性，整体性高于它的组成部分的学科性，整体大于部分的总和。邓小平讲的"马克思主义的另一个名词就是共产主义"，就是讲的马克思主义的整体性。当年，恩格斯回答英国《泰晤士报》记者的提问，用一句话来概括马克思主义，即用"每个人的自由发展是一切人自由发展的条件"来定义马克思主义，这个定义也是他对社会主义、共产主义的定义。

价值体系的其余三项内容都是中国特色社会主义的题中应有之义。民族精神不是一种超历史的存在，它的内涵总是随同历史时代的变化而更新，爱国主义的民族精神具有时代性，以爱国主义为核心的民族精神是与中国特色社会主义伟大实践结合在一起的，中国特色社会主义赋予爱国主义以新的时代内涵。邓小平指出："有人说不爱社会主义不等于不爱国。难道祖国是抽象的吗？不爱共产党领导的社会主义的新中国，爱什么呢？"③ 同样的，中国特色社会主义伟大实践形成了解放思想、改革开放、与时俱进、开拓创新的时代精神。中国特色社会主义之所以具有蓬勃的生命力，就在于它是实行改革创新的社会主义，是充满生机和活力的社会主义。我们党在新时期的历史贡

① 《邓小平文选》第 3 卷，人民出版社，第 137 页。
② 《邓小平文选》第 3 卷，人民出版社，第 173 页。
③ 《邓小平文选》第 2 卷，人民出版社，第 392 页。

献之一，就是形成了社会主义改革和创新理论，把改革创新视为社会主义发展的直接动力，视为巩固和发展社会主义的内在要求，是中国特色社会主义固有的发展规律。改革创新是中国特色社会主义发展的必由之路，中国特色社会主义与改革开放、开拓创新，就是这样内在的、有机的、不可分离的紧紧联系在一起。以"八荣八耻"为主要内容的荣辱观是中国特色社会主义所倡导的道德人格，是中国特色社会主义文化建设的重要方面。所谓社会主义的荣辱观，就是与社会主义市场经济相适应、与社会主义法律规范相协调、为中华民族传统美德和优秀革命道德注入新的时代要求的道德准则。很显然，以"八荣八耻"为内容的荣辱观统一于中国特色社会主义共同理想。邓小平指出："中国人民有自己的民族自尊心和自豪感，以热爱祖国、贡献全部力量建设社会主义祖国为最大光荣，以损害社会主义祖国利益、尊严和荣誉为最大耻辱。"[1]

解决发展道路和发展模式问题，是几代领导人始终关注的问题。邓小平说："我们过去照搬苏联搞社会主义的模式，带来很多问题。我们很早就发现了，但没有解决好。我们现在要解决这个问题，我们要建设的是具有中国自己特色的社会主义。"[2] 因此，中国特色社会主义也是当代中国的实践主题。换言之，它构成坚持四项基本原则、实现四个现代化、建立和完善市场经济体制的核心和灵魂。中国特色社会主义共同理想是社会价值体系的核心，是这几个方面的实质，并且给予它们以质的规定性。邓小平在谈到社会主义与"四个坚持"的关系时指出，"四项基本原则首先要求坚持社会主义"[3]。他在谈到四个现代化时指出："我们干四个现代化，人们都说好，但有些人脑子里的四化同我们脑子里的四化不同。我们脑子里的四化是社会主义的四化。他们只讲四化，不讲社会主义。这就忘记了事物的本质，也就离开了中国的发展道路。"[4] 他还指出："我们搞四个现代化建设，人们常常忘记是什么样的四个现代化，是社会主义现代化。这就是我们今天做的事。"[5] "一旦中国全盘西化，搞资本主义，四个现代化肯定实现不了……中国搞现代化，只能靠社会主义，不能靠资本主义。"[6] 江泽民在谈到中国市场经济

---

[1] 《邓小平文选》第3卷，人民出版社，第3页。
[2] 《邓小平文选》第3卷，人民出版社，第261页。
[3] 《邓小平文选》第2卷，人民出版社，第256页。
[4] 《邓小平文选》第3卷，人民出版社，第204页。
[5] 《邓小平文选》第3卷，人民出版社，第173页。
[6] 《邓小平文选》第3卷，人民出版社，第229页。

的特色时，指出："我们搞的市场经济，是同社会主义的基本制度紧密结合在一起的。如果离开了社会主义基本制度，就会走向资本主义。……有些人老是提出这样的问题，你们搞市场经济好啊，可是为什么还要在前面加上'社会主义'几个字，认为是多余的，总是感到有点不顺眼，不舒服。国外一些人提这种问题，有这种看法，并不奇怪，因为他们看惯了西方的市场经济，也希望中国完全照他们那个样子去搞。我对西方国家一些来访的人说，我们搞的是社会主义市场经济，'社会主义'这几个字是不能没有的，这并非多余，并非'画蛇添足'，而恰恰相反，这是'画龙点睛'。所谓'点睛'，就是点明我们市场经济的性质。"①

从实践方面看，"什么是社会主义，怎样建设社会主义"是近一个世纪以来共产党人在价值观上遇到的最大的历史难题。邓小平说："我们马克思主义者过去闹革命，就是为社会主义、共产主义崇高理想而奋斗。现在我们搞经济改革，仍然要坚持社会主义道路，坚持共产主义的远大理想，年青一代尤其要懂得这一点。但问题是什么是社会主义，如何建设社会主义。我们的经验教训有许多条，最重要的一条，就是要搞清楚这个问题。"② 他还强调要充分研究如何搞社会主义建设的问题，我们在这一方面吃的亏太大了。提出"什么是社会主义，怎样建设社会主义"这个问题，这是对现实社会主义建设实践合理性的自觉反思，这种反思起始于毛泽东。早在 1956 年 4 月毛泽东在中央政治局扩大会议上就提出："最重要的是要独立思考，把马列主义的基本原理同中国革命和建设的具体实际相结合。民主革命时期，我们吃了大亏之后才成功地实现了这种结合，取得了新民主主义革命的胜利。现在是社会主义革命和建设时期，我们要进行第二次结合，找出在中国怎样建设社会主义的道路。"③ 1974 年，毛泽东曾对非洲的社会主义为什么发展不起来产生了困惑，并指示国内学者进行研究。这个问题也成为邓小平1975 年春出来工作时要解答的主要理论和实践课题。1980 年，邓小平重提毛泽东六年前的困惑，再次提出社会主义的命运问题，他多次对来访的非洲领导人讲："要研究一下，为什么好多非洲国家搞社会主义越搞越穷。"④

20 世纪最重大的历史事件，是 90 年代初社会主义事业在苏联和东欧国

① 《江泽民论有中国特色社会主义》，中国文献出版社，2000，第 69 页。
② 《邓小平文选》第 3 卷，第 116 页。
③ 《毛泽东传（1949～1976）》（上），中国文献出版社，2003，第 506 页。
④ 《邓小平文选》第 2 卷，人民出版社，第 313 页。

家的失败，它从反面证实了邓小平关于长期以来没有搞清楚什么是社会主义、怎样建设社会主义论断的深刻性。与此同时，它也为我们加深对于如何建设社会主义问题的认识提供了新的契机。社会主义制度在一些国家建立以后没有能长期保持，问题出在哪里？它成为晚年胡绳反复思考和深入探索的核心问题。胡绳在详尽地考察了马克思关于"两个必然"和关于跨越"卡夫丁峡谷"的论述、列宁关于新经济政策的论述以及毛泽东在《新民主主义论》、《论联合政府》中关于革命胜利后要允许资本主义有一个适度发展的论述后，突出地阐明了马克思关于"生产力继承原理"的重要性。这一原理昭示人们，经济文化落后的国家，想一蹴而就建成社会主义是不可能的；当农业生产力没有显著提高，工业化正在起步阶段，盲目追求生产关系的拔高，甚至搞"趁穷过渡"进入共产主义，也是办不到的。在资本主义不发展的国家建设社会主义，有一个如何对待资本主义的问题。① 根据生产力继承原理，落后国家必须取得资本主义的一切肯定成果，才能最终取得社会主义对资本主义的胜利。由此可见，落后国家建设社会主义，既要防止急于消灭资本主义的倾向，充分利用资本主义社会所创造的生产力，又要坚持生产力标准和人民利益标准的统一，防止走向资本主义。要避免和防止这两种价值取向危害中国的发展，就要进一步从理论上探讨价值观与历史观的本质联系。

三　运用唯物史观总结中国发展的根本经验

如果承认确立核心价值体系就是选择某种发展道路，那么决定一个政党价值体系的东西则是它所秉持的历史观。改革开放、独立自主、和谐发展、和平发展是中国发展的主要经验，贯穿这四个方面的解释原则则是以人为本。乔舒亚·库珀·雷默认为强调发展的人民性而不是特权阶层性，是中国模式的核心。"华盛顿共识"的目的是帮助银行家和金融家，而"北京共识"的目标是帮助普通人们，强调以人为本。众所周知，马克思主义始终

① 关于中国发展道路，胡绳提出了"上、下篇"的思想。1987 年，胡绳在《人民日报》头版发表了《为什么中国不能走资本主义道路》一文，当受到众人的称赞时，他说："其实我不过只回答了一半的问题，还有一半问题根本没有谈呢！"此后，他在《社会主义与资本主义的关系》、《毛泽东的新民主主义论再评价》等文中指出，正确处理社会主义与资本主义的关系是马克思主义者长期面临的头号问题。

坚持人民群众是历史的创造者的理念，认为决定历史结局的是广大人民群众追求自身利益的历史性活动。以多数人的利益为本位是共产党人的政治优势，这个"势"是时代之势、历史之势。1925 年，毛泽东在《沁园春·长沙》诗词中，明确地提出了"问苍茫大地，谁主沉浮"的疑问，追问决定历史发展趋势的主体问题，把时代趋势、历史走向与人心所向统一起来进行思考。对于一个政党而言，这个问题既是一个政治观的根本问题，也是历史观的根本问题，而政党的政治观又是其价值观的核心，三者的逻辑关系为：历史观决定其政治观，并通过后者决定其价值抉择。以人为本既表述了共产党人对人民所担当的历史使命的深刻体认，也表征着共产党人最根本的价值追求。

人民群众既然是推动历史前进的主体，也必然是创造价值和享受价值的主体，人民利益标准就成为衡量一切政党历史作用的根本标准。毛泽东说："任何一个政党，只有为人民服务，才能生存下去。"能否满足人民群众生存和发展的需要决定着一个政党的兴衰。以国民党的兴衰为例，孙中山以新三民主义代替旧三民主义，就体现了他对决定历史发展结局主体力量的新认识，新三民主义与旧三民主义最大的不同，是提出了联俄联共、扶助农工的三大政策。在鲍罗廷的帮助下，孙中山最终战胜了国民党内的反对派，宣布并制定了一系列有利于工人、农民和工商业者的政策，把国民党由一个空中的政党变为一个替老百姓谋利益的政党，巩固并扩大了国民党的社会基础，在共产党的帮助下，取得了北伐战争的胜利。[①] 由于代表大地主、大资产阶级利益的蒋介石背叛并残酷地屠杀工农大众，导致了大革命的失败。但是，孙中山的新三民主义扶助农工的政策却被共产党人继承下来、发扬光大，走出了一条依靠农民改变中国的革命道路。主办过广州和武汉两地的农民运动讲习所的毛泽东最终找到了以农村包围城市、最后夺取城市的独特道路。毛

---

① 关于是否发布国民党"一大"宣言，实施扶助农工的政策，国民党内引发激烈冲突。孙中山就此约见鲍罗廷，鲍罗廷指出，能否将革命运动置于本国广大人民群众的支持的基础上，关系到中国革命的命运。国民党要立于不败之地，必须关心农民、工人和小资产阶级的利益。鲍罗廷指出，直到现在你们还没有做过任何一点帮助农民的事，这样，贵党就失去了一个最重要的支柱。政府应当立即颁布在广东农民中分配土地的法令。你们没有举行过一次工人的会议，本来可能成为你们政权的重要支柱的工人们，都从你们身边溜掉了。为了实现贵党和工人的联系，必须为工人制定社会法法令，实行八小时工作日。目前小资产阶级不支持你们，主要是因为它从贵政权中得不到任何利益。贵党要取得革命的胜利，必须要把工人、农民和小资产阶级作为自己的社会基础。参见《孙中山年谱长编》第三卷，中华书局，1991，第 1729～1731 页。

泽东的名言是得农民者得天下。他多次讲过，中国的问题是农民的问题，农民的问题是土地的问题；谁得到了农民，谁就得到了中国；谁解决了农民的土地问题，谁就得到了农民。毛泽东的这几句话，是对他的"问苍茫大地，谁主沉浮"追问的最好回答。

人民群众选择了共产党，缘于共产党没有自己的私利，它不是特殊利益集团，而是以更好地实现人民的利益为自己的宗旨。这是中国特色社会主义理想为全体人民所认同的重要依据。众所周知，以人为本和为人民服务之类的口号也已经成为西方政要竞选的主要话语，我们提出以人为本同他们的区别何在？西方政要的就职演说往往是用以人为本相标榜，陈水扁在 2000 年上台的就职演说也是以为人民服务和以人为本自诩。最能影响和控制选民的就是这两句话。我们共产党人同这些政客的区别首先是目的性价值和手段性价值的区别。陈水扁之流是把人民捧在嘴上、踩在脚下，念念不忘的是个人的统治权。我们党是把人民装在心里，情为民所系，利为民所谋，权为民所用是共产党的宗旨。人民群众选择了共产党是以共产党把为人民服务作为宗旨为前提的，两者的统一构成了推动历史前进的"合力"。抗战胜利后，蒋介石发动内战，军费激增，滥发纸币，导致财政金融破产，广大民众在国统区掀起了声势浩大的反饥饿、反内战运动，形成了反抗国民党统治的第二条战线，最终推翻了蒋家王朝。[①]

前些年，曾有人喊出"告别革命"的口号，抽象否定一切革命运动的历史意义，否定广大民众为翻身求解放而斗争的历史价值。美国学者费正清在《对华回忆录》的几段话，揭示了民众的生存需要与共产党的政治优势的一致性。1943 年，费正清描述中国内地的主要话题是物价和革命，他说："我可以作证，许多以前强烈地反共亲美的自由主义知识分子如今正在提出跟共产党一致的意见，而大多数美国人也和他们不谋而合。""我花了很长一段时间来想象：如我致力于中国，在如此普遍混乱的局面中我能做些什么？结论是越来越明确地认识到，我想做的正是中国共产党正在做的事情。不激进无以成事。"在中国"只剩下了革命的唯一出路"，"我在 1944 年带回华盛顿的主要信念是：中国的革命运动是中国现实生活中的内在产

---

① 高速通胀很难用数字表示，如 1937 年 100 法币可买两头牛，到 1947 年只能买两盒火柴，到 1948 年只能买一粒米。教授的工资从 1937 年的三百多大洋，到 1946 年的 40 万法币，再到张元济给胡适的 1 亿元车马费，萨本栋寄给胡适从北平到南京的旅费 3 千万元。有资料认为，国民党用金圆券代替法币，导致物价激增至六百万倍。

物，……这种信念在某种程度上几乎成了我真诚的信仰。""从 1943 年起，我就认为革命在中国可能是势所难免的。1945～1946 年城市经济的崩溃，国民党政权显而易见的腐败和对人民的镇压更坚定了我这一看法。"① 共产党的政治优势之所以能改变历史，关键是它反映了人民的意愿。国民党之所以兵败如山倒，根本原因在于它背弃了民意。正所谓"国本岂能撼，民意大于天！"

就学科的功能而言，经济学研究财富的生产，政治学研究财富的分配，政治哲学则研究这种分配是否合理。归根到底，政治总是与老百姓的根本利益密切相关。政治观之所以是价值观的核心，在于它涉及人民群众的根本利益。毛泽东说："共产党的路线就是人民的路线"，刘少奇也讲过，群众路线首先是党的政治路线。所谓党的政治路线就是代表人民群众根本利益的路线，这一实质多次反映在党的领导人的政治观之中。在延安时期，毛泽东与胡耀邦讨论什么是政治这一问题时说，所谓政治，就是把我们的人搞得多多的，把敌人搞的少少的。毛泽东在与平民教育家诸述初讨论什么是政治时说，政治的问题主要是对人民的态度，"一切问题的关键在政治，一切政治的关键在民众，不解决要不要民众的问题，什么都无从谈起。"1962 年 7 月，邓小平在谈到什么是好的政治时说："生产关系究竟以什么形式为最好，恐怕要采取这样一种态度，就是哪种形式在哪个地方能够比较容易比较快地恢复和发展农业生产，就采取哪种形式；群众愿意采取哪种形式，就应该采取哪种形式，不合法的使它合法起来。"② 改革开放之初，他又提出什么是最大的政治这一问题，他说："四个现代化是最大的政治，因为它符合全国人民的最大利益。"20 世纪 70 年代末，万里在安徽省支持推广包产到户，提出了好政治和坏政治的观点："只要老百姓有饭吃，能增产，就是最好的政治。老百姓没有饭吃，就是最坏的政治。"所有这些好政治和坏政治的价值标准，都根源于唯物主义的历史观。

四 关于核心价值体系论争的理论思考

近代以来，中国陷入了天崩地解、亡国灭种的危险境地，救亡图存、振

---

① 〔美〕费正清著《费正清对华回忆录》，知识出版社，陆惠勤等译，1991，第 306、332、336、340～341、382 页。

② 《邓小平文选》第 1 卷，人民出版社，第 323 页。

兴发展成为近代史的主题，思想文化界多次展开的论争都是围绕发展道路问题展开的，因而都是关于核心价值体系方面的争论。1919 年 7 月展开的关于问题与主义的论争、1920 年展开的关于社会主义的论争以及东西方文化问题的争论、1923 年关于"科学与人生观"的论战、1928 年展开的关于中国社会性质问题的论争、20 世纪 30 年代关于"马克思主义中国化"的论争，使社会主义价值理想在中国得到广泛传播。目前展开的关于普遍价值问题的争论，对于牢固树立中国特色社会主义共同理想意义更为巨大。

近代以来，所有重大争论都是围绕中外关系进行的，中国与西方的关系是百年话题。围绕中西关系问题，在文化和价值领域三种价值理性展开博弈，即传统文化的道德理性，西学东渐以来的启蒙理性，以及唯物史观传入中国以来占据主导地位的历史理性。西学东渐以来，对中国影响最大的是启蒙理性。启蒙理性对中国传统文化给予了釜底抽薪般的冲击，在它的影响下，不少知识分子对待中国文化建设的态度发生根本性转变。过去总在天理与人欲框架里兜圈子，启蒙理性使人们对中国文化问题的思考从传统内跳到传统外，不再理会传统话语，用自由、平等、民主话语来思考制度设计。由于启蒙话语并没有抓住中国社会的主要矛盾，又脱离了下层广大群众，它始终处在边缘地位。不是救亡压倒启蒙，而是启蒙脱离了救亡。中国的自由主义硬说自由问题就是个人问题，主要争得个人自由，国家和民族的自由就自然实现了，以为只要有思想自由、言论自由，中国的问题就解决了。面对中国的危亡局势，只从抽象的人性及其权利出发，明显地带有乌托邦的性质。20 世纪发生的"科玄论战"，关于人生观的讨论，也暴露了传统的道德理性的局限。不少传统文化人接续内圣外王、天理人欲的思想，力图使人生观问题和科学绝缘，主张人生观问题在科学之外即可解决，它本身不受因果律支配，这些看法显然是错误的。传统文化的内在论思路往往只关注终极问题，同样忽视了具体的时代要求，他们没有也无意于把终极性关怀转换成时代性课题。这种形上思辨与时代的隔绝，使他们的声音曲高和寡。真正克服文化道德主义和启蒙理性的是以唯物史观为核心的历史理性。构造先进文化和社会主义核心价值体系的支点是历史理性，即要以唯物史观为指导，来解决人生观、价值观问题。所以，我们要在对西方文化、本土文化进行研究的基础上，以历史理性为核心，进行综合创新。

进入 20 世纪，关于中西之间关系的争论，很快就从"体用之争"发展为"共殊之辩"。1920 年，梁启超发表《欧游心影录》，梁漱溟发表《东西文化及其哲学》。30 年代，陈序经发表《全盘西化的理由》，随后王新命、陶希圣等人发表《中国本位的文化建设宣言》。这些中西文化之争反映到哲学上，就是普遍与特殊之间关系的处理。冯友兰专门发表了《别共殊》一文，认为共相与殊相的关系是中国近代以来哲学的基本问题。张岱年早年也表示，在哲学理论方面我比较注意普遍与特殊的关系问题，他还专门写了《马克思主义理论》一文。毛泽东在《矛盾论》中指出，矛盾的普遍性和矛盾的特殊性的关系，就是矛盾的共性和个性的关系；这一共性个性、绝对相对的道理，是关于事物矛盾的问题的精髓，不懂得它，就等于抛弃了辩证法。教条主义就是不懂得矛盾的精髓，把事物的共性和个性割裂开来，只看到矛盾的普遍性而忽略矛盾的特殊性，把具体的马克思主义变为抽象的马克思主义。与教条主义者相反，反对马克思主义中国化的人如梁漱溟和叶青等人，只强调矛盾的特殊性而否认矛盾的普遍性，他们用"中国特殊性"、"国情论"来对抗马克思主义，认为欧洲的历史是合规律的，中国的发展是不合规律的，马克思主义不适合中国国情。艾思奇在批判叶青的绝对特殊论时指出，一般和特殊是矛盾的统一，没有单纯的一般，也没有独立在一般之外的单纯的特殊。丢开了一般的规律，就无所谓特殊性的把握。马克思主义并不否认把握中国社会特殊性的重要性，而是反对借"把握特殊性"之名来拒绝社会发展的一般规律及其指导作用。

下面以冯友兰为例，来论述普遍主义与非普遍主义在近代中国的争论，来分析其中的经验教训。冯友兰起先信奉实用主义，后来信奉新实在论。新实在论继承了柏拉图的理念论传统，认为理念世界是普遍的、永恒存在着的，现实事物都是个别的、有生有灭的，哲学的任务就是把握理念。冯友兰遵循新实在论的框架，提出近代以来中国哲学的基本问题是共相（理）和殊相（事）的关系问题，他把真际和实际、理和事区分开来，用三个判断来解决共相和殊相的关系，即理在事上、理在事外、理在事先。理在事上是从道与器的关系上讲的，理在事外是从一般与个别的关系上讲的，理在事先是从本质与存在的关系上讲的。在冯友兰那里，理和事是分离的，理在事上说明理是超空间的，理在事先说明理是超时间的，两者合起来，理是超时空的，事是在时空的，理可以脱离具体事物独立自存。理和事是一种二元论的存在。冯友兰发表《别共殊》一文，目的是运用他的新理学解决如何向西方学习以及学习什么的问题，文中提出特殊的东西是不可学的，也是学不到的，共相的东西是必须学的，也是能学到的。从理和事、共相和殊相相分离来看，冯友兰所理解的普遍是一种抽象的普遍，抽象的普遍可以用抽象的方法加以借鉴。所以，他在1957年进一步提出"抽象继承法"的主张。

冯友兰的上述看法在当时就受到学术界的批评，他在晚年所著的《三松堂自述》和《中国现代哲学史》等著作中对早年的观点进行了反思和纠正。总结这一段学术史，有助于人们对抽象普遍主义理论失误达成如下共识。

第一，世界上并不存在超时空的普遍的理。张荫麟指出，理是事物存在和发展的秩序，只能存在于时空里的个体之中，并不是超乎时空之外的。张岱年也认为，虽然"理"看起来有超个体时空的现象，但它绝不能超越其所概括的一类事物的时空。这就是说，世界上没有绝对普遍的东西，只有相对普遍的东西，任何一种理论和观点既有某种普遍性的品格，同时也有它的适用范围和条件。如果硬要把某一具体的理论抽象普遍化、神化，把它变成脱离具体时空范围的教条，本身就是违背辩证法的。

第二，在本体论或存在论的层面，一般和个别是不可分离的。一般或共性总是存在于具体事物的形态之中。只有在认识论的层面，人们借助语言和思维的抽象才能从个别事物中概括出一般。因此，任何一般都是具体的普遍。在晚年，冯友兰承认自己之所以提出理在事外的观点，其原因是把认识论问题本体论化了。他后来在处理理与事的关系上由理在事外回到理在事中，由别共殊上升到一般和个别相结合，由主张抽象的普遍回到具体的普遍。冯友兰观点的转变对后人有警醒的作用。

第三，理性主义自诩按逻辑的方式安排世界，但他们在鼓吹抽象的普遍主义时，却是直接违反传统逻辑学的。在演绎推理中，如果前提中没有特殊或个别，结论中也不会有特殊或个别。在"凡人皆有死，苏格拉底是人，所以，苏格拉底有死"的推理中，其前提中如果没有"苏格拉底是人"这个个别，就不可能得出"苏格拉底有死"这个结论。

毛泽东和邓小平从马克思主义关于共性和个性相统一的原则出发，坚持具体普遍论，反对抽象普遍论和绝对特殊论，为理论和实践的统一，为马克思主义中国化奠定了哲学基础。目前，某些持普遍主义观点的学者将"中国化"和"中国特色"定性为"特殊主义"，认为这些概念放弃了普适性的目标和标准。还有的学者把"中国化"和"中国特色"的提法等同于近代的"中体西用"论。此类见解都是望文生义，对于马克思主义理论的本质缺乏真切的了解。

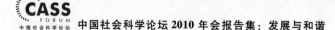

首先，提出"中国化"和"中国特色"是为了克服党内的教条主义和思想界的全盘西化论，并不是否弃理论的指导作用，立足点是号召全党树立正确的马克思主义观，即马克思主义和社会主义是具体的，不是抽象的。毛泽东在延安时期明确提出要具体的马克思主义，不要抽象的马克思主义；要活的马克思主义，不要死的马克思主义。邓小平指出，我们坚持马克思主义，但马克思主义一定要与中国实际相结合；我们坚持社会主义，但社会主义一定是符合中国实际的、有中国特色的社会主义。这些论述表明，能否坚持一般和个别的统一，理论和实际的结合，是真正理解和解决"什么是马克思主义"、"什么是社会主义"这些理论问题的方法论前提。

其次，理论的力量产生于它与实践的结合中，马克思主义只有在和时代的互动中、和实践的互动中、在解决中国问题的过程中，才能获得生命力，才能得到丰富和发展。因此，"中国化"和"中国特色"的基本内涵是结合论，即一般和个别的结合、理论和实践的结合。这种结合论与特殊主义毫不相干。"中国化"和"中国特色"的实质是创新论。只有一般的理论，不结合中国的情况创造出新的东西，就无法指导当代中国发展着的实践。从中国的历史实际和现代化建设的实际的认真研究中，在各方面作出合乎中国需要的理论性创造，贡献于中国和世界，这是提出"中国模式"和"中国特色"的出发点和落脚点。

最后，对待理论的"中国化"态度是对待理论的科学态度，它与从抽象定义出发的普遍主义、教条主义态度形成鲜明的对照。冯友兰提出的"抽象继承法"是超历史的理性主义和逻辑主义的方法，马克思主义的方法则是全面的历史的方法。所谓全面的历史的方法，就是"弄清楚所研究的问题发生的一定的时间和一定的空间，把问题当作一定历史条件下的历史过程去研究"。列宁提出，在研究任何社会问题时，马克思主义理论的绝对要求，是把问题提到一定的历史范围之内。邓小平也指出，我们是历史唯物主义者，解决任何问题都不能脱离一定的历史条件。我们要运用具体问题具体分析的辩证方法对待古今中外一切文明成果，但是绝不会像普遍主义者那样，对待国外的某些教条顶礼膜拜、盲目崇信。

第四篇　构建和谐社会

破解收入分配难题

——如何实现劳动报酬增长与劳动生产率提高同步

蔡 昉[*]

前面的发言人讲了社会养老产业的发展。根据中国的国情，推动养老产业发展需要有一个重要的前提，即社会的收入分配要改善。只有形成一个中等收入者占主体的橄榄型的社会结构，养老事业和养老产业才可能实现大的发展，否则的话，无论是在养老院养老也好，还是居家养老也好，都只能是在高消费层次上，而对那些仍然处在低收入水平上的群体来说，社会养老则是承受不起的。很显然，为了达到这样一种社会化的养老境界，我们应该显著改善收入分配，这就是我所要讨论的问题。

中国目前处在一个特殊的历史时期，可以用各种各样的标准来衡量，或者说来标识我们现在的发展阶段。比如，从人口转变的角度看，中国正在经历迅速加快的人口老龄化，人口红利正在丧失；从劳动力供给和需求的关系角度看，中国将迎来一个劳动力供求关系不再那么失衡，就业压力不再那么大的刘易斯转折点。

但是，如果从更宏观一点的视角看，中国正处在一个中等收入阶段。按照世界银行最新的划分，975美元以下为低收入组，976~3855美元为中等偏下收入组，3856~11905美元为中等偏上收入组，11906美元以上则为高收入组。2009年，我国人均GDP基本达到3800美元。而从地区来看，一些省市自治区已经进入到中等偏上的发展阶段，其余也全部在中等偏下的发展

---

  * 蔡昉，中国社会科学院人口与劳动经济研究所所长，研究员，学部委员。

阶段（见图 1）。2010 年预计中国的人均 GDP 达到 4000 美元，相应地会有更多省份进入中等偏上收入组的行列。

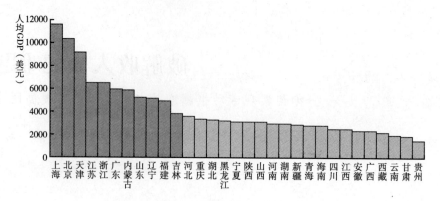

图 1　分地区人均国内生产总值（2009）

资料来源：国家统计局《中国统计年鉴 2010》。

也就是说，从平均数看或把各地区作为一个整体看，中国都处在一个中等收入阶段中。问题是，中等收入发展阶段究竟有什么特别之处呢？我们来观察各国从中等收入起步，几十年经济发展效果的差异（见图 2），其中横坐标表示 1970 年人均收入，纵坐标表明从 1970 年的水平开始，30 多年以

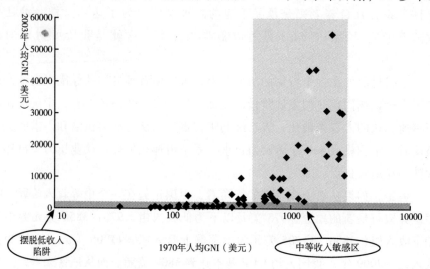

图 2　各国经济增长分化期和"中等收入陷阱"*

* 横坐标按照对数形式绘制。

资料来源：世界银行数据集。

后即 2003 年，各个国家的经济发展水平是什么样的。在图中的阴影面积中所显示的每个点，都是在 1970 年时已经进入到中等收入阶段的国家。从中可以看到，30 多年间，国家之间形成了一个巨大的分化，即有相当一批进入到高收入行列，但是，仍然有相当多的国家，处在 1 万美元以下的人均收入水平上，也就是说徘徊在中等收入的发展阶段上。正是因为这样一个大分化，许多学者认为，存在一个所谓的"中等收入陷阱"。对于一个国家来说，超越这个中等收入陷阱就要打破一种特定的均衡，所要付出的努力丝毫也不比跨越低收入陷阱或者说贫困陷阱来得更容易。中国处在这样的阶段上，所面临的挑战必然是巨大的。

有很多关于中等收入阶段或者中等收入陷阱的分析和描述，尝试回答为什么有一些国家可以超越中等收入阶段，进入高收入国家的行列，而有些国家长期陷在中等收入陷阱之中。最经常列举的例子是将东亚特别是日本和四小龙与拉美国家进行对比。前者作为成功的案例，后者则是陷入中等收入陷阱的典型，所以有时候人们也讲"拉美陷阱"。曾几何时，东亚与拉美发展的起点是差不多的，在 20 世纪 40、50 年代，两个地区的经济发展水平曾经没有太大差别，而如今，两个地区的发展差距则是十分巨大的。

我们以图 3 进行比较。白色的框图代表人均 GDP 水平，东亚的日本和韩国早已进入高收入国家的行列，与此同时，拉美的巴西和阿根廷仍然处在中等收入行列中，而且距离跨越中等收入的边缘还有相当大的距离。曾经被人们称为亚洲"明日之星"的菲律宾，目前仍然处在比较低的收入水平上，人均 GDP 只有 1639 美元。灰色的框图表示一个国家在历史上达到过的最高

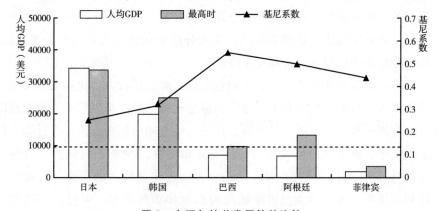

图 3 东亚与拉美发展绩效比较

资料来源：世界银行数据集。

人均收入水平，能令人感受到那种徘徊的动感。在经济学中，"陷阱"是指一种高度稳定的均衡状态，即使在某种外力暂时破坏了这种均衡的情况下，总有更强的力量把均衡状态恢复过来。巴西曾经一度将要超过 10000 美元的中等收入到高收入的边界，而阿根廷一度已经显著超过了这个边界，但最终两个国家都又回到中等收入的均衡陷阱中。

对于"中等收入陷阱"，特别是"拉美陷阱"产生的原因，学术界有很多说法，例如看其所实行的社会政策，所实行的经济发展战略，看其有没有实现经济发展方式的转变，是不是采取外向型政策，是不是有全要素生产率的提高，是否是激进的发展经济学"中心—外围"论的受害者或者新自由主义经济政策的受害者等各种各样的解释。其中人们最经常提到的就是，这些国家没有很好地解决其严重的收入分配不公平、不均等的问题。

图 3 显示的各国基尼系数中，日本和韩国是高收入国家，但是有比较低的基尼系数，也就是说收入分配是比较均等的。而拉美国家，典型的经常会达到 0.5 ~ 0.6 的高基尼系数，巴西和阿根廷就是如此，菲律宾也超过了 0.4 这个所谓的收入分配警戒线。很显然，通过各种各样的研究，可以看到各种各样的原因，但是收入分配是否得到解决，一定会影响可持续经济发展和社会稳定，进而决定能不能跨越中等收入陷阱。

中国也面临着严重的收入分配难题。我们现在需要回答的一个问题就是，为什么在国力明显增强，城乡居民收入年年大幅度提高的条件下，人们感受到的收入差距还在扩大。从微观上看，人们常常在抱怨，我的收入为什么提高的速度不够快？而基尼系数恰好是按照每一个收入单位即家庭或个人计算。反映到宏观上，就表明在国民收入分配中居民收入的份额是下降的，在初次分配中劳动报酬的份额是下降的。

学术界有各种各样的计算，人们也发现，在居民收入占比和劳动报酬占比的下降中，有部分原因是由于统计指标变化的结果。可以把这个因素排除掉，也有另一部分的原因，是来自于产业结构变动的影响。因为在过去一段发展时期中，农业占国民收入的比重下降非常快，2009 年农业产值份额已经降到只有 10.3%。同时，农业是一个劳动占比比较高的产业，因此该产业份额的迅速下降，也会产生降低劳动报酬比重的效果。但是，不管怎么说，居民收入和劳动报酬比重的确是呈现下降的趋势（见图 4），这也就意味着初次分配中，劳动相对于资本的回报没有处于有利的地位，导致宏观上居民收入比重偏低。因此，从微观上改善收入分配的这种愿望，实际上正是反映了在更为宏观的国民经济层面上，所要提高居民收入占比的要求。

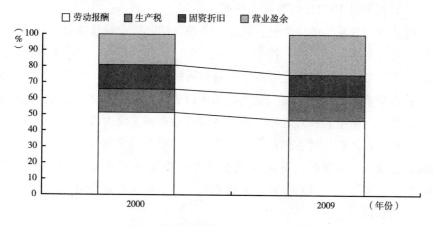

图4　劳动报酬占比下降的趋势

资料来源：国家统计局《中国统计年鉴2010》。

党的"十七大"提出了提高居民收入在国民收入中的比重和劳动报酬在初次分配中的比重，我觉得是抓住了要害，是在比较宏观的层面上抓住了收入分配问题的核心。中央关于制定"十二五"规划的建议，提出了如何实现提高两个比重，或者说至少在相当长的一段时间内要遏制两个比重继续下降趋势的手段，即提出了两个"同步"：一个是居民收入增长与经济发展同步，一个是劳动报酬增长与劳动生产率的提高同步。刚才李培林所长发言讲到，农民工工资在涨，他们在城市务工居住的整体状况在进步，但他们心理越来越不平衡，很大一部分原因是在经济增长率非常快，国家面貌变化也非常快的同时，居民和农民工感觉个人生活变化没有这个速度快，我的变化没有邻居变化快，自然会产生一种不平衡感，在心理上会有一种失落。

因此，解决社会不协调、心理不平衡的问题，解决经济高速发展中的收入分配问题，要着眼于实现两个同步。此外，改善收入分配仍然是经济可持续发展的动力。因为收入不足导致消费不足，消费不足，经济发展方式就只能过多依靠外需、依靠投资了。那么，怎样实现这两个同步呢？我们现在处在这样一个发展阶段，由于劳动力供求关系发生了根本的变化，不再是供大于求，劳动力就业压力在减轻。全国出现普通劳动者短缺现象，而且已经持续多年。从2003年到现在基本上一直存在民工荒现象，只是在遭受金融危机的几个月内（甚至不能以年来计）有一个短暂间断。持续的劳动力短缺现象，导致普通工人的工资大幅度上涨，从 2003～2009 年，农民工工资每年以 10.2% 的速度在提高。

就这两种现象，即一个是普通劳动者的短缺，一个是普通劳动者的工资上涨，这两个结合在一起，按照定义就意味着，中国迎来了刘易斯转折点（见图 5）。二元经济理论是经济学家刘易斯最早提出来的，而当二元经济呈现一种逐渐消除二元化，向一元经济加快迈进的时候，就意味着转折点的到来。到达了刘易斯转折点之后，由于普通劳动者的工资上涨快，低收入家庭的收入改善也加快，潜在创造了一个条件，即相应迎来收入分配改善的库兹涅茨转折点，也就是收入分配持续恶化的趋势到达了顶点，随后开始下降（见图 5）。但是，这只是一种潜在可能性，要达到收入分配的真正改善，并非自然而然的。

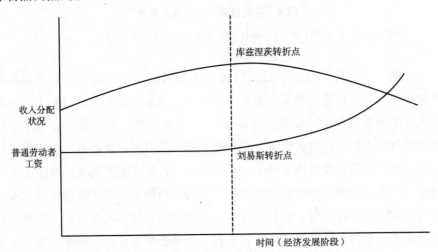

图 5　改善收入分配的有利条件但非自然而然

改善收入分配有很多手段，其中最重要的就是建立劳动力市场制度。我们需要通过建立健全劳动力市场制度提高劳动占比，改善收入分配。劳动立法、实现最低工资制度以及建立工资集体谈判制度等办法，通常叫做劳动力市场制度。随着一个国家进入后刘易斯转折时期，必然要建立这样一种制度，解决劳资纠纷，提高劳动者报酬。劳动力作为一种生产要素，与其他普通产品或其他的生产要素是不一样的，因为劳动力体现在人的身上。劳动力的价格也就是工资，在劳动力无限供给的情况下，主要是由供求关系决定的。但是，一旦超过了劳动力无限供给阶段，工资决定就应该由劳动力市场制度与劳动力供求关系共同决定。

我举个例子。日本在 1960 年到达刘易斯转折点，低收入者的收入增长速度加快，收入分配得以改善，消费率在持续下降一段时期即 10 年后开始上升。结果是日本开始转到越来越多依靠大量普通群众消费拉动经济增长的发展模式。再看韩国，1970 年韩国到达刘易斯转折点，但是 10 年以后消费水平还在下降，大概又过了七八年，才慢慢停止下降开始上升（见图 6）。

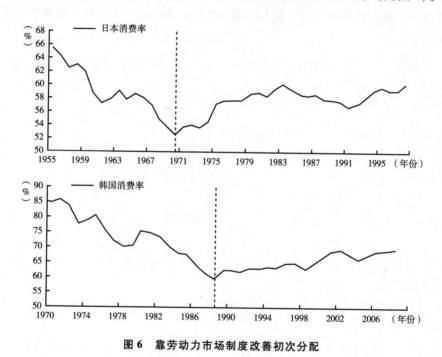

图 6　靠劳动力市场制度改善初次分配

资料来源：沈建光：《工资上涨——中国经济转型的动力》，MIZUHO，香港，2010 年 7 月 9 日。

日本和韩国在收入分配改善上的时间差究竟来自何处呢？如果看历史，我们发现，日本从 20 世纪 50 年代就开始建立劳动力市场制度，即工资集体协商制度。也就是说，工会作为工人的代表，官员作为政府的代表，还有各种商会作为企业的代表，坐在一起，穿着西服，打着领带，在会议室里面争论薪酬问题，讨论工资应该涨多少，如何实现企业和工人的利益共享。但是，在韩国 1970 年到达刘易斯转折点的时候，他们的政策还是压制工会的作用，没有一个可以在屋子里进行讨论的工资协商制度。不在屋子里谈，只好到外边去谈，工人脑袋上绑着布条在工厂罢工，到街头抗议，造成社会的不安定甚至动荡。直到 20 世纪 80 年代的后期，随着韩国改变政策，开始建立劳动力市场制度，形成有效的协调工资增涨的制度平台，劳资争议才和缓下来。

根据日本和韩国的经验和教训，我认为，初次分配还是要靠劳动力市场制度。我们不应该听信一些用理论模型为政策提建议的经济学家的说法。他们认为推动工资集体协商制度是引火烧身，经济学家要讲效率，不要增加交易费用。我们面对的是一个由人组成的社会，而不是一个由数字组成的经济学模型。

西部大开发进程中的民族问题

郝时远[*]

自 2008 年西藏拉萨"3·14"事件、2009 年新疆乌鲁木齐"7·5"事件之后，国内国外对中国民族事务的关注程度和对中国民族问题的评价非常之多。但是，这样一些恶性的事件，是不是代表了当代中国民族问题的主题？回答是否定的。

当代中国民族问题的主题，仍然是一个经济社会发展的问题。这是由中国所处的社会主义初级阶段社会基本矛盾决定的。

无论世界如何评价中国，度过新世纪第一个十年的中国，经济社会发展水平低、生产力水平不发达，仍旧是中国具有全局特征的问题。中国目前的生产力水平还不能满足各民族人民日益增长的物质文化需求，这是中国当前和今后相当长时期内必须冷静面对的社会基本矛盾。中国面对的几乎所有的社会问题，都是在这一基本矛盾作用下产生或与此相关，民族问题也不例外。因此，当代中国民族问题的主题就是少数民族及其聚居地区迫切要求加快经济社会发展与自我发展能力不足的矛盾。这一主要矛盾，决定了中国民族事务的工作主题，即各民族共同团结奋斗、共同繁荣发展。

实践这一工作主题，核心内容是"共同"，关键是"团结奋斗"，目的是"繁荣发展"。共同，既是各民族平等的内涵，也是各民族团结、互助、和谐的基本特征。在现阶段，推进西部大开发战略中形成的"共同"机制，就是国家对少数民族聚居地区的资金投入和政策扶持，东部发达地区对西部

---

* 郝时远，中国社会科学院副秘书长，社会政法学部主任，研究员，学部委员。

欠发达地区的人力、物力、财力、智力的支援，西部地区、少数民族和自治地方的自力更生。经过 10 年的共同团结奋斗，西部地区在共同发展方面取得了长足的进步。西部地区 12 省区的 GDP 总和，由 2000 年的 16655 亿元，增长到 2009 年的 66973.5 亿元，年均增长近 12%，超过全国同期经济增长水平。人均地区生产总值由 4624 元增加到 18286 元。[①] 这种高速度的增长，是在国家大力扶持、东部持续支持下实现的。

中国经济地理意义上的西部地区（12 省、区、市），占国土面积 71.5%，其中少数民族自治地方占西部地区国土面积 90% 以上。这些地区的共性特征之一就是经济社会发展水平滞后，集中反映了当代中国民族问题主题。从这个意义上说，中国实施的西部大开发就是针对这一主题展开的发展战略。

2000 年启动的西部大开发战略，已经进行了 10 年。这 10 年来，少数民族地区和整个西部地区的经济社会发展取得了长足的进步，甚至出现了包括像内蒙古自治区从 2002 年以来，持续以年均 20% 的 GDP 的增长率发展势头。但是，我们要看到，虽然已经历了 10 年的发展，可是少数民族自治地方和多民族居聚的一些西部省，与东部地区的差距仍然非常显著，下列经济社会发展指标显示了这种差距：

少数民族自治地方、多民族省经济社会发展指标比较（2008）[②]

区域经济发展水平排名：

西藏（31）、青海（30）、甘肃（28）、贵州（27）、宁夏（26）、新疆（25）、云南（24）、广西（23）四川（21）、内蒙古（19）。[③]

区域教育能力排名：

云南（31）、西藏（30）、贵州（29）、广西（28）、四川（27）、宁夏（25）、青海（23）、甘肃（22）、内蒙古（18）、新疆（15）。[④]

区域科技能力排名：

---

① 中华人民共和国统计局编《中国统计年鉴（2010）》，中国统计出版社，2010，第 19 页。
② 中国科学院可持续发展战略研究组编《2010 中国可持续发展战略报告：绿色发展与创新》，科学出版社，2010。
③ 区域经济发展水平主要由基础设施能力、经济规模、经济推动力、结构合理度四个指数构成。
④ 区域教育能力主要由教育投入、教育规模、教育成就三个指数构成。

西藏（31）、青海（29）、宁夏（28）、贵州（26）、云南（25）、新疆（24）、广西（21）、内蒙古（20）、四川（18）、甘肃（13）。①

区域管理能力排名：

西藏（31）、贵州（30）、青海（29）、新疆（28）、甘肃（27）、内蒙古（24）、宁夏（23）、四川（21）、云南（20）、广西（11）。②

可见，这些反映少数民族聚居地区经济社会发展能力的基本指标，仍旧未改变位居中国各省区中下、末端的状态。而且，这些发展指标所体现的现状，包括社会发展各项公益事业在内，都处于同类的一个水准。例如，上半年结束的全运会，我们从全国各省区等参会代表队获奖的奖牌中同样可以看出这样一个排名：

第十一届全国运动会奖牌榜排名

四川省（12）、广西壮族自治区（21）、内蒙古自治区（23）、贵州省（23）、云南省（24）、宁夏回族自治区（26）、新疆维吾尔自治区（29）、甘肃省（30）、宁夏（31）、青海（32）、西藏自治区（33）。

这些排名位置与经济社会发展的水准的排名是完全一致的。这就表明，西部地区的发展和东部地区的水平相比，还具有非常大的差距。这些排名突出地反映了我国区域经济社会发展不平衡的现状，也反映了少数民族聚居地区经济社会发展所面临的艰巨任务。

从发展的角度讲，在未来的十年，在全面建设小康社会的进程当中，西部地区的收入、贫困问题、教育问题、就业问题，包括生态移民的转产问题，医疗社会保障等问题，仍旧是非常突出的，2009 年西部地区农村居民人均纯收入 3816 元，分别低于东部 3340 元、东北 1641 元、中部 977 元。西部地区达到全国平均水平绝非易事。仍旧需要有大量的投入，乃至于激发当地的自力更生，实现发展。而以下几个问题尤为重要。

首先，在发展的进程中，作为现代化的重要标志，城镇化是大家所熟知的，但是西部地区的城镇，在吸纳劳动力、在吸纳农民和容纳流动人口，乃

---

① 区域科技能力主要由科技资源、科技产出、科技贡献三个指数构成。
② 区域管理能力主要由政府效率、经社调控、环境管理三个指数构成。

至于整个构建市场的过程当中，都是处于弱势。少数民族自治地方总人口1.84 亿，占全国总人口的 13.8%。而这些地区的城镇化水平则为地级市 31个、自治州 30 个、县级市 65 个、自治县（旗）120 个，占全国同类行政区划总数的 9.8%。① 在西部加快发展的进程中，少数民族农牧民的城镇化流动，是否有足够的城镇载体依托？现有城镇中的市场、行业、就业是否能够有效地吸纳来自农村牧区的劳动力？这都是具有挑战性的问题。

从更大范围而言，我相信目前完成的全国第六次人口普查，会向我们展现一个多民族交融的新格局，也就是中国各民族人口分布的新局面。在1990 年，只有北京市有 56 个民族成分；在 2000 年第五次人口普查，全国有 18 省区市具有 56 个民族的成分。我相信 2010 年人口普查可能展现出我国各个省区基本上都会达到 50 个以上、甚至大多数省区都有 56 个民族成份的族别人口分布特点。这表明，在经济社会发展的推动下，人口的流动、包括西部地区的人口流动正在加快，而西部地区在发展过程中，随着城镇化、工业化的进程，也必然出现农村、牧区经济社会的一种变革。在东部地区、内地省份的城市，是否做好了接纳更多的来自于边疆的各个少数民族流动人口的准备，这种准备除了就业、教育、安居等因素外，还包括了少数民族本身承载的宗教信仰、语言文化、生活习俗等。我认为，这也是面临的重要问题。

其次，在发展进程当中，不容忽视的是西部地区的生态问题。这对西部来说，对我们整个国家来说，都是非常严峻的。在环境水平方面，我们可以看到这样一个有趣的现象：

区域环境水平排名：西藏（1）、青海（3）、云南（4）、新疆（5）、甘肃（6）、四川（9）、贵州（13）、内蒙古（19）、广西（21）、宁夏（27）。②

这是少数民族聚居地区唯一排在全国首位的指标体系。但是，它的构成指数非常简单，就是排放强度和大气污染。也就是说，工业化的程度低，排放强度必然就低。

但是作为生态水平、环境抗逆水平，即生态环境的脆弱性、异变性和自

---

① 中华人民共和国统计局编《中国统计年鉴（2010）》，中国统计出版社，第 19 ~ 23 页。
② 区域环境水平主要由排放强度、大气污染两个指数构成。

我修复能力而言，数据和前面经济社会发展的数据则完全一样。

区域生态水平排名：宁夏（31）、甘肃（30）、新疆（29）、青海（28）、内蒙古（27）、四川（21）、云南（20）、西藏（16）、广西（12）、贵州（11）。[①]

区域环境抗逆水平排名：西藏（31）、新疆（25）、广西（20）、宁夏（15）、内蒙古（14）、贵州（10）、青海（9）、四川（6）、云南（3）、甘肃（2）。[②]

从 2000 年开始，我国的草原基本上属于退化型草原，荒漠化的程度也主要集中于少数民族聚居的地区。因此我们在实现新一轮的西部大开发未来十年的推进当中，环境问题和西部地区的经济社会发展问题所面对的一些事物是相当特殊的。

第三，目前我们在推动包括西藏、新疆在内的国家确定的跨越式发展和长治久安的战略。但是民族问题是一种特殊的问题，我们要实现跨越式的发展，需要探索这样一条新的道路。也就是一条因地制宜的实事求是道路或发展方式。

跨越式发展属于超常规发展，在自然条件复杂、人文环境多样、经济社会基础滞后的西部地区实施这种发展还没有成功的经验可资借鉴。我们不可能把东部的发展经验，直接搬到西部地区去，尤其是像在西藏跨越式发展，包括整个青藏高原的发展，在海拔 4000 米以上的地区实现现代化，我想这在全世界都没有先例，而中国正在探索这样的发展道路。作为发展的基本动力，离不开国家的大力扶持、东部地区的积极支援和西部地区的自力更生，这是一个三位一体、集中体现共同团结奋斗、共同繁荣发展这一主题的发展模式。在这方面，虽然东部发展的经验不能简单移植，但是东部发展过程中出现的各类社会问题则为西部地区的未来发展提供了经验。

在未来 10 年或更长远的发展进程中，市场的推动会使三位一体的发展动力在民间社会更广泛展现出来，形成社会化、民间化的共同团结奋斗、共同繁荣发展的社会发展机制。这些发展，包括国家、东部和全社会支持西部

---

① 区域生态水平主要由生态脆弱、气候变异、土壤侵蚀三个指数构成。
② 区域环境抗逆水平主要由环境治理、生态保护两个指数构成。

地区加快发展的目的，是为了提高少数民族的自我发展能力，也就是实现人的发展。现在这些地区的 GDP，并没有体现人的发展问题，区域经济的发展要体现在人的发展上，自我发展能力说到底就是西部地区、自治地方各民族人民的自我发展能力。因此，区域经济的自我发展能力，包括各民族人民的自我发展能力，是科学发展、可持续发展、以人为本发展的题中之义，也是中华民族伟大复兴的重要标志。

经济社会的发展能够为解决民族问题奠定坚实的物质基础，但并不意味着解决所有的民族问题。发展中的民族问题包括语言文化、宗教信仰、风俗习惯等复杂的因素。这些因素，正像刚才朝戈金教授所讲到的，这种文化多样性在西部地区的体现，这种人文资源在西部地区如何成为发展中的优势，如何使它成为中华民族文化的有机的组成部分，得到多样性的传承，这都是发展所面临的重大问题。在西部地区具有生物多样性的特点，而生物多样性是维护生态平衡的重要基础。西部地区也是文化多样性资源丰富的区域。生物多样性是维护生态平衡基础，文化多样性为什么不能成为构建社会和谐的基础？这是我们需要思考的问题，文化的多样性是不是一定要引起矛盾和冲突？中国共产党在构建和谐社会的决议中，提出了"尊重差异、包容多样"这样一个观念，我想这个观念是非常先进的一个观念。但是实践这个观念却是非常不容易的。

第四，2008 年西藏拉萨发生的"3·14"事件和 2009 年新疆乌鲁木齐发生的"7·5"事件，是建国以来特别是改革开放以来十分罕见的严重暴力事件。在加快西部地区经济社会发展、实施西藏、新疆跨越式发展的未来进程中，仍将面对这种国内外因素交织互动的严峻挑战。西部地区加快发展的过程，也意味着社会转型的加剧，同时也意味着各种矛盾可能会更集中地体现出来。研究东部地区 30 年发展过程中社会问题的规律性反映，发展到什么程度，会出现什么样的问题，无疑有助于对西部未来发展提供预期的经验。

10 月 19 日，青海同仁县的一些中小学生走上街头向政府请愿，针对的问题就是教育改革当中的语言使用问题，也就是说，双语教育是以母语为主作为教学工具，还是以汉语为主作为教学工具。针对这样一个问题，对中国来说，是我们在西部地区适应文化多样性所决定的社会语言环境必须要考虑的重要问题。当然，这个问题并不是一个很突出的事例，在中国并不是没有先例。前一段广州市的市民走上街头，要求维护粤语使用的权利和粤语在传媒当中比例、比重和地位。这两个问题事实上是一致的，没有什么区别。但是，这样的问题一旦出现在少数民族地区，那么就会被境外势力所利用，就会变成可以进行国际炒作的问题，而这种炒作反过来对境内产生影响，有可能使矛盾更加激化。因地制宜地制定政策、推进发展是实现长治久安的重要保障。

最后，我想强调的是，在推进西部大开发实现长治久安发展要求当中，特别是在民族事务方面，要切实践行党中央提出的问政、问需、问计于各民族人民，充分考虑各族人民的心理承受能力，探索因地制宜的发展途径的基本原则。公平正义、因地制宜就是要从实际出发，要给各族人民选择的机会，双语教育是少数民族地区教育事业发展题中议，但是要从不同地区的族别人口构成、社会语言环境、教育实现程度等具体实际出发，赋予满足各民族人民意愿的选择权利，这是推进西部地区经济社会加快发展必须考虑的特殊性。为此，我们在制定"十二五"规划包括制定西部大开发未来十年政策进程当中，最重要的是根据国家的基本政策来实战因地制宜的发展要求，而不能够搞"一刀切"，也不能够盲目地以追求区域经济 GDP 的增长而忽视或掩盖各民族人民的人的发展问题。

新生代农民工与当代劳动关系

李培林[*]

　　"新生代农民工"这个概念，是中国社科院社会学研究所一位研究员最先提出的，开始只是在学界讨论，但是今年成为全社会都关注的一个问题。之所以产生这个现象，一是因为今年中央的一号文件第一次提到"新生代农民工"，并指出新生代农民工总量在我国已经达到上亿人。与此同时今年发生了一些事件，使全社会对这个群体产生了极大的关注。上半年在富士康企业连续发生了十几起新生代农民工自杀跳楼事件，这个事件引起了学界广泛的讨论，因为大家都在探索到底是什么原因使这些青年农民工舍弃自己的生命。有的说是管理问题，因为这个企业的新生代农民工几十万人集中居住，采取一种军事化的管理方式，工人加班加点，业余生活枯燥。有的甚至指责媒体的报道起到了一种诱发模仿行为的作用。还有的认为，新生代农民工与老一代农民工相比，思想观念发生了很大变化，心理也变得脆弱。但是，我们认为这个事情还是有它深刻的背景，包括劳动关系、供求关系发生的重大变化。特别是与这个事件同时，今年以来已经连续发生了数十起企业里新生代农民工集体停工事件。

　　另外，受国际金融危机的影响，在去年的春节之前，中国还有 2000 多万农民工因为失去工作提前返乡，当时很多人预计，中国在国际金融危机之后，两三年内失业严重的情况将会一直笼罩着我们。但是今年以来，全国各地，特别是东南沿海地区，又重新出现了自 2004 年以来间歇性出现的"招

---

　　[*] 李培林，中国社会科学院社会学研究所所长，研究员，学部委员。

工难"问题。大家也在探讨，这种巨大的转变究竟是由于经济的迅速恢复，还是由于我国劳动力市场供求关系真的发生了一个较大的变化？

新生代农民工的概念在中国主要指 1980 年以后出生的新一代农民工，与国外讨论的"第二代移民"是不同的。"第二代移民"的概念一般指他们的父亲已经作为移民迁移了，他们和父辈有血缘的关系。新生代农民工有一部分人父辈是农民工，多数人的父辈还是农民。但是这一代人有几个不同于老一代农民工的特征：一是他们出生在中国改革发展的时代，这个时期中国经济快速上升，他们没有经历他们父辈那样的生活坎坷，他们对未来充满着高度的期望；二是他们生活在一个全球化开放的时代，他们对外部世界的了解远远地高于父辈；三是他们多数生活在小家庭，更受父母的宠爱，农村家庭的平均人口也在减少；四是他们很多人没有农耕的经验，他们不愿意再返回农村生活，他们希望过城市的新生活，但实现这种期望在现实中遇到各种障碍。

新生代农民工将逐渐成为我国劳动力大军的主力。如果说在过去 30 年中，中国经济高速增长主要依靠劳动力的比较优势，也就是说在资本、技术、劳动力这三个要素当中，我们还是主要依靠劳动力的无限供给和低成本推动了经济的持续快速增长，那么未来 20 年新生代农民工恐怕仍然是推动经济快速增长的主要因素。

我们把从业人员的年龄段与职业群体做了一个交互分析，发现干部、管理者、企业主、专业技术人员等职业群体在不同的年龄段里的分布，占的比重都没有太大的变化，唯有两个职业群体在不同的年龄段的分布中变化非常大，一个是农民，一个是工人。农民现在是明显成为一个老年人的职业，所以在 1938~1956 年出生的全国从业人员当中，这个年龄段的农民占 57%。而在年轻一代，也就是 1977~1991 年出生的人群当中，农民只占 25%。但是作为工人群体，越是年轻的人群里面占的比重越高。所以农民的老化和工人的年轻化是职业分层里主要的特征。

到底新生代农民工和老一代农民工相比发生了什么变化？有的人很形象地说，现在拉着拉杆箱进城的农民工，已经完全不同于当年扛着蛇皮袋进城的农民工。从客观指标来看，他们的平均年龄更加年轻是最明显的特征，更主要的是他们平均受教育年限比老一代要高很多，平均工资水平也要高一些。在一些主观指标方面，比如说社会政治态度，调查结果表明，他们对未来生活的期望、民主和维权的意识，以及他们对于到底是留在城市里还是回到农村去的选择方面，都和老一代农民工产生了非常大的差异。

到底是什么影响着农民工的行为选择和社会态度？在分析模型当中，首先，收入是一个重要影响因素，收入对人们的态度和行为选择有很重要的影响。但新生代农民工的收入，本身主要受两个因素的影响，一个是代际差异，一个是经济社会地位。最近几年，劳动力市场正在发生显著的变化，我国劳动力市场过去是分割的，分为白领市场和蓝领市场，如果说白领市场是大学生竞争的市场，蓝领市场是农民工竞争的市场，过去他们之间的工资差异有 1500～2000 元，但是近年来这两个群体的差异在迅速接近。现在农民工的月平均工资在 1500～1600 元，但是大学生初入职的月平均工资下降到 2000 多块钱，两个劳动力市场的工资在接近。单纯用收入本身的因素，很难解释新生代农民工现在的行为取向和社会态度。

另外一个影响新生代农民工行为和态度的因素，就是经济社会地位。新生代农民工对自身期望和评价比老一代农民工高很多，他们认为自己属于社会中层的比例要比老一代农民工高很多。但是他们所处的客观位置并没有太大的变化，他们仍然是在城市当中处在社会底层，这种较高的期望和较低的经济社会地位在心理上发生了冲突。而且我们发现一个很重要的中间变量，就是生活压力。收入对社会态度和行为选择决定性的影响是通过生活压力这个中介变量才能够实现的。而从新生代农民工的生活压力来看，主要的并不是来自于收入的状况，而是来自于他们能否实现他们在城市里生活的希望。面对高房价以及在子女教育、医疗、社会保障等等方面的制度性障碍，新生代农民工即使在城市里工作了若干年，仍然难以融入城市社会。

实际上，新生代农民工出现的问题，与中国劳动力市场供求关系正在发生非常大的变化是紧密相关的。劳动力市场的变化又和人口结构变化紧密相连。改革开放几十年，正好赶上劳动力年龄人口比例增加、整个社会负担系数（老年负担系数＋少儿负担系数）下降的时期，改革开放是遇到了一个好时候。但是，按照现在基于假定前提（比如说妇女总和生育率、自然增长率）的预测，到 2020 年，也就是中国要实现全面建设小康社会目标的那一年，劳动年龄人口年增量将转为负增长，而老年人口的比例将大大增加。理论上讲，中国还有很多的农村劳动力需要转移出来。按照 18 亿亩耕地计算，中国大概需要 1 亿多农民耕作这些土地。理论上现在还有 3 亿多农村劳动力，也就是说还有 2 亿多人可以转移出来。企业里面招工需要的人员多在 17～25 岁这个年龄段，虽然有大量农民，由于农民的老龄化，这些人理论上可以转移出来，实际上转移出来的可能性很小。也就是说，劳动力市场有个匹配问题，并非一切都是由劳动力总量供求关系决定。

中国以后可能会遇到的情况是，在农村还有大量富余劳动力存在的同时，城市里面又出现了比较严重的招工难，或者说在存在较高失业率的同时，会出现结构性的劳动力短缺。这种短缺会增加新生代农民工的工资谈判地位以及他们对自己权力维护的渴望，劳动关系的冲突也可能会有所加剧。现在来看，一个重要的转折时期将在大约十年期间到来，一个是劳动年龄人口的增量要转到负数，一个是老年人口的比重会较快地进入上升的渠道。在"十三五"的初期会产生这样一个变化，我们必须为那个时期做好准备。

关于新生代农民工的研究，主要的政策含义有几条非常关键。第一，要尽快实行大规模的劳动力培训。现在很多人认为改善农民工的情况就是要提高最低工资水平的标准，但是最低工资水平标准有时候和失业是此起彼伏的关系。当工资水平被人为地定得很高，那些微利的企业就会减少劳动力的使用。现在劳动力短缺主要是由于供求关系不匹配，产业结构升级，很多技术性的产业农民工干不了，很多我们需要的技术工种还招不到人，这是一个很大的矛盾。所以，对农民工的培训会增加我们整个劳动力的素质，这对我国进一步发挥劳动力比较优势有巨大的作用。说到底，经济的增长还是要靠平均劳动率的提高。第二，加快消除那些阻碍农民工融入城市的制度性障碍，要把新生代农民工转化成新的市民纳入城市发展规划。这就要进行社会体制改革，包括就业、医疗、社会保障、住房制度等等。现在不用说农民工了，就是大学生在城市工作想买得起房都非常困难。城市化不是"土地城市化"，不能只有地铁、高铁、高架桥的设计，要有人的城市化的制度设计。第三，关于罢工规范化和法制化，要建立起一个集体谈判的机制。广东省现在正在筹备制定关于农民工集体停工的规范或者立法，到现在国家还没有这方面的法律。要认识到，这个过程是必然经历的，要把它纳入一个法制过程，要让企业的农民工、老板各得其所，要通过集体协商建立一种和谐的劳动关系。

寿险公司投资养老社区

段国圣[*]

我想从养老社区谈谈养老产业。大家都知道，中国很快将进入老龄化社会，2007 年，全国老龄委发表的结论是本世纪中国将不可逆转地进入老龄化社会。根据现在的统计，到 2007 年底，中国拥有 60 岁以上的老年人 1.67 亿，北京是 350 万，上海是 300 万。并且以每年 600 万的速度增长，大概到 2050 年，中国老龄化人口将超过 4 亿，达到当时人口的 25%。老龄人口的结构，从橄榄型很快转变成倒金字塔的形状，这对中国社会和经济提出了严峻的挑战。首先是中国当前养老床位供应非常短缺，不能符合日益增长的需求。现在中国所有的养老床位是 150 万张，65 岁以上的人口大概是 1 亿，养老床位占 65 岁以上人口的比例是 1.5%，远远低于国际水平。目前，中国由于长期推行计划生育政策，很快就会出现的家庭结构是一对夫妻抚养 4 位老人，并且还要抚养 1～2 个小孩，居家养老已经非常困难了，一对夫妇如果既要照顾小孩，又要照顾老人的话，很难兼顾工作，这同时会影响社会经济发展。

我们来看看美国的社会养老的状况。在国际上统计 65 岁以上是老龄人口，到今年美国大概有 4000 万的老人。20 世纪 80 年代以前，美国的养老主要有两种类型，一种是所谓的养老院，另外一种是护理院，这两个机构主要由政府和宗教机构承办，并且闹出了很多的丑闻。到 20 世纪 80 年代，美国出现了伊顿的改革运动。自从伊顿改革以后，特别是近十年来，美国养老

---

* 段国圣，中国社会科学院金融研究所博士后。

主要是向社区化、多功能和大规模的养老社区的方向发展，逐步取代养老院。养老社区和传统的养老院有本质的区别。养老社区可以说基本上把老人的家搬到养老社区去，老年人被分成若干个等级，与幼儿园、小学、中学一样。首先是刚刚退休的老人，这一部分人在美国的很多地方有大规模的养老社区；其次是一般70岁到80岁的老人是独立生活的老人；第三个等级是协助生活，这些老年人有一定的困难，需要护理人员协助他们吃饭或者洗澡等等；最高级别就是需要完全护理的老人和痴呆老人。在美国有一个统计，平均进入老年社区的老人是81岁，进去以后平均存活11年，抬到养老社区去的老人平均存活期是27个月，一般来说，养老社区比居家养老对老年人的寿命提高了大概5~8年。养老社区里面主要针对退休老人、独立生活的老人以及协助生活的老人，这部分完全是居家的，子女可以在周末到他的养老社区里面去居住，当然对于完全需要护理或者痴呆的一类老人，生活区比较小，大房子对他没有太多的意义。

以前主要是宗教组织或者政府来办养老机构，最近几年，以私营机构为主体的养老社区开始出现。美国以大规模集中养老社区计算，大概有550万个单元，就是住房，占全部老年人口住房的6.7%。当时我算了一下，认为不可能，因为大概美国每个单元市场价格最多20万，以这个市值计算的话超过1万亿美元，并且平均每个单元收入是一年4万美元，这块产业达到了2000多亿美元。当前美国养老社区每年建设住宅的单元数量大概是4万套，新增的需求量86000套，仍然处于供不应求的状态。我曾经到旧金山市去了解纯粹华人社区的养老社区，他们的社区很小，但是很多华人在排队等养老社区里面有人把房子退出来，一般说来退出来就是有人死去以后，才能有人进去。

美国有800多家健康护理类的上市公司，仅前10大上市公司的市值达到9000亿美元，这些上市公司年收入超过3400亿美元，年总利润超过700亿美元。并且这些年，美国的医疗保健产业规模巨大，增长迅速，大家可以看到一些数据，相当部分是退休的老人占据的，这里医疗健康产业平均的复合增长率高达9%，比全球经济增长高得多。到2050年医疗健康产业支出将达到GDP的20%以上，2008年美国医疗保健产业占美国GDP的16%，2016年将达到20%，大大高于中国的5%。美国人均医疗保健支出是5000美元，但是65岁以上的退休人士的医疗保健支出是人均支出的2倍，是1万美元，85岁以上的老人的医疗保健支出是平均值的5倍，为2.5万美元。

所以大家算一下，在医疗健康产业里面，很大一部分是退休老人所占据的，因为数量比较高。护理市场的规模也达到千亿美元。养老护理或者家庭医疗保健在过去增长的速度也非常快，但是在美国调查发现，所有的养老社区没有一家公司占据非常垄断的地位，再大的公司也就占有不超过 3%，通常是 1%～2%。

我们来看看中国的情况，未来 5～10 年，中国养老社区产业被定义为一个黄金增长时期，随着中国经济的崛起，社会保障体系的完善，医疗技术的发展和寿命的延长，消费观念的改变，也会使得养老社区成为老年人一个理想的退休选择。

前一段时间有调查机构特别对大中城市老年人作了一些调查，发现如果老年人开心，我们完全可以颠覆中国传统的居家养老或者儿子抚养父母的一种模式，养老社区居住的老年人口有可能从 5% 提高到 15%，这种可能性是存在的。养老社区产业非常巨大，现代社会，子女教育从零岁一直到大学甚至读博士都需要父母支持，这个产业链条比较长，大概是 20 年。同样老年产业链也非常大，当一个女同志 55 岁退休了，如果她活到 90 多岁，有几十年的长链条带动养老产业。从上游来说，可以带动医疗保险、护理保险等等，也可以带动养老医学护理服务、老年科技等等很多的相关产业。并且，养老社区对地方有很强的社会效益和经济效益，不同于一般的房地产开发。房地产开发是一次性的，卖出去就完了，养老社区可以为地方创造长期的、稳定的营业税、房地产税和所得税，并且对 GDP 的拉动速度比较快。养老社区对上游产业或者下游产业拉动系数可以达到 4.6%，高于农业的 2.99%、金融业的 2.19% 和房地产业的 3.47%。以北京为例，如果投资 1000 万到养老社区，大概可以吸引 25 个常住人口，吸引 10 个就业岗位。假如 10 年以后，中国有 10% 的老人住进养老社区，这块产值至少可以达到 2 万亿人民币，并且每年的管理费收入能够达到 800 亿人民币，同时可以提供几千万个就业岗位。在养老社区里面，老人与服务人员的比例差不多为一比一，所以社会效益非常大，能够促进服务产业升级，促进民生、解决养老床位的问题，也能够提升地区的形象。

保险公司特别是寿险公司是很好的养老社区的投资者。投资养老社区，对于很多机构，比如房地产公司，不一定很适应，因为寿险公司有长期稳定的资金，可以建设养老社区，并且长期持有经营。一般客户 70 岁以上，收费有两块，第一是入门费，当这个人死掉的时候，或者退出来的时候，就把入门费退还给他；第二是月费，每个月交管理费，当然如果需要特别的护理，要的钱就更多。通过入门费收回总成本的70%，稳定的运营费是10%左右，一般来说10年左右可以收回成本，因为投资期有好几年，一般商业机构经营这个产业比较困难。回收期比较长，主要赚取长期的营运收入和资产的升值。保险公司前期有现金投入，有客户进来以后，收取建设成本的60%～70%作为入门费，剩下的自己垫付一部分资金，然后每年增长营运费，大概是这样一个模式。从现金流来说，当人比较多的时候，就是一个稳定的现金流的模式。

保险公司可以事先发一些产品，包括长期护理险和个人保险，在年轻的时候交一笔保险，退休的时候刚好把这笔钱直接划到养老社区去，这块对个人来说也是很好的。基本养老社区第一是核心的需求，主要是健康和饮食服务。第二是增值的需求，包括文化健身、物业居家，还有一些提升价值，涉及金融理财情况。

养老产业面临挑战，如果做好的话，就是一个很好的产业，并且代表二十一世纪的人文关怀，是一个朝阳产业。

中国特色社会主义理论体系与解决民族问题的基本制度

郝时远[*]

胡锦涛总书记在党的"十七大"报告中深刻指出:"在当代中国,坚持中国特色社会主义理论体系,就是真正坚持马克思主义。"这一庄严的宣誓,不仅表明中国改革开放以来的伟大实践已经在指导思想上达到了一个新境界,而且表明了马克思主义在当代世界依然是推动社会主义运动的强大思想武器。

自《共产党宣言》发表以来,马克思主义关于全世界无产阶级联合起来、全世界被压迫民族联合起来,实现全人类解放的思想,为人类社会19~20世纪之交带来了巨大的希望,而"社会主义掌握了这种希望,并对其注入活力"。[①] 在世界范围,无产阶级革命曾展现了风起云涌的波澜壮阔,社会主义建设也展现了交相辉映的伟大成就,成为与资本主义世界竞争、抗衡的最强大力量。在这一进程中,社会主义的实践虽然经历了潮起潮落的曲折,甚至在一些国家和地区出现了放弃马克思主义理论和社会主义道路的逆转,但是马克思主义的科学光芒依然是昭示世人走向未来的明灯。

曾几何时,冷战结束之际,随着前苏联和东欧地区的政治演变,西方资本主义世界以"共产主义大失败"为代表的舆论一度纷至踏来、不胫而走。同时,西方世界提出了种种试图重新解释世界的理论——"历史终结论"、"文明冲突论"等,试图取代马克思主义对人类社会客观发展规律的阐释和

---

* 郝时远,中国社会科学院副秘书长,社会政法学部主任,研究员,学部委员。
① 〔法〕埃德加·莫林、安娜·布里吉特·凯恩:《地球祖国》,马胜利译,三联书店,1997,第8页。

影响。然而，正如一些西方学者冷静地意识到——"自马克思主义陷入低潮后，任何政治思想都未能提出复杂的思维和远大的目标"。同时，鉴于前苏联等社会主义运动的实践，他们也认识到："如果人们强调社会主义的目标是消灭人剥削人的现象，那么这一目标应该重新树立，而不应该停留在空洞的许诺上。"① 而这一点，恰恰是中国特色社会主义理论体系的基本着眼点：科学解读什么是社会主义和如何建设社会主义，通过改革开放实现各民族人民共同富裕，实现中华民族的伟大复兴。这正是避免社会主义制度优越性成为"空洞的许诺"的重新树立。

实践证明，在世界范围的社会主义运动中，教条主义地、脱离国情实际地理解和运用马克思主义，导致了社会主义建设事业的挫折和失败。而坚持把马克思主义与本国国情相结合、与时代发展同进步、与人民群众共命运，则取得了社会主义建设事业举世瞩目的伟大成就，从而使马克思主义焕发出强大的生命力、创造力和感召力，中国特色社会主义理论体系及其实践就是这方面的代表。其中，马克思主义民族理论在中国的丰富和发展即是中国特色社会主义理论体系的有机组成部分。这方面的理论成就，在毛泽东思想、邓小平理论、"三个代表"重要思想和科学发展观中体现了承前启后的继承和与时俱进的发展。

2005 年，以胡锦涛为总书记的党中央做出了《中共中央、国务院关于进一步加强民族工作，加快少数民族和民族地区经济社会发展的决定》，对中国特色社会主义的民族理论与基本政策从 12 个方面进行了新的概括和阐释，其中包括了我们党和国家在解决民族问题方面历来强调的重大基本原则——坚持和完善民族区域自治制度。中国实行民族区域自治制度是以马克思主义民族理论为指导、从中国统一的多民族国家的国情实际出发作出的选择。坚持这项基本制度，是因为它的实践维护了国家统一、民族团结的大局，保障了少数民族、自治地方各民族人民的平等权利和根本利益；完善这项基本制度，是因为它作为中国特色社会主义制度的组成部分，需要在改革开放的实践中不断自我完善。

一　民族区域自治制度符合中国的国情

在世界范围，联邦制、民族区域自治、民族自治是多民族国家协调民族

---

① 〔法〕埃德加·莫林、安娜·布里吉特·凯恩：《地球祖国》，马胜利译，三联书店，第96、111 页。

关系、解决民族问题通行的一些制度模式。当然，有的国家还存在其他体制，如美国的印第安人保留地、加拿大魁北克"国中之国"的高度自治等。在多民族国家实行哪一种具有分权、自治特点的制度最有利于国家统一和社会和谐？这没有现成的答案。但是，中国选择民族区域自治而不是其他制度，则是立足本国历史与现实国情的结果。

中国是一个统一的多民族国家，这是最基本的国情之一。中国在历史上就是一个统一的多民族国家，中国各民族都是统一的多民族国家的缔造者、建设者。理解这一命题需要把握三个关键词，即"天下统一"、"因俗而治"、"和而不同"。这是中国古代思想中十分重要的几个观念。

所谓"天下统一"，这是中国封建王朝始终追求的政治目标，边疆少数民族入主中原建立的王朝也是如此。在中国统一的多民族国家形成和发展的历史进程中出现过四个阶段性的大统一，即秦汉统一、隋唐统一、元朝统一、清朝统一。其中，元朝、清朝作为中国历史地理意义上最大范围的统一王朝，是分别由蒙古族、满族入主中原建立的。吐蕃地区在元朝纳入国家行政区划治理，台湾地区在清朝实行省治。这两个朝代为奠定中国版图的历史基础，为稳定中国多民族的社会结构，为密切中国各个地区之间、各个民族之间的交流与合作做出了重要贡献。历史表明，中国在"华夏"中心与"四夷"边缘的互动关系中，从来没有封疆裂土的保守和分离。统一是中国历史的大趋势，国家统一对中国各民族人民来说，是根深蒂固的历史意识，也是不可变更的现实心理。

所谓"因俗而治"，是指中央王朝在治理不同地区、不同民族的事务时，从当地的实际出发，遵循当地社会文化传统、实行因地制宜的治理。这就是先秦时期形成的民族观："修其教不易其俗，齐其政不易其宜"[1]。就是说，以中原文化之礼仪观念教化四方，需随其风俗习惯；以中原文化之政令法律统一四方，需因地制宜。这种观念正是中国古代哲学思想中"和而不同"观念在族际关系方面的集中体现。这种"因俗而治"的实践，在历史上十分普遍。

所谓"和而不同"，是中国古代极富哲理的为人、处世、治世之道。"和"代表了统一性、一致性，而"不同"则是差异性、多样性。"和"对"不同"的尊重与包容，"不同"对"和"的认同和维护，这就是统一与多

---

① 《礼记·王制》，《十三经注疏》。

样的共生关系。中国形成统一的多民族国家的历史过程，就在于形成了"天下统一"的共识，实行了"因俗而治"的政策，达到了"和而不同"的结果。这样的历史国情，在世界范围可以说是绝无仅有。

近代的中国，蒙受了帝国主义列强的侵略、殖民、掠夺和欺辱。1911年，孙中山领导的辛亥革命，结束了中国两千余年的封建王朝，中国走上了构建现代民族国家的道路。但是，如何在一个多民族结构的历史王朝国家基础上建立现代民族国家，是摆在中国仁人志士面前的重大课题。孙中山探索的革命、建国之路，经历了从反清排满到"五族共和"的联邦制构想，以致中国有中华民族与少数民族之分、"中国本部"与"藩部"之别。这种包含效仿苏联联邦制的建国理念，当然不符合中国的国情。何况当时的中国边疆地区，基本都处于帝国主义染指、肢解、侵略的危机状态下，实行联邦建国也就意味着国家分裂。在这种形势下，中国共产党人把握住了中国的国情，毛泽东指出"十分之九以上为汉人。此外，还有蒙人、回人、藏人、维吾尔人、苗人、彝人、壮人、仲家人、朝鲜人等，共有数十种少数民族，虽然文化发展的程度不同，但是都已有长久的历史。中国是一个由多数民族结合而成的拥有广大人口的国家。"① 这一符合中国历史国情的阐释，确立了"中国是一个多民族的国家，中华民族是代表中国境内各民族之总称"的现代民族观。② 中华民族（Chinese Nation）由此成为中国的国家民族（state nation）概念。③

中华民族概念的厘清，统一的多民族国家观念的奠定，中国共产党开始探索在统一国家内部实施民族区域自治的道路。这一探索，以 1947 年内蒙古自治区人民政府成立为标志，确立了中国的民族区域自治制度。民族区域自治，是在国家集中统一的权力结构中，在少数民族聚居地区实行民族因素

---

① 毛泽东：《中国革命和中国共产党》，《毛泽东选集》第二卷，人民出版社，1991，第 622 页。

② 《抗日战士政治课本》，中央统战部编《民族问题文献汇编》，中央党校出版社，1991，第 808 页。

③ "民族"这种共同体现象由来已久，历经流变，在当今时代主要表现为四种类型。一是建构性的国家民族（nation），二是原生性的民族（ethnos/nationality），三是原住民（indigenous people/aborigine），四是离散型（diaspora）、移民性的族裔群体（ethnic group）。无论哪一种类型，都依托于国家、生存于社会并发生着相互之间的关系。这些共同体承载着不同的历史记忆，且具有聚居地、语言、文化、信仰、习俗等方面的特性，相互之间的人文差异构成了产生民族问题的自然因素；同时，由于这些共同体在经济生活方面的社会基础、发展程度不同，相互之间的发展差距构成了产生民族问题的社会因素。

与区域因素相结合的自治制度。这项制度符合中国的历史国情，就在于它体现了中国"天下统一"、"因俗而治"、"和而不同"的传统政治智慧；这项制度符合中国的现实国情，就在于它有力地维护了国家统一、领土完整的原则和有效地保障了民族平等、共同发展的权利。

二　民族区域自治是我国的制度优势

中国解决民族问题的制度安排是民族区域自治制度，这是中国基本政治制度之一，是中国特色社会主义制度的有机组成部分。我国的《宪法》规定："中华人民共和国各民族一律平等"。"各少数民族聚居的地方实行区域自治，设立自治机关，行使自治权。各民族自治地方都是中华人民共和国不可分离的部分"。依据宪法制定的基本法——《中华人民共和国民族区域自治法》明确规定："中华人民共和国是全国各族人民共同缔造的统一的多民族国家。民族区域自治是中国共产党运用马克思列宁主义解决我国民族问题的基本政策，是国家的一项基本政治制度"。自 1947 年内蒙古自治区成立以来，我国的民族区域自治制度已经历了 63 年的实践，在保障少数民族平等权利、维护国家统一、巩固民族团结、实现各民族共同繁荣发展方面发挥了重要作用。实践证明："这是我们社会制度的优势，不能放弃。"[1]

中国民族区域自治地方的建立，遵循了国家统一的行政区划，与全国的省、市、县一致。即根据当地少数民族人口的规模设立自治区、自治州和自治县（旗）。由于中国各个民族几千年来的互动交流，各民族的分布也呈现出分散、杂处的格局，同一个少数民族分布在不同的地区、不同的少数民族聚居于一个地区，总体上又都与汉族居住在一起，这就使自治地方的设立形成了多样性。在自治区、自治州范围内也有一些聚居性少数民族，可以设立自治县（旗），或者在一定的行政区域内由两个以上的少数民族共同成立一个自治州、自治县，在中部、东部汉族聚居的省份成立少数民族的自治州、自治县，以及在少数民族人口聚居规模更小的地域单元设立了数以千计的民族乡（镇）。从 1947 年建立内蒙古自治区以来，中国的民族区域自治制度

---

[1]　邓小平：《我们干的事业是全新的事业》，《邓小平文选》第三卷，人民出版社，1993，第257 页。

形成了以 5 个自治区、30 个自治州、120 个自治县（旗）为行政区划的少数民族自治地方。中国不同行政层级的 155 个民族自治地方，占国土面积的 64%，在全国范围内具有分布广泛的特点。

中国在全国统一行政区划内设立不同层级的自治地方，目的就是通过国家制度和法律来保障少数民族的平等权利。1984 年颁布的《中华人民共和国民族区域自治法》，对这项制度及其民族自治地方的权利与义务做出了法律规范。也就是将这一制度实施以来的经验、政策进行总结，结合中国改革开放的发展要求，从国家基本法的高度为民族区域自治制度的发展、完善提供了法律保障。根据民族区域自治法的规定，自治地方享有多方面的自主权，如政府首脑必须由实行区域自治的少数民族公民担任，自治地方的公务活动通用实行区域自治的少数民族语言，保障少数民族公民使用本民族语言文字进行诉讼的权利，根据本地区的实际制定经济、文化和社会事业的发展计划和政策，对不适合当地实际情况的国家政策和规定可以变通执行或停止执行，等等；同时，这项法律也对中央政府部门做出了规定，即在民族区域自治地方的经济、文化等社会各项事业发展方面，提供资金、技术、人力等支持和保障，在制定政策方面充分考虑民族区域自治地方的特殊情况，采取各种措施推进民族区域自治地方的发展，等等。总之，这项法律集中体现了对少数民族平等权利的维护和保障，全面反映了中国各民族共同发展、共同繁荣的路径与目标。

对中国来说，少数民族这一概念，就是指相对于人口众多的汉族而言的各个民族。少数民族的共同特征，不仅在人口方面显著少于汉族，而且他们的聚居地区主要在陆路边疆地区，这些地区由于自然地理、历史文化等特点，普遍存在着经济、文化和社会生活等多方面的发展落差，基本上属于中国经济社会的欠发达地区。所以，在这些地区实行民族区域自治制度的根本任务，就是通过国家法律、制度、政策的保障，实现各民族一律平等，尤其是保证少数民族在经济、文化和社会生活等方面的平等发展权利。

中国是由包括汉族在内的 56 个民族（56 nationalities）组成的统一的多民族国家，中华民族是由 56 个平等成员组成的大家庭。这里所说的"平等成员"就是指各民族不论人口多少、经济社会发展水平如何，一律平等。也就是说，人口规模达到 12 亿的汉族，与人口上千万、逾百万、数十万、几万和仅有几千人的少数民族，都同样享有法律所保障的一切平等权利。他

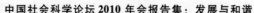
们虽然在身份证上标注了各自的族别名称，但是他们持有的国家"名片"——护照——只有一个共同的身份：作为中华民族成员的中国人（Chinese）。虽然在世界各国的《宪法》中都规定了包括民族平等在内的人人平等原则，但是以专门法律、制度规范对不论人口多少、经济社会发展水平如何的少数民族，通过不同行政层级赋予民族区域自治的权利，却并不多见。

曾几何时，前苏联解体、东欧剧变掀起了世界范围的民族主义浪潮，前苏东地区在政治演变中激发了社会的各种矛盾，其中民族冲突引发的社会动荡尤为显著，甚至导致南斯拉夫式的残酷战争，最终造成了苏联、南斯拉夫、捷克斯洛伐克等前社会主义国家的裂变。在这种形势下，西方世界一度弹冠相庆，声称"民族主义战胜了共产主义"，"历史终结"于资本主义，甚至预言所有的多民族社会主义国家都将步苏联的后尘。然而，这种具有"多米诺骨牌"效应的"坍塌"，在中国的大门前却嘎然而止。西方人作出这种判断的基本着眼点，是认为中国的社会主义及其所实行的民族区域自治制度都属于"苏联模式"。但是，他们忽视了中国共产党始终坚持把马克思主义的基本原理与本国的具体实际相结合的原则，他们忽视了中国探索符合国情实际的社会主义道路的伟大实践。

民族区域自治是马克思主义经典作家倡导的一种解决民族问题的制度形式。他们认为，在统一的社会主义多民族国家中，"我们要求国内各民族绝对平等，并要求无条件地保护一切少数民族的权利。我们要求广泛的自治并实行区域自治，自治区域也应当根据民族特征来划分。"① 一个民主国家必须承认各区域的自治权，特别是居民的民族成分复杂的省和州的自治权。这种自治同民主的中央集中制一点也不矛盾。相反，一个民族成分复杂的大国只有通过区域自治才能够实现真正的民主的中央集中制。因此，"不彻底实行最广泛的地方自治和区域自治，不坚决贯彻必须根据多数居民的意志去解决一切国家问题的原则（即彻底的民主主义的原则），就不能保护所有人免受民族压迫。"② 所以，"区域自治是解决民族问题的一个必要条件。"③ 同

---

① 列宁：《向拉脱维亚边疆区社会民主党第四次代表大会提出的纲领草案》，《列宁全集》第 23 卷，人民出版社，1990，第 215 页。

② 列宁：《尼孔主教是怎样维护乌克兰人的?》，《列宁全集》第 24 卷，人民出版社，1990，第 10 页。

③ 斯大林：《马克思主义与民族问题》，《斯大林选集》（上），人民出版社，1979，第 114 页。

时，民族区域自治也是统一的多民族国家政治民主的必要条件。这些思想，无疑对中国实行民族区域自治制度具有指导意义，但是中国的民族区域自治制度并没有照搬苏联以联邦制为主体的模式，而是坚持从中国的实际出发构建、实践这一制度。更重要的是，中国的民族区域自治制度和民族政策体系始终坚持马克思主义的立场、观点和方法，并结合中国的实践丰富和发展马克思主义。而苏联解决民族问题的失败，恰恰是在包括解决民族问题在内的社会主义实践中违背甚至背弃了马克思主义基本原理的结果。因此，不能因为苏联联邦制的失败来比附中国民族区域自治制度的实践，更不能用背弃了马克思主义的实践来检验马克思主义理论本身。实践是检验真理的标准，违背真理的实践当然不能作为检验真理的标准。把苏联建设社会主义的实践错误（包括解决民族问题的错误）作为否定马克思主义民族理论的口实，至少是对苏联存在的问题缺乏认识的结果。苏联超越社会发展阶段地人为激进推进解决民族问题的进程，导致了对民族问题长期性、复杂性的忽略，也导致了对民族问题关系国家根本利益的重要性的忽视。在反省苏联解决民族问题失败的教训方面，雷日科夫的一段话值得深思："过去时代遗留的东西，以及屡屡未能克服的不顾客观情况超前行动的愿望，都对事业造成了根本的伤害。比方说，认为我国民族问题已经完全解决，在这种背景下对民族发展和民族间的相互关系实际过程的研究，就常常被简单的口号代替。"①

当然，确立一种制度、制定一个法律，并不意味着制度的优越性、法律的保障性就能够得到充分发挥。观察中国的事务，需要动态眼光。作为一个发展中国家，中国的社会制度、中国的民族区域自治制度、包括中国的人权实现程度，都处于一个不断发展完善的过程。世界上没有哪一种先进理念、制度模式一经提出或建立，就能够充分体现其优越性。发表或签署《人权宣言》，并不意味就实现了宣言的目标，而是表达了向实现这一目标努力的信念。因此，虽然在不同的国家，平等、自由、人权这些理念的实现程度并不相同，但是当今世界还没有哪一个国家可以宣称已经实现了完全的平等或充分的人权。中国的民族区域自治制度符合中国的基本国情，也取得了实践成就，但也需要不断发展和完善。

---

① 〔俄〕伊·雷日科夫：《大国悲剧——苏联解体的前因后果》，徐昌翰等译，新华出版社，2008，第36页。

三　坚持和完善民族区域自治制度

民族问题具有长期性、复杂性等特点，与各种社会问题相交织。因此，马克思主义经典作家认为："民族问题不能认为是什么独立自在的、一成不变的问题。民族问题只是改造现存制度总问题的一部分，它完全是由社会环境的条件、国家政权的性质并且总的说来是由社会发展的全部进程决定的。"① 对当代中国来说，民族问题的主题是少数民族和民族自治地方迫切要求发展与自我发展能力不足的矛盾。这一矛盾是由我国社会至少是在社会主义初级阶段的基本矛盾所决定的。它集中体现了人民日益增长的物质文化需求与社会生产不足的矛盾。因此，针对这一民族问题的主要矛盾，我们党确定了民族工作的主题——各民族共同团结奋斗、共同繁荣发展。实践这一工作主题，核心内容是"共同"，关键是"团结奋斗"，目的是"繁荣发展"。共同，既是各民族平等的内涵，也是各民族团结、互助、和谐的基本特征。在现阶段，推进西部大开发战略中形成的"共同"机制，就是国家对少数民族聚居地区的资金投入和政策扶持，东部发达地区对西部欠发达地区的人力、物力、财力、智力的支援，西部地区、少数民族和自治地方的自力更生。实现这种"共同"的制度保障就是民族区域自治。

马克思主义经典作家指出，"以具体历史条件为出发点，把辨证地提出问题当作唯一正确的提问题的方法——这就是解决民族问题的关键。"② 也就是说，在无产阶级革命和社会主义建设时期的不同阶段，无产阶级政党提出民族问题纲领和解决民族问题的政策，必须"以具体历史条件为出发点"。而不是脱离历史发展阶段、超越社会发展进程地去提出和解决问题。近年来，我国民族问题方面出现了一些国内外因素相交织的突出现象，如2008 年西藏拉萨的"3·14"事件，2009 年新疆乌鲁木齐的"7·5"事件。这些恶性事件的发生，都有十分复杂的背景和动因，需要认真的深入研究和分析。但是，由于这样的问题相继出现，也使国内一些学者对我国解决民族问题的制度、政策提出了种种质疑，有关"苏联模式"的比附再次成为这

---

① 〔苏〕斯大林：《十月革命与民族问题》，《斯大林选集》（上），人民出版社，1979，第 118 页。

② 〔苏〕斯大林：《马克思主义与民族问题》，《斯大林选集》（上），人民出版社，1979，第 81 页。

种质疑的主要出发点。而取消民族区域自治、取消民族身份、取消民族政策等一言概之的解决民族问题"去政治化"观点流行一时，提出美国自"民权运动"以来相当成功地协调了种族关系之类的观点。① 倡导民族融合的说法也随之出现。

这些出于善意的忧虑可以理解，但是善意的想象不能脱离本国的国情实际，而且也要对举证的"榜样性"或"值得学习"的国家有客观了解和深入研究。美国存在的民族分离主义主要是夏威夷的土著民族和某些崇尚"白人至上"种族主义的极端势力，的确不成气候。但是这并不意味着美国已经消除了由来已久的种族矛盾和族群冲突，只是来自世界各地的各色移民群体都是抱着"美国梦"去加入美国，而不是去分裂美国。即便如此，美国人自己也认为，虽然我们声称摆脱了"种族冲突和民族主义冲突而享有自由"，但是也不得不承认"尽管这一自由比我们国家神话所说的自由要少得多。"② 事实上，美国的一些著名学者，往往因拉美裔等各色移民人口增长、西班牙语流行而忧心忡忡，认为日益增多的非白人移民由于缺乏"共同的认识"为核心的"内在凝聚力"而使"美国的马赛克式社会就有可能变成各种族群体之间的竞技场"。③ 因此，重新回归已经为实践证明失败的"共冶一炉"的熔炉时代，批判多元文化主义带来的民族认同危机，重塑以盎格鲁—撒克逊的种族—民族主义"核心价值"，也成为美国资深政治学家的"新经典"。④

对中国解决民族问题的制度、政策及其实践进行国际比较，首先要立足不同国家的国情实际，其中包括不同国家所处的社会发展阶段。否则，简单归结为"苏联模式"或不折不扣的"斯大林主义"产物，或者简单认定"美国模式"的成功性，都会导致脱离实际的后果。中国的改革开放事业本身就包含了吸收全人类优秀文明成就的取向，目的是中国特色社会主义制度的自我完善。中国的民族区域自治制度经历了历史的考验，经历了前苏东剧

---

① 马戎：《理解民族关系的新思路——少数族群问题的"去政治化"》，《北京大学学报》2004年第6期。
② 〔美〕塞缪尔·亨廷顿：《我们是谁——美国国家特性面临的挑战》，程克雄译，新华出版社，2005，第53页。
③ 兹比格涅夫·布热津斯基：《大抉择——美国站在十字路口》，王振西主译，新华出版社，2005，第218页。
④ 参见拙文《民族认同危机还是民族主义宣示？——亨廷顿〈我们是谁〉一书中的族际政治理论困境》，《世界民族》2005年第3期。

变的考验，没有理由妄自菲薄地放弃。胡锦涛总书记指出："民族区域自治制度是我国的一项基本政治制度，是发展社会主义民主、建设社会主义政治文明的重要内容，是党团结带领各族人民建设中国特色社会主义、实现中华民族伟大复兴的重要保证。在国家统一领导下实行民族区域自治，体现了国家尊重和保障少数民族自主管理本民族内部事务的权利，体现了民族平等、民族团结、各民族共同繁荣发展的原则，体现了民族因素与区域因素、政治因素与经济因素、历史因素与现实因素的统一。实践证明，这一制度符合我国国情和各族人民的根本利益，具有强大生命力。民族区域自治，作为党解决我国民族问题的一条基本经验不容置疑，作为我国的一项基本政治制度不容动摇，作为我国社会主义的一大政治优势不容削弱"。① 因此，坚持和完善民族区域自治制度，就是坚持和完善中国特色社会主义制度。

坚持和完善民族区域自治制度，全面落实民族区域自治法，属于政治文明建设范畴。正如我国物质文明、政治文明、精神文明建设的任务是我国社会主义社会的自我完善一样，坚持民族区域自治制度也需要通过自治制度的实践、自治法的实践来不断完善。坚持是前提，完善是与时俱进的发展，目的是为了更好、更有效地坚持和充分发挥其优越性。在民族区域自治制度的实践中，虽然取得了显著的成就，但是并不意味着没有问题。这既包括制度本身的完善问题，也包括制度实践的成效问题。例如，邓小平同志在 50 多年前指出的问题——"实行民族区域自治，不把经济搞好，那个自治就是空的"② ——还没有得到有效解决；民族区域自治法颁布 20 年来，在落实方面五个自治区依法制定的自治条例尚未出台；等等。这也正是党和国家启动西部打开发战略，把加快少数民族和民族地区经济文化发展作为全面建设小康社会重要任务的原因，也是在党的执政能力建设的要求中进一步提出——"坚持和完善民族区域自治制度，保证民族自治地方依法行使自治权"——的原因。

中国处于社会主义初级阶段，物质文明、政治文明、精神文明和社会和谐的建设的实现程度不可能超越这一发展阶段的基本特征。这也正是我们要坚持和完善民族区域自治制度的出发点，目的是充分实现这一制度真正立足

---

① 胡锦涛：《在中央民族工作会议暨国务院第四次全国民族团结进步表彰大会上的讲话》，2005 年 5 月 28 日《人民日报》。

② 邓小平：《关于西南少数民族问题》，《邓小平文选》第一卷，人民出版社，1994，第 167 页。

于民族平等、切实保障各民族共同繁荣发展的作用。在这方面，制度本身的发展和完善必须立足于民族区域自治地方的经济社会基础。没有经济社会基础支撑的任何制度，都不可能发挥其应有的功能和作用。任何一种先进的制度设计及其优越性，只能在这项制度的实践成效不断积累中才能得到逐步发挥。

早在 20 世纪 50 年代，邓小平就指出："在世界上，马克思主义能够解决民族问题。在中国，马克思主义与中国具体实践相结合的毛泽东思想，也能够解决民族问题。"① 之所以这样说，是因为马克思主义关于民族问题的理论，以辩证唯物主义和历史唯物主义的基本原理，对前资本主义时期、资本主义时期人类社会的民族过程进行了深入的研究，揭示了阶级社会民族压迫的根源和民族问题的发展趋势，论证了无产阶级革命与民族解放运动的关系，阐释了只有社会主义能够解决民族问题的基本理论，形成了马克思主义民族观，是科学社会主义的有机组成部分。因此，马克思主义关于人类社会民族现象及其发展规律的科学，是解决决民族问题的科学思想体系。中国特色社会主义理论体系是建立在马克思主义基本原理与中国具体实践相结合基础上的当代马克思主义，其中包括了我们党在解决民族问题实践中对马克思主义民族理论的丰富和发展。中国解决民族问题的基本政治制度——民族区域自治，就是这一理论的实践载体，也是实现中华民族伟大复兴目标的制度和法律保障。

---

① 邓小平：《关于西南少数民族问题》，《邓小平文选》第一卷，人民出版社，1994，第 163 页。

图书在版编目（CIP）数据

中国社会科学论坛 2010 年会报告集：发展与和谐——应对后危机时期的挑战/李扬主编. —北京：社会科学文献出版社，2011.12
（中国社会科学论坛文集）
ISBN 978 - 7 - 5097 - 2354 - 8

Ⅰ.①中…　Ⅱ.①李…　Ⅲ.①世界经济 - 文集 ②国际政治 - 文集
Ⅳ.①F112 - 53 ②D50 - 53

中国版本图书馆 CIP 数据核字（2011）第 085338 号

· 中国社会科学论坛文集 ·

中国社会科学论坛 2010 年会报告集

发展与和谐——应对后危机时期的挑战

主　　编/李　扬

出 版 人/谢寿光
出 版 者/社会科学文献出版社
地　　址/北京市西城区北三环中路甲 29 号院 3 号楼华龙大厦
邮政编码/100029

责任部门/皮书出版中心（010）59367127　　　责任编辑/柳　杨　任文武
电子信箱/pishubu@ ssap. cn　　　　　　　　责任校对/白　云
项目统筹/蔡继辉　　　　　　　　　　　　　责任印制/岳　阳
总 经 销/社会科学文献出版社发行部（010）59367081　59367089
读者服务/读者服务中心（010）59367028

印　　装/北京季蜂印刷有限公司
开　　本/787mm×1092mm　1/16　　　　　印　　张/13
版　　次/2011 年 12 月第 1 版　　　　　　 字　　数/219 千字
印　　次/2011 年 12 月第 1 次印刷
书　　号/ISBN 978 - 7 - 5097 - 2354 - 8
定　　价/39.00 元

本书如有破损、缺页、装订错误，请与本社读者服务中心联系更换

版权所有　翻印必究